EIN THRON FÜR SCHWESTERN

(BUCH 1)

MORGAN RICE

ISBN: 978-1-64029-322-9

KAPITEL EINS

Von all den Dingen, die sie im Haus der Herrenlosen am meisten hasste, war es das Schleifrad, was Sophia am meisten fürchtete. Sie stöhnte, während sie gegen einen Arm drückte, der mit einem riesigen Pfahl verbunden war, der im Boden verschwand, während um sie herum die anderen Waisen gegen ihre eigenen drückten. Sie keuchte und schwitzte, während sie dagegendrückte, ihr rotes Haar war matt von der Arbeit, ihr derbes graues Kleid färbte sich weiter vom Schweiß. Ihr Kleid war jetzt kürzer als sie wollte, es rutschte mit jedem Schritt hoch und zeigte ihr Tattoo auf ihrer Wade, in Form einer Maske, dass sie als das markierte, was sie war: eine Waise, ein Eigentum.

Die anderen Mädchen hatten noch schlimmere Dinge. Mit siebzehn war Sophia zumindest die Älteste und Größte von ihnen. Die einzige ältere Person in dem Zimmer war Schwester O'Venn. Die Nonne der maskierten Göttin trug das strahlenschwarze Gewand des Ordens zusammen mit einer Spitzenmaske, von der jede Waise schnell lernte, dass sie dadurch schauen konnte und noch den kleinsten Fehler entdeckte. Die Schwester hielt den Lederriemen in der Hand, den sie nutzte, um Bestrafungen zu erteilen, sie spannte ihn in ihren Händen, während sie im Hintergrund eintönig redete, die Wörter des *Buchs der Maske* murmelnd, Predigten über die Notwendigkeit, verlassene Seelen wie sie zu perfektionieren.

"Hier lernt ihr, nützlich zu sein", stimmte sie an. "Hier lernt ihr wertvoll zu sein, was ihr nicht ward, für die abgestürzten Frauen, die euch geboren haben. Die maskierte Göttin sagt uns, dass wir unseren Platz in der Welt durch unsere Bemühungen formen müssen und heute drehen eure Bemühungen den Mahlstein, der das Korn malt und – pass auf, Sophia!"

Sophia zuckte zusammen, als sie den Einschlag auf ihrem Gürtel fühlte, als er ausschlug. Sie presste die Zähne zusammen. Wie oft hatten die Schwestern sie schon geschlagen? Weil sie etwas Falsches oder weil sie etwas nicht schnell genug getan hatte? Weil sie schön genug war, dass man es als Sünde an und für sich bezeichnen konnte? Weil sie das flammend rote Haar einer Unruhestifterin hatte?

Wenn sie nur ihre Begabung kennen würden. Sie schauderte bei dem Gedanken daran. Für das, würden sie sie totschlagen.

"Ignorierst du mich, du dummes Mädchen?", fragte die Nonne. Sie schlug immer und immer wieder.

"Mit den Knien an die Wand, alle!"

Das war das Schlimmste: es *machte* nichts, ob du alles richtig machst. Die Schwestern würden jeden schlagen, für das Scheitern eines einzigen Mädchens.

"Ihr müsst daran erinnert werden", spie Schwester O'Venn, als Sophia ein Mädchen laut aufschreien hörte, "wer ihr seid. *Wo* ihr herkommt." Ein weiteres Mädchen wimmerte, als die Lederriemen auf Fleisch trafen. "Ihr seid die Kinder, die niemand wollte. Ihr seid Eigentum der maskierten Göttin, die euch durch ihre Gnade ein Zuhause gibt."

Sie machte ihre Runde durch das Zimmer und Sophia wusste, dass sie die Letzte sein würde. Der Gedanke dahinter war, sie sich schuldig fühlen zu lassen für den Schmerz der anderen und ihnen Zeit zu geben, sie dafür zu hassen, dass sie ihnen das hier angetan hatte, ehe sie ihre Schläge bekam.

Die Schläge, auf die sie kniend wartete.

Wenn sie nur gehen könnte.

Der Gedanke kam Sophia, so unverhofft, dass sie überprüfen musste, ob es keine Art Nachricht von ihrer jüngeren Schwester war oder dass sie es nicht von anderen aufgeschnappt hatte. Das war das Problem mit ihrer Gabe; sie kam, wann sie wollte, nicht wenn man sie rief. Trotzdem schien es, dass der Gedanke ihrer war und mehr als das, er war wahr.

Lieber den Tod riskieren, als hier noch einen Tag länger bleiben.

Natürlich, wenn sie sich traute wegzugehen, wäre die Strafe noch schlimmer. Sie fanden immer einen Weg, es noch schlimmer zu machen. Sophia hatte Mädchen gesehen, die gestohlen hatten oder tagelang ausgehungert wurden. Wie sie tagelang hungerten, gezwungen auf den Knien zu bleiben und geschlagen wurden, wenn sie versuchten zu schlafen.

Aber das war ihr egal. Etwas in ihr hatte eine Linie überschritten. Die Angst berührte sie nicht, sie wurde überschwemmt von der Angst darüber, was sowieso bald passieren würde.

Immerhin wurde sie heute siebzehn.

Sie war jetzt alt genug, um ihre Schulden der jahrelangen "Pflege" durch die Nonnen zurückzuzahlen – sie würde verpflichtet und verkauft werden wie Vieh. Sophia wusste, was mit Waisen passierte, die alt genug waren. Im Vergleich dazu, spielte das Schlagen keine Rolle.

Sie hatte tatsächlich bereits seit Wochen darüber nachgedacht. Sie hatte den Tag gefürchtet, ihren Geburtstag.

Und jetzt war er da.

Zu ihrem eigenen Schreck handelte Sophia. Sie stand ruhig auf und sah sich um. Die Aufmerksamkeit der Nonne lag auf einem anderen Mädchen, das sie brutal auspeitschte, sie konnte also ruhig zur Tür gleiten. Wahrscheinlich merkten es die anderen Mädchen gar nicht oder wenn sie es taten, hatten sie zu viel Angst etwas zu sagen.

Sophia trat auf einen der schlichten, weißen Korridore des Waisenhauses, sie bewegte sich ruhig und ging vom Arbeitsraum weg. Es gab noch andere Nonnen da draußen, aber solange sie sich mit einem Ziel bewegte, reichte es vielleicht, dass sie sie nicht davon abhielten, weiterzugehen.

Was hatte sie gerade getan?

Sophia ging weiter wie betäubt durch das Haus der Herrenlosen, kaum glaubend, dass sie das gerade tat. Es gab Gründe, warum die Vordertüren geschlossen waren. Die Stadt dahinter, direkt außerhalb der Türen, war ein rauer Ort – und noch härter für diejenigen, die ihr Leben schon als Waisen begonnen hatten. Ashton hatte wie jede andere Stadt, Diebe und Schlägertypen – dennoch gab es auch die Jäger, welche die fliehenden Abhängigen zurückholten und das freie Volk, das auf sie spucken würde, einfach weil sie war, was sie war.

Dann war da ihre Schwester. Kate war erst fünfzehn. Sophia wollte sie nicht in Probleme bringen. Kate war stark, stärker als sie, dennoch war sie trotzdem noch Sophias kleine Schwester.

Sophia ging in Richtung des Klosters und des Hofes, wo sie sich mit den Jungen aus dem Waisenhaus von nebenan trafen, sie versuchte herauszufinden, wo ihre Schwester sein könnte. Sie könnte nicht ohne sie gehen.

Sie war schon fast da, als sie ein Mädchen aufschreien hörte.

Sophia lief in Richtung des Geräuschs und erwartete fast, dass ihre kleine Schwester in irgendeine Art Kampf geraten war. Als sie den Hof erreichte, konnte sie Kate im Zentrum der schlagenden Pöbel nicht finden, aber dafür ein anderes Mädchen. Diese hier war noch jünger, vielleicht dreizehn und sie wurde von drei Jungen geschubst und geschlagen, die schon fast alt genug sein müssten, um in Lehrstellen oder in die Armee zu gehen.

"Hört auf!", schrie Sophia und überraschte sich selbst genauso sehr wie die Jungen. Normalerweise war die Regel, dass man einfach vorbeiging, egal was im Waisenhaus passierte. Du bleibst ruhig und denkst an deine Stellung. Jetzt trat sie dennoch nach vorne.

"Lasst sie in Ruhe."

Die Jungs hörten auf und starrten sie an.

Der Älteste schaute sie mit einem bösartigen Grinsen an.

"Sieh an, sieh an, Männer", sagte er, "sieht aus, als wenn wir hier noch jemanden haben, der nicht da ist, wo er sein sollte."

Er hatte stumpfe Züge und die Art von totem Blick in seinen Augen, den man nur von den Jahren im Haus der Herrenlosen bekam.

Er trat vorwärts, und ehe sie noch reagieren konnte, griff er Sophias Arm. Sie schlug nach ihm, aber er war zu schnell und schubste sie auf den Boden. In solchen Momenten wünschte Sophia sich, dass sie die Kampffähigkeiten ihrer jüngeren Schwester hätte, ihre Fähigkeit, sofortige Brutalität heraufzubeschwören, deren Sophia trotz all ihrer List nicht fähig war.

Die wird eh als Hure verkauft ... da kann ich sie auch schon vorher rannehmen.

Sophia war erschrocken von seinen Gedanken. Diese hatten ein fast schlüpfriges Gefühl dabei und sie wusste, dass es seine Gedanken waren. Ihre Panik wurde noch stärker.

Sie begann zu kämpfen, aber er hielt ihre Arme leicht fest.

Es gab nur eins, was sie tun konnte. Sie sammelte ihre ganze Konzentration und berief sich auf ihre Begabung, hoffte, dass es dieses Mal funktionieren würde.

Kate, rief sie in Gedanken, *der Hof. Hilf mir!*

*

"Eleganter, Kate!", rief die Nonne. "Noch *eleganter*!"

Kate hatte keine Zeit für Eleganz, aber dennoch gab sie sich Mühe, als sie Wasser in einen Kelch füllte, der von der Schwester gehalten wurde. Schwester Yvaine betrachtete sie kritisch unter ihrer Maske.

"Nein, du hast es immer noch nicht verstanden. Und ich weiß, dass du kein ungeschicktes Mädchen bist. Ich habe gesehen, wie du die Räder im Hof gedreht hast."

Sie hatte Kate nicht dafür bestraft, was zeigte, dass Schwester Yvaine nicht die Schlimmste von allen hier war. Kate versuchte es noch einmal, ihre Hand zitterte.

Sie und die anderen Mädchen sollten lernen, wie man elegant an vornehmen Tischen serviert, aber die Wahrheit war, das Kate nicht dafür gemacht war. Sie war zu klein und zu eng bemuskelt für die Art von dankbarer Weiblichkeit, an die die Nonnen dachten. Es gab einen Grund, warum sie ihr rotes Haar kurz hielt. In der idealen Welt, wo sie frei war zu wählen, hoffte sie auf eine Lehrstelle bei einem Schmied oder vielleicht eine dieser Gruppen von Spielern, die in der Stadt arbeiteten – oder vielleicht sogar auf eine Chance in die Armee zu kommen, wie die Jungs das machten. Diese Art von Unterricht mit anmutigem Eingießen wäre das richtige für ihre große Schwester, mit ihrem Traum von der Aristokratie gewesen, die hätte das genossen, - sie nicht.

Als wenn der Gedanke es heraufbeschworen hatte, zuckte Kate zusammen, als sie die Stimme ihrer Schwester in ihren Gedanken hörte. Sie wunderte sich, denn ihr Talent war nicht immer verlässlich.

Aber dann kam es wieder und da war auch Gefühl dahinter.

Kate, der Hof! Hilf mir!

Kate konnte die Angst dort fühlen.

Sie trat von der Nonne weg, unfreiwillig zügig und verschüttete dabei den Krug mit Wasser auf dem Steinboden.

“Es tut mir leid”, sagte sie. “Ich muss gehen.”

Schwester Yvaine starrte immer noch auf das Wasser.

“Kate, mach das sofort sauber!”

Aber Kate rannte bereits. Sie würde wahrscheinlich später dafür geschlagen werden, aber sie war auch schon vorher geschlagen worden. Es bedeutete nichts. Aber der einzigen Person auf der Welt zu helfen, um die sie sich sorgte, dass bedeutete etwas.

Sie rannte durch das Waisenhaus. Sie kannte den Weg, denn sie hatte jede Ecke und jeden Winkel dieses Hauses in den Jahren kennengelernt, seit der schrecklichen Nacht, in der sie hier abgegeben wurde.

Manchmal stahl sie sich spät abends raus, weg von dem unaufhörlichen Schnarchen und dem strengen Geruch des Schlafzimmers und genoss den Ort im Dunkeln, wenn sie die Einzige war, die auf war, wenn das Läuten der Städteglocken das einzige Geräusch war und sie ein Gefühl für jeden Winkel lernte. Sie spürte, dass sie es eines Tages brauchen würde.

Und jetzt brauchte sie es.

Kate konnte das Geräusch ihrer Schwester hören, die kämpfte und nach Hilfe rief. Instinktiv duckte sie sich in ein Zimmer, sie griff nach einem Schürhaken vom Feuerrost und ging weiter. Was sie damit tun würde, wusste sie noch nicht.

Sie rannte auf den Hof und ihr Herz sank, als sie sah, wie ihre Schwester von zwei Jungen festgehalten wurde, während ein anderer an ihrem Kleid fummelte.

Kate wusste genau, was sie tun musste.

Eine Urwut überkam sie, eine die sie nicht kontrollieren konnte, selbst wenn sie es wünschte und so rannte Kate mit Gebrüll vorwärts, schwang den Schürhaken in die Richtung des Kopfes des ersten Jungen. Er drehte sich um, als Kate zuschlug, es traf ihn also nicht so, wie sie wollte, aber es war genug, um ihn umzuwerfen, er berührte die Stelle, die sie getroffen hatte.

Sie schwang den Schürhaken erneut, erwischte ihm an Knie, als er stand und er begann zu taumeln. Sie schlug den dritten Schlag in den Magen, bis er umkippte.

Sie schlug weiter, sie wollte den Jungen keine Zeit zum Erholen geben. Sie war in einer Vielzahl von Kämpfen in den Jahren im Waisenhaus verwickelt gewesen und sie wusste, dass sie sich nicht auf Größe oder Stärke verlassen konnte. Rage, war das Einzige, was sie lenkte. Und Gott sei Dank hatte Kate ziemlich viel davon.

Sie schlug und schlug, bis die Jungen zurückwichen. Sie waren vielleicht darauf vorbereitet, der Armee beizutreten, aber die maskierten Brüder auf deren Seite hatten ihnen nicht das Kämpfen beigebracht. Das hätte es schwer gemacht, sie zu kontrollieren. Kate schlug einen der Jungen ins Gesicht, dann holte sie erneut aus, um aufeinen weiteren Ellbogen mit dem Schlag von Eisen auf Knochen zu schlagen.

"Steh auf", sagte sie zu ihrer Schwester und streckte ihre Hand aus. "Steh *auf*!"

Ihre Schwester stand wie betäubt da, nahm Kates Hand, als wenn sie jetzt die jüngere Schwester wäre. Kate begann zu rennen und ihre Schwester rannte mit. Sophia schien wieder zu sich selbst zu finden, während sie rannte, ein wenig von der alten Sicherheit schien zurückzukommen, während sie die Korridore des Waisenhauses entlang liefen.

Hinter ihnen konnte Kate Rufe hören, von den Jungen oder Schwestern oder beides. Sie kümmerte sich nicht darum. Sie wusste, dass es keinen Ausweg gab.

"Wir können nicht zurückgehen", sagte Sophia. "Wir müssen das Waisenhaus verlassen."

Kate nickte. So etwas wie das hier wäre mehr, als nur Schläge zur Bestrafung. Aber dann erinnerte sich Kate.

"Dann gehen wir", antwortete Kate im Laufen. "Aber zuerst muss ich noch –"

“Nein”, sagte Sophia. “Wir haben keine Zeit. Lasse alles hier. Wir müssen *gehen.*”

Kate schüttelte ihren Kopf. Es gab Dinge, die sie nicht zurücklassen konnte.

Sie rannte stattdessen in die Richtung ihres Schlafzimmers und hielt dabei Sophia am Arm fest, sodass sie hinterherlaufen musste.

Der Schlafsaal war ein trostloser Ort mit Betten, die ein wenig mehr als Holzbretter waren, die aus der Wand wie Regale hervorstanden. Kate war nicht so dumm, irgendwas was ihr bedeutete in der kleinen Truhe am Fußende des Betts zu verstecken, wo jeder es stehlen konnte. Stattdessen ging sie zu der Spalte zwischen den Flurböden und fummelte mit ihren Fingern daran herum, bis sich eins löste.

“Kate”, Sophia keuchte und rang nach Atem, “es ist keine Zeit.”

Kate schüttelte ihren Kopf.

“Ich lasse es nicht hier.”

Sophia wusste, weswegen sie hier hergekommen waren; die einzige Erinnerung, die sie von dieser Nacht hatte, von ihrem alten Leben.

Endlich hatten Kates Finger das Metall gefunden und sie hielt die Kette hoch, die in dem schwachen Licht glänzte.

Als sie ein Kind war, war sie sich sicher gewesen, dass es echtes Gold war; ein Vermögen, das darauf wartete, ausgegeben zu werden. Als sie älter wurde, hatte sie gesehen, dass es eine billige Legierung war, aber bis dahin war es schon weit mehr als Gold für sie geworden. Das kleine Bild darin, eine lächelnde Frau und ein Mann, der seine Hand auf ihre Schulter gelegt hatte, war das nahste an eine Erinnerung, dass sie an ihre Eltern hatte.

Kate trug es normalerweise nicht, aus Angst, dass die anderen Kinder oder die Nonnen es ihr wegnehmen würden. Jetzt stopfte sie es in ihr Kleid.

“Lass uns gehen”, sagte sie.

Sie rannten zu den Türen des Waisenhauses, die angeblich immer offen waren, weil die maskierte Göttin die Türen verschlossen vorgefunden hatte, als sie die Welt besuchte und diejenigen drinnen verdammt hatte. Kate und Sophia rannten durch die Drehungen und Wendungen der Flure, kamen auf dem Flur heraus und sahen sich nach den Verfolgern um.

Kate konnte sie hören, aber dann war nur die gewöhnliche Schwester an der Tür: eine fette Frau, die sich bewegte, um den Weg zu versperren, als die beiden sich ihr näherten. Kate wurde rot, als sie sich an all die Jahre mit den Schlägen erinnerte, die von ihr ausgeführt worden waren.

"Da seid ihr", sagte sie in strengem Ton. "Ihr ward beide sehr ungehorsam und –"

Kate hielt nicht an; sie schlug ihr mit dem Schürhaken in den Bauch, hart genug, sodass sie sich zusammenkrümmte. In dem Moment wünschte sie sich, es wäre eines dieser eleganten Schwerter, die Hofbeamte trugen oder vielleicht eine Axt.

Aber so musste sie sich damit begnügen, die Frau solange in Schacht zu halten, bis sie und Sophia an ihr vorbeiwaren.

Aber dann, als Kate durch die Tür rannte, hielt sie an.

"Kate", schrie Sophia mit Panik in ihrer Stimme. "Los komm! Was machst du den?!"

Aber Kate konnte es nicht kontrollieren. Sogar mit den Schreien der Verfolger. Sogar mit dem Wissen, dass sie ihrer beider Freiheit riskierte.

Sie machte zwei Schritte nach vorne, hielt den Schürhaken hoch und schlug ihn wieder und wieder auf den Rücken der Nonne.

Die Nonne grunzte und heulte mit jedem Schlag und dieses Geräusch war Musik in Kates Ohren.

"Kate!", flehte Sophia, am Rande der Tränen.

Kate starrte die Nonne lange an, zu lange, sie wollte dieses Bild der Rache, der Gerechtigkeit im Gedächtnis behalten. Es würde sie nähren, das wusste sie, für was auch immer schreckliche Schläge, die folgen würden.

Dann drehte sie sich um und rannte mit ihrer Schwester vom Haus der Herrenlosen davon, wie zwei Flüchtende von einem sinkenden Schiff. Der Gestank und der Lärm und die Hektik der Stadt trafen Kate, aber dieses Mal wurde sie nicht langsamer.

Sie hielt die Hand ihrer Schwester und lief.

Und lief.

Und lief.

Und trotz allem nahm sie einen tiefen Atemzug und lächelte.

Auch wenn es vielleicht kurz war, sie hatten ihre Freiheit gefunden.

KAPITEL ZWEI

Sophia hatte noch nie so viel Angst gehabt, aber gleichzeitig hatte sie sich noch nie so lebendig oder so frei gefühlt.

Während sie mit ihrer Schwester durch die Stadt rannte, hörte sie Kate vor Aufregung jubeln und das beruhigte sie einerseits und machte ihr andererseits Angst. Es machte es zu real. Ihr Leben würde nie wieder dasselbe sein.

“Sei ruhig”, drängte Sophia. “Du wirst sie uns noch auf den Hals hetzen.”

“Sie kommen sowieso”, antwortete ihre Schwester. “Wir können es auch gleich genießen.”

Um ihren Punkt noch zu unterstreichen, wich sie einem Pferd aus, nahm einen Apfel aus einem Korb und rannte über Ashtons Kopfsteinpflaster.

Die Stadt war emsig von dem Markt, der jeden sechsten Tag kam und Sophia sah sich um, erstaunt von all den Lichtern und Geräuschen und Gerüchen. Wenn es nicht wegen des Markts wäre, hätte sie keine Ahnung, was es war. Im Haus der Herrenlosen hatten diese Dinge keine Bedeutung, nur die endlosen Gebetsrunden und Arbeit, Bestrafung und auswendig lernen.

Lauf schneller, sendete ihre Schwester.

Das Geräusch der Pfiffe und Rufe irgendwo hinter ihnen, ließen sie zu einer neuen Geschwindigkeit auflaufen. Sophia führte den Weg an, in eine Allee, dann kämpfte sie zu folgen, als Kate über eine Mauer kletterte. Ihre Schwester war trotz all ihrer Ungestümtheit zu schnell, wie ein fester, aufgerollter Muskel, der darauf wartet, zu springen.

Sophia schaffte es kaum darüber zu klettern, als mehr Pfiffe zu hören waren und als sie fast oben war, wartete Kates starke Hand auf sie, wie immer. Dabei erkannte sie, wie unterschiedlich sie waren: Kates Hand war rau, schwielig, muskulös, während Sophias Finger lang und weich und zart waren.

Zwei Seiten derselben Münze, hatte ihre Mutter immer gesagt.

“Sie haben die Wachmänner hinzugeholt”, rief Kate ungläubig, als wenn das irgendwie unfair wäre.

“Was hast du erwartet?”, antwortete Sophia. “Wir laufen weg, ehe sie uns verkaufen können.”

Kate ging die engen Kopfsteinpflasterstufen herunter, dann in Richtung eines offenen Platzes, der voll mit Menschen war. Sophia zwang sich dazu langsamer zu gehen, während sie sich dem Markt näherten, sie hielt Kates Vorderarm fest, um sie vom Laufen abzuhalten.

Wir passen hier besser rein, wenn wir nicht laufen, sandte Sophia, zu atemlos, um zu sprechen.

Kate sah nicht überzeugt aus, aber passte sich dennoch Sophias Schritt an.

Sie gingen langsam, drückten sich an den Menschen vorbei, die zur Seite traten, anscheinend unwillig Kontakt mit jemandem zu haben, der aus einer niedrigeren Schicht kam, als sie selbst. Vielleicht dachten sie, dass die beiden für irgendeinen Auftrag losgeschickt wurden.

Sophia zwang sich selbst so auszusehen, als wenn sie nur herumschlenderte, während sie die Menge als Tarnung nutzten. Sie sah sich um, sah hoch zu der Turmuhr über dem Tempel der maskierten Göttin, die verschiedenen Ställe und die Geschäfte mit Glasfront hinter ihnen. Da war eine Gruppe Spieler in einer Ecke des Platzes, die eine dieser traditionellen Märchen in aufwendigen Kostümen spielten, während eine der Zensoren vom Rande der Menschenmenge aus zuschaute. Ein Anwerber für die Armee stand auf einer Kiste und versuchte die Truppen für den aktuellen Krieg zu rekruten, der diese Stadt einnehmen konnte, ein drohender Kampf über den Knife Wasserkanal.

Sophia sah, wie ihre Schwester den Anwerber ansah, und zog sie zurück.

Nein, sandte Sophia. *Der ist nichts für dich.*

Kate wollte gerade antworten, als plötzlich die Rufe hinter ihnen wieder ertönten.

Sie rannten los.

Sophia wusste, dass ihnen jetzt niemand helfen würde. Das war Ashton, was hieß, sie und Kate waren diejenigen, die hier falsch waren. Niemand würde versuchen zwei Mädchen auf der Flucht zu helfen.

Als sie hochsah, sah Sophia tatsächlich jemanden, der begonnen hatte sich in ihre Richtung zu bewegen, um ihnen den Weg abzuschneiden.

Niemand würde zwei Waisen davonkommen lassen, vor dem was sie schuldeten, vor dem was sie waren.

Hände griffen nach ihnen und jetzt mussten sie sich ihren Weg durchkämpfen. Sophia schlug eine Hand von ihrer Schulter, während Kate mit dem Schürhaken stach.

Eine Lücke öffnete sich vor ihnen und Sophia sah ihre Schwester zu einem verlassenen Holzstapel rennen, der an der Steinwand lag, wo Bauarbeiter wohl versucht hatten, eine Fassade hochzuziehen.

Noch mehr klettern?, sendete Sophia

Sie werden uns nicht folgen, konterte ihre Schwester.

Was wahrscheinlich stimmte, wenn auch nur, weil die jagende Meute von einfachen Leuten ihre Leben nicht einfach so riskieren würde. Sophia fürchtete sich dennoch. Trotzdem fiel ihr aber gerade nichts Besseres ein.

Ihre zitternden Hände schlossen sich um den Holzstapel des Gerüsts und sie begann zu klettern.

Schon nach wenigen Sekunden begannen ihre Arme zu schmerzen, aber zu dem Zeitpunkt gab es nur noch weitermachen oder fallen, und selbst wenn unten kein Kopfsteinpflaster wäre, wollte Sophia nicht fallen, wenn ihre Verfolger hinter ihnen her waren.

Kate wartete bereits oben, grinste als wenn das Ganze eine Art Spiel wäre. Ihre Hand war da und sie zog Sophia hoch und dann liefen sie weiter – dieses Mal auf Dächern.

Kate lief voraus zu einer Lücke, die auf ein weiteres Dach führte. Sie hüpfte auf das Strohdach, als wenn sie sich nicht um das Risiko dabei kümmerte. Sophia folgte ihr und schluckte den Drang laut aufzuschreien hinunter, als sie fast ausrutschte und dann hüpfte sie mit ihrer Schwester auf einen niedrigeren Bereich, wo ein Dutzend Schornsteine Rauch aus dem Ofen bliesen.

Kate versuchte wieder zu laufen, aber Sophia spürte eine Chance, griff nach ihr und riss sie zurück auf das Strohdach, versteckt zwischen den Schornsteinen.

Warte, sendete sie.

Zu ihrer Überraschung wehrte Kate sich nicht. Sie sah sich um, als sie sich in dem flachen Bereich des Daches zusammenkauerten, die Hitze die von dem Feuer von unten heraufstieg ignorierte sie und sie musste erkannt haben, wie versteckt sie hier waren. Der Rauch vernebelte das meiste um sie herum und ließ sie im Nebel sitzen, so waren sie noch mehr versteckt. Es war wie eine zweite Stadt hier oben mit Wäscheleinen mit Kleidung, Fahnen und Wimpel, die all die Deckung boten, die sie brauchten. Wenn sie still blieben, würde sie hier wahrscheinlich niemand finden. Noch würde jemand anderes so dumm sein, zu riskieren auf das Strohdach zu treten.

Sophia schaute sich um. Es war auf seine eigene Art friedlich hier oben. Es gab Stellen, an denen die Häuser nah genug waren, sodass die Nachbarn sich gegenseitig berühren konnten und noch weiter vorne sah Sophia einen Nachttopf, der auf der Straße geleert wurde. Sie hatte noch nie die Gelegenheit gehabt, die Stadt aus dieser Perspektive zu sehen, die Türme des Klerus und der Schöpfer, die Uhrmacher und die Weisen, die sich über den Rest erhoben, der Palast der auf seinen eigenen Mauern saß, wie ein glänzender Karfunkel auf der restlichen Haut.
Sie duckte sich mit ihrer Schwester, ihre Arme um Kate geschlungen und wartete darauf, dass die Geräusche der Verfolger unten vorbeigingen.

Vielleicht, nur vielleicht würden sie hier herauskommen.

KAPITEL DREI

Der Morgen wurde zum Nachmittag als Sophia und Kate sich endlich aus ihrem Versteck trauten. Wie Sophia es sich gedacht hatte, hatte sich niemand getraut auf die Dächer zu klettern, um nach ihnen zu suchen und obwohl die Geräusche der Verfolger nah gewesen waren, waren sie doch nie nah genug gekommen.

Jetzt schienen sie komplett verschwunden zu sein.

Kate schaute sich um und schaute auf die Stadt unter ihnen. Die Emsigkeit des Morgens war weg, ersetzt durch einen entspannteren Schritt und Menschenmenge.

“Wir müssen hier runter”, flüsterte Sophia ihrer Schwester zu.

Kate nickte. “Ich verhungere.”

Das konnte Sophia verstehen. Der geklaute Apfel war lange weg und der Hunger begann, auch in ihrem Magen zu wachsen.

Sie kletterten wieder auf die Straße und Sophia schaute sich dabei um. Auch wenn die Geräusche der Verfolger lange weg waren, war ein Teil von ihr überzeugt, dass jemand hervorspringen würde, sobald ihre Füße den Boden berührten.

Sie suchten sich ihren Weg durch die Straßen und versuchten so weit wie möglich außer Sichtweite zu bleiben. Es war unmöglich Menschen in Ashton zu vermeiden, weil es einfach so viele waren. Die Nonnen hatten ihnen nicht so viel von der Welt beigebracht, aber Sophia hatte gehört, dass es noch größere Städte hinter den Händlerstaaten gab.

Im Moment war das schwer zu glauben. Überall waren Menschen, wohin sie nur schaute, wenn auch die größte Bevölkerung der Stadt wohl im Moment auf der Arbeit war. Kinder spielten auf der Straße, Frauen gingen zum Markt und zu den Geschäften, Arbeiter trugen Werkzeuge und Leitern. Es gab Tavernen und Spielhäuser, Läden die Kaffee aus dem neu entdeckten Land hinter dem Ozean verkauften, Cafés in denen die Menschen genauso interessiert an Gesprächen wie am Essen waren. Sie konnte kaum glauben, die Menschen lachen zu sehen, so glücklich, so sorglos, nichts weiter tuend, als zu faulenzen und sich zu amüsieren. Sie konnte kaum glauben, dass es so eine Welt wirklich gab. Es war ein schockierender Kontrast zu der erzwungen Ruhe und Gehorsamkeit des Waisenhauses.

Hier gibt es so viel, schickte Sophia ihrer Schwester hinüber und beobachtete die Essensstände überall und fühlte, wie die Magenschmerzen mit jedem vorbeiziehenden Geruch stärker wurden.

Kate sah sich überall mit praktischem Blick um. Sie suchte eines der Cafés aus, ging vorsichtig darauf zu, während die Menschen draußen über einen Möchte GernPhilosophen lachten, der versuchte darüber zu argumentieren, wie viel man von der Welt wirklich kennenlernen konnte.

"Es wäre einfacher, wenn du nicht betrunken wärst", unterbrach ihn jemand.

Ein Anderer drehte sich in Richtung Sophia und Kate, als sie sich näherten. Die Feindschaft war spürbar.

"Wir wollen solche Leute wie euch hier nicht", keifte er. "Raus hier!"

Die schiere Wut dabei war mehr als Sophia erwartet hatte. Trotzdem ging sie zurück auf die Straße und zog Kate mit sich, sodass ihre Schwester nichts tun würde, was sie später bereuen würden. Sie hatte ihren Schürhaken irgendwo unterwegs auf der Flucht verloren, aber sie hatte immer noch einen Blick, der sagte, dass sie auf irgendetwas schlagen wollte.

Sie hatten keine Wahl: sie würden ihr Essen stehlen müssen. Sophia hatte auf die Großzügigkeit von jemandem gehofft. Doch das war nicht die Art und Weise, wie die Welt funktionierte, das wusste sie.

Es war Zeit ihre Talente einzusetzen, das erkannten sie beide und sie nickten sich stumm gleichzeitig zu.

Sie standen auf entgegengesetzten Seiten der Allee und schauten und warteten, während die Bäckerin arbeitete. Sophia wartete, bis die Bäckerin ihre Gedanken lesen konnte, und sagte ihr dann, was sie sie hören lassen wollte.

Oh nein, dachte die Bäckerin. *Die Rollen. Wie konnte ich sie nur drinnen vergessen?*

Kaum hatte die Bäckerin den Gedanken gehabt, handelten Sophia und Kate, sie rannten nach vorne, in der Sekunde in der die Frau ihnen den Rücken zugedreht hatte, um die Rollen zu holen. Sie bewegten sich schnell, jeder griff sich einen Armvoll Kuchen, genug um ihre Mägen zufüllen, die schon fast vor Hunger platzen.

Dann duckten sie sich beide in einer Gasse und kauten heißhungrig. Schon bald fühlte Sophia, dass ihr Bauch voll war, ein merkwürdiges und angenehmes Gefühl, eins, das sie noch nie erlebt hatte. Das Haus der Herrenlosen gab nicht mehr als das nötigste für seine Bewohner aus.

Jetzt lachte sie, als Kate versuchte, ein ganzes Gebäck in den Mund zu schieben.

Was, fragte ihre Schwester.

Es ist einfach schön, dich glücklich zu sehen, schickte Sophia zurück.

Sie war sich nicht sicher, wie lange dieses Glück andauern würde. Sie hielt mit jedem Schritt nach den Jägern Ausschau, die hinter ihnen her sein könnten. Das Waisenhaus würde sich nicht mehr darum bemühen, sie zurückzugewinnen, als ihre Verträge es wert waren, aber wer konnte das wissen, wenn es um die Rachsucht der Nonnen ging? Zumindest müssten sie sich vor Wachmännern in Acht nehmen und nicht nur, weil sie geflohen waren.

Diebe wurden immerhin in Ashton gehängt.

Wir dürfen nicht mehr so aussehen, wie ausgerissene Waisenkinder oder wir können nie durch die Stadt laufen, ohne das die Leute uns anstarren und versuchen uns einzufangen.

Sophia schaute ihre Schwester an, überrascht von dem Gedanken.

Willst du Kleider stehlen? schickte Sophia zurück.

Kate nickte.

Der Gedanke brachte noch eine extra Note an Angst und dennoch wusste Sophia, dass ihre Schwester – die immer praktisch war – recht hatte.

Sie standen gleichzeitig auf und verstauten die restlichen Kuchen an ihren Hüfttaschen. Sophia hielt nach Kleidung Ausschau, als sie spürte, wie Kate sie am Arm berührte. Sie folgte ihrem Blick und sah es: eine Wäscheleine, ganz oben auf dem Dach. Sie war unbewacht.

Natürlich war sie das, erkannte sie erleichtert. *Wer würde schon eine Wäscheleine bewachen?*

Trotzdem konnte Sophia ihr Herz klopfen hören, als sie auf ein weiteres Dach kletterten. Sie hielten inne, schauten sich um und holten dann die Leine ein, wie ein Fischer, vielleicht sein Fischernetz eingeholt hätte.

Sophia stahl ein Kleid aus grüner Wolle, zusammen mit einem cremefarbenden Unterkleid, wahrscheinlich die Art Kleid, die die Frau eines Farmers tragen würde, aber es war trotzdem unglaublich prächtig für sie. Zu ihrer Überraschung wählte ihre Schwester ein Unterhemd, Reithosen und Wams, die sie eher aussehen ließen, wie ein kurzhaariger Junge, als das Mädchen das sie war.

“Kate”, beschwerte sich Sophia. “Du kannst nicht so herumrennen!”

Kate zuckte die Schultern. “Keiner von uns soll so aussehen. Dann kann ich mich auch gleich bequem anziehen.”

Da war etwas Wahres dran. Die prunkvollen Gesetze besagten klar, welche Klasse von Gesellschaft was tragen konnte, die Herrenlosen und die Abhängigen. Hier waren sie also und brachen die Gesetze, warfen ihre Lumpen weg, das Einzige was sie tragen durften und zogen sich besser an, als sie waren.

“Okay”, sagte Sophia. “Ich werde nicht streiten. Außerdem wird das vielleicht alle abhalten, die nach zwei Mädchen suchen”, sagte sie mit einem Lächeln.

“Ich sehe nicht aus wie ein Junge”, schnappte Kate in offensichtlicher Empörung zurück.

Sophia lächelte dabei. Sie retteten ihre Kuchen, stopften sie in ihre neuen Taschen und gingen weiter.

Der nächste Teil war schwerer, um darüber zu lächeln; es gab noch so viele Dinge, die sie tun mussten, wenn sie wirklich überleben wollten. Sie mussten einen Unterschlupf finden, das war das eine, und dann mussten sie schauen, was sie tun sollten, wo sie hingehen sollten.

Eins nach dem anderen, ermahnte sie sich selbst.

Sie kletterten wieder runter zur Straße und dieses Mal ging Sophia voran, versuchte eine Route durch den ärmeren Bereich der Stadt zu finden aber für ihren Geschmack immer noch zu nah am Waisenhaus.

Sie sah eine Reihe von ausgebrannten Häusern vor ihnen, die sich offensichtlich nicht von einem der Feuer erholt hatten, das manchmal durch die Stadt fegte, wenn der Fluss niedrig war. Es wäre ein gefährlicher Ort zum Ausruhen.

Trotzdem ging Sophia darauf zu.

Kate warf ihr einen fragenden, skeptischen Blick zu.

Sophia zuckte mit den Schultern.

Gefährlich ist besser als nichts, sandte sie.

Sie näherten sich vorsichtig und gerade als Sophia ihren Kopf um die Ecke steckte, wurde sie von ein paar Personen erschreckt, die vor ihr aus den Trümmern entstiegen. Sie erschienen so rußgeschwärzt, von den verkohlten Überresten, daß Sophia für einen Moment glaubte, sie wären im Feuer gewesen.

„Raus hier! Das ist unser Revier!“

Einer von ihnen kam auf Sophia zu und sie kreischte, während sie einen unfreiwilligen Schritt zurückmachte. Kate sah aus, als wenn sie kämpfen wollte, aber dann zog der andere Typ einen Dolch, der heller schien, als alles andere hier.

“Das ist unser Revier! Sucht euch eure eigene Ruine oder ich lasse euch dafür bluten.”

Die Schwester rannten, legten so viel Distanz zwischen ihnen und dem Haus wie sie konnten. Mit jedem Schritt war Sophia sich sicher, dass sie die Fußschritte der Messer schwingenden Schläger hören konnte, oder die der Wachmänner oder der Nonnen irgendwo hinter ihnen.

Sie liefen so lange, bis ihre Beine wehtaten und der Nachmittag zu dunkel wurde. Zumindest konnten sie sich damit trösten, dass sie mit jedem Schritt weiter vom Waisenhaus entfernt waren.

Endlich erreichten sie den besseren Teil der Stadt. Aus irgendwelchen Gründen erhellte sich Kates Gesicht beim Anblick davon.

“Was ist los?”, fragte Sophia.

“Die Penny Bücherei”, antwortete ihre Schwester. “Dort können wir rein. Ich schleiche mich manchmal dort hin, wenn die Schwestern uns Botengänge machen lassen und der Bibliothekar lässt mich immer rein, auch wenn ich kein Geld habe, um zu zahlen.”

Sophia hatte nicht viel Hoffnung, dass sie dort Hilfe finden würden, aber sie hatte auch keine bessere Idee. Sie ließ sich von Kate führen und sie liefen auf einen geschäftigen Platz zu, wo sich Geldverleiher mit Advokaten mischten und es sogar ein paar Kutschen gemischt mit den normalen Pferden und Fußgängern gab.

Die Bücherei war einer der größeren Gebäude hier. Sophia kannte die Geschichte: Einer der Reichen der Stadt hatte sich entschieden die Armen zu bilden und hatte ein Teil seines Reichtums hinterlassen, um diese Art von Bücherei zu bauen, die die meisten einfach in ihren Landhäusern verschlossen. Natürlich bedeuteten die Kosten von einem Penny immer noch, dass die Ärmsten der Stadt die Bücherei nicht besuchen konnten. Sophia hatte nie einen Penny. Die Nonnen sahen keinen Grund, ihren Schützlingen Geld zu geben.

Sie und Kate näherten sich dem Eingang und sie sah einen älteren Mann hier sitzen, in etwas abgenutzten Kleidern, offensichtlich ebenso ein Wächter, wie ein Bibliothekar. Zu Sophias Überraschung lächelte er, als sie sich näherten. Sophia hatte noch nie gesehen, dass sich jemand freute, ihre Schwester zu sehen.

„Fräulein Kate“, sagte er. „Du warst ja schon eine Weile nicht mehr hier. Und du hast eine Freundin mitgebracht. Geht durch, geht durch. Ich werde dem Wissen nicht im Weg stehen. Earl Varrish’s Sohn hat vielleicht eine Penny Steuer auf das Wissen gelegt, aber der alte Earl hat nie daran geglaubt.“

Er schien ganz aufrichtig darüber, aber Kate schüttelte bereits ihren Kopf.

„Das ist nicht das was wir brauchen Geoffrey“, sagte Kate. „Meine Schwester und ich ... wir sind vom Waisenhaus weggelaufen.“

Sophia sah den Schock auf dem Gesicht des alten Mannes.

“Nein”, sagte er. “Nein, solche dummen Sachen solltet ihr nicht tun.”

“Es ist schon getan”, sagte Sophia.

“Dann könnt ihr nicht hier sein”, sagte Geoffrey. “Wenn die Wachmänner kommen und euch hier bei mir finden, dann werden sie annehmen, dass ich dabei involviert war.”

Sophia wäre schon gegangen, aber es schien, dass Kate trotzdem weiter probieren wollte.

“Bitte Geoffrey”, sagte Kate. “Ich muss –“

“Ihr müsst zurückgehen”, sagte Geoffrey. “Bittet um Vergebung. Eure Situation tut mir leid, aber das ist die Situation, die das Schicksal euch gegeben hat. Geht zurück, ehe die Wachmänner euch erwischen. Ich kann euch nicht helfen. Ich werde vielleicht sogar bestraft werden, dass ich den Wachmännern nicht gesagt habe, dass ich euch gesehen habe. Das ist alles an Freundlichkeit, das ich euch geben kann.”

Seine Stimme war streng und dennoch konnte Sophia die Freundlichkeit in seinen Augen sehen und dass es ihn schmerzte, diese Wörter zu sagen. Fast, als wenn er mit sich selbst kämpfte, als wenn er nur spielte, streng zu sein, nur um seinen Standpunkt einzufahren.

Trotzdem sah Kate bedrückt aus. Sophia hasste es, ihre Schwester so zu sehen.

Sophia zog sie zurück und weg von der Bücherei.

Als sie gingen, sprach Kate endlich mit gesenktem Kopf.

“Was jetzt?”, fragte sie.

Sophia hatte auch keine Antwort darauf.

Sie gingen weiter, aber sie war schon erschöpft von dem langen Gehen. Es begann auch zu regnen, in dieser beständigen Art, die annehmen ließ, dass es auch sobald nicht aufhören würde. Nur an wenigen Orten regnete es so wie in Ashton.

Sophia wurde vom Kopfsteinpflaster angezogen und ging in Richtung Fluss, der durch die Stadt lief. Sophia war sich nicht sicher, was sie dort zu finden hoffte, unter den Lastkähnen und den flachen Kähnen. Sie zweifelte, dass die Hafenarbeiter oder Huren ihnen irgendeine Hilfe sein konnten und diese schienen der Hauptbestandteil dieses Stadtteils zu sein. Aber zumindest war es ein Ziel. Wenn schon nichts anderes, konnten sie einen Ort zum Verstecken an den Ufern finden und dem friedlichen Segeln der Schiffe zuschauen und von anderen Orten träumen.

Dann entdeckte Sophia einen flachen Überhang in der Nähe der vielen Brücken der Stadt. Sie näherte sich. Sie taumelte genauso wie Kate vom Gestank und von der Rattenplage. Aber ihre Müdigkeit machte sogar den schäbigsten Abfall zu einem Palast. Sie mussten aus dem Regen kommen. Sie mussten aus dem Blickfeld kommen. Und dann, was blieb ihnen noch? Sie mussten eine Stelle finden, wo niemand anderes, nicht einmal Landstreicher sich trauten hinzugehen. Und das war es.

"Hier?" fragte Kate angeekelt. "Können wir nicht zurück zum Schornstein gehen?"

Sophia schüttelte ihren Kopf. Sie bezweifelte, dass sie ihn wiederfanden und selbst wenn, dort würden die Verfolger zuerst schauen. Das war der beste Ort, den sie finden konnten, ehe der Regen noch schlimmer wurde und es Nacht wurde.

Sie setzte sich und versuchte ihre Tränen ihrer Schwester wegen zu verstecken.

Langsam und widerwillig setzte Kate sich neben sie, schlang ihre Arme um ihre Knie und schaukelte sich selbst, als wenn sie die Grausamkeit und die Ungehobeltheit und die Hoffnungslosigkeit der Welt so ausschließen könnte.

KAPITEL VIER

In Kates Träumen waren ihre Eltern noch am Leben und sie war glücklich. Wann immer sie davon träumte, schien es, als wenn sie da waren, obwohl die Gesichter eher selbst ausgedacht waren, anstatt Erinnerungen, da nur das Medaillon noch Hinweise gab. Kate war nicht alt genug gewesen, als sich alles verändert hatte.

Sie befand sich in irgendeinem Haus auf dem Land, wo der Blick aus den Fenstern auf Obstgärten und Felder fiel. Kate träumte von der warmen Sonne auf ihrer Haut, der sanften Brise, die durch die Blätter draußen wehte.

Der nächste Teil schien nie Sinn zu machen. Sie kannte nicht genug Details oder sie erinnerte sich nicht richtig. Sie versuchte ihren Traum zu zwingen, die ganze Geschichte zu erzählen, aber sie bekam nur Bruchstücke stattdessen:

Ein offenes Fenster mit Sternen draußen. Die Hand ihrer Schwester, Sophias Stimme in ihrem Kopf, die ihr sagte, sie solle sich verstecken. Sie suchte nach ihren Eltern im Gewirr des Hauses…

Sie versteckten sich im Dunkeln des Hauses. Sie hörte das Geräusch von Jemanden, der sich dort bewegte. Dahinter war Licht, obwohl es Nacht draußen war. Sie fühlte, dass sie nah dran war, an dem Punkt etwas zu entdecken, was mit ihren Eltern in der Nacht passiert war. Das Licht vom Fenster wurde heller und heller und –

“Wach auf”, sagte Sophia und schüttelte sie. “Du träumst Kate.”

Kates Augen flackerten auf. Träume waren immer so viel besser als die Welt, in der sie lebten.

Sie blinzelte von dem Licht. Unmöglich, dass es schon Tag war. Ihr erster Tag, an dem sie eine ganze Nacht draußen geschlafen hatte, ohne den Geruch und der Schreie der Waisenhausmauern, ihr erster Morgen, an dem sie woanders aufwachte. Selbst an so einem feuchten Ort war sie erfreut darüber.

Sie bemerkte nicht nur den Unterschied von der fehlenden Nachmittagssonne; sondern auch dass der Fluss vor ihnen zum Leben erwacht war, mit Lastkähnen und Boote, die sich beeilten, so schnell wie möglich flussaufwärts zu kommen. Einige bewegten sich mit kleinen Segelbooten, andere mit Stangen, mit denen sie sich vorwärts drückten oder Pferde, die sie von der Seite des Flusses aus zogen.

Um sie herum konnte Kate den Rest der Stadt aufwachen hören. Die Glocken des Tempels läuteten die Stunde, dazwischen konnte sie die Gespräche einer ganzen Stadt hören, von den Menschen, die sich auf den Weg zur Arbeit machten oder woanders hin. Heute war der Erste, ein guter Tag, um Dinge zu beginnen. Vielleicht würde das Glück für sie und Sophia bedeuten.

"Ich habe immer noch denselben Traum", sagte Kate. "Ich träume von … von der Nacht."

Sie schienen immer davor zurückzuschrecken, es auszusprechen. Es war merkwürdig, wo sie doch wahrscheinlich direkter sprechen konnten, als irgendjemand anderes in der Stadt, dass sie und Sophia sich immer noch scheuten, über diese eine Sache zu sprechen.

Sophias Ausdruck verdunkelte sich und Kate fühlte sich sofort schlecht deswegen.

"Ich träume auch manchmal davon", gab Sophia traurig zu.

Kate drehte sich zu ihr, konzentriert. Ihre Schwester musste es wissen. Sie war älter gewesen, sie musste mehr gesehen haben.

"Du *weißt*, was passiert ist, oder?", fragte Kate. "Du weißt was mit unseren Eltern passiert ist."

Es war eher eine Feststellung, als eine Frage.

Kate suchte das Gesicht ihrer Schwester nach Antworten ab und sie sah es, es war nur ein Flattern, etwas das sie versteckte.

Sophia schüttelte ihren Kopf.

"Es gibt Dinge, über die man lieber nicht nachdenkt. Wir müssen uns darauf konzentrieren, was wir als Nächstes machen und nicht auf die Vergangenheit."

Es war nicht gerade eine befriedigende Antwort, aber Kate hatte auch nicht mehr erwartet. Sophia würde nicht darüber sprechen, was in der Nacht passiert war, als ihre Eltern gegangen waren. Sie wollte nicht darüber reden und sogar Kate musste zugeben, dass es ihr unbehaglich dabei war, wenn sie daran dachte. Außerdem mochte man es im Haus der Herrenlosen nicht, wenn die Waisen versuchten, über ihre Vergangenheit zu sprechen. Sie nannten es undankbar und es war nur eine weitere Sache, die eine Bestrafung wert war.

Kate kickte eine Ratte von ihrem Fuß und setzte sich gerade hin und schaute sich um.

"Wir können nicht hier bleiben", sagte sie.

Sophia nickte.

"Wir werden sterben, wenn wir hier auf den Straßen bleiben."

Das war ein harter Gedanke, aber wahrscheinlich war es auch wahr. Es gab so viele Wege, auf den Straßen dieser Stadt zu sterben. Kälte und Hunger waren nur der Anfang der Liste. Mit Straßengangs, Wachmänner, Krankheiten und alle anderen Risiken da draußen, sah sogar das Waisenhaus sicher aus.

Nicht dass Kate zurückgehen würde. Sie würde es eher in Schutt und Asche brennen, ehe sie noch einmal durch die Tür trat. Vielleicht würde sie es irgendwann sowieso abbrennen. Sie lächelte bei dem Gedanken.

Sie spürte Hunger und Kate zog den letzten Kuchen hervor und begann ihn herunterzuschlingen. Dann erinnerte sie sich an ihre Schwester. Sie brach ihn in zwei Hälften und gab ihr die eine davon.

Sophia sah sie hoffnungsvoll, aber mit Schuld an.

“Es ist okay”, log Kate. “Ich habe noch einen in meinem Kleid.”

Sophia nahm es zögernd. Kate spürte, dass ihre Schwester wusste, dass sie log, aber zu hungrig war, um es abzulehnen. Ihre Verbindung war so nahe, dass Kate den Hunger ihrer Schwester fühlen konnte und Kate konnte sich nicht selbst erlauben glücklich zu sein, wenn ihre Schwester es nicht war.

Die beiden krochen endlich aus ihrem Versteck.

“Also, große Schwester”, fragte Kate, “irgendwelche Ideen?”

Sophia seufzte traurig und schüttelte ihren Kopf.

“Naja, ich verhungere”, erwiderte Kate. “Es wäre besser mit vollem Bauch zu denken.”

Sophia nickte zustimmend und sie gingen beide zurück auf die Hauptstraße.

Schon bald fanden sie ein Ziel – ein anderer Bäcker – und stahlen Frühstück auf dieselbe Art, wie sie ihr letztes Essen gestohlen hatten. Als sie sich in eine Straße hockten und sich vollstopften, war es verführerisch zu glauben, dass sie den Rest ihres Lebens so leben konnten, indem sie ihr geteiltes Talent nutzen, um das zu holen, was sie brauchten, wenn niemand hinsah. Aber Kate wusste, dass das so nicht funktionierten würde. Nichts Gutes hielt ewig an.

Kate sah auf das emsige Treiben der Stadt vor ihr. Es war überwältigend. Und die Straßen schienen sich auf ewig zu strecken.

“Wenn wir nicht auf der Straße bleiben können”, sagte sie, “was sollen wir dann machen? Wo sollen wir hingehen?”

Sophia zögerte einen Moment, sie sah genauso unsicher wie Kate aus.

“Ich weiß es nicht”, gab sie zu.

“Naja, was *können* wir tun?”, fragte Kate.

Das schien keine so große Liste zu sein, wie sie hätte sein sollen. Die Wahrheit war, dass Waisen wie sie, keine Optionen in ihrem Leben hatten. Sie waren auf ein Leben vorbereitet, dass sie als Auszubildende oder Bedienstete, Soldaten oder noch schlimmeres sah. Es gab keine echte Erwartung, dass sie jemals frei wären, denn selbst die, die wirklich nach einem Ausbildungsplatz suchten, bekamen nur einen Hungerlohn bezahlt, nicht genug, um jemals ihre Schulden abzuzahlen.

Und um ehrlich zu sein, hatte Kate wenig Geduld für Nähen oder Kochen, für die Etikette oder ein Kurzwarengeschäft.

“Wir könnten einen Händler finden und versuchen uns selbst auszubilden”, schlug Kate vor.

Sophia schüttelte ihren Kopf.

“Selbst wenn wir jemanden finden, der uns nehmen würde, würden sie vorher von unseren Familien hören wollen. Wenn wir keinen Vater vorweisen können, der für uns bürgt, dann werden sie wissen, was wir sind.”

Kate musste zugeben, dass ihre Schwester nicht ganz unrecht hatte.

“Naja dann könnten wir uns als Kahnjungen verpflichten und den Rest des Landes sehen.”

Sogar als sie das sagte, wusste sie, dass das wahrscheinlich genauso skurril war, wie ihre erste Idee. Ein Kahnkapitän würde trotzdem Fragen stellen und wahrscheinlich würde irgendein Verfolger für geflohene Waisen sich die Lastkähne genauer nach den Geflohenen anschauen. Sie konnte sich auf jeden Fall nicht auf Hilfe von jemanden verlassen, nicht nachdem was in der Bücherei passiert war, mit dem einzigen Mann in dieser Stadt, den sie als Freund betrachtet hatte.

Wie naiv sie gewesen war.

Sophia schien ebenfalls die Größe dessen zu erfassen, was sie erwartete. Sie schaute mit einem wehmütigen Ausdruck auf ihrem Gesicht weg.

“Wenn du alles tun könntest”, fragte Sophia, “wenn du überall hingehen könntest, wo würdest du hingehen?”

Kate hatte darüber noch nie so richtig nachgedacht.

“Ich weiß nicht”, sagte sie. “Ich meine, ich hätte nie gedacht, dass ich den Tag überleben werde.”

Sophia blieb lange Zeit still. Kate konnte sie denken fühlen.

Endlich sprach Sophia.

“Wenn wir versuchen, etwas Normales zu machen, wird es genauso viele Hindernisse geben, als wenn wir nach den größten

Dingen der Welt greifen. Vielleicht sogar noch mehr, denn die Menschen erwarten von Menschen wie uns, dass wir uns mit weniger zufriedengeben. Also was willst du mehr als alles andere?"

Kate dachte darüber nach.

"Ich will unsere Eltern finden", antwortete Kate und realisierte es erst, als sie es aussprach.

Sie konnte den Schmerz fühlen, der bei diesen Worten durch Sophia rannte.

"Unsere Eltern sind tot", sagte Sophia. Sie hörte sich so bestimmt an, dass Kate sie wieder fragen wollte, was vor all den Jahren passiert war. "Es tut mir leid, Kate. Das war nicht, was ich meinte."

Kate seufzte bitter.

"Ich möchte niemanden, der wieder kontrolliert was ich tue", sagte Kate und wählte etwas, was sie fast genauso sehr wollte, wie die Rückkehr ihrer Eltern. "Ich will frei sein, wirklich frei."

"Das will ich auch", sagte Sophia. "Aber es gibt nur wenig wirklich *freie* Menschen in dieser Stadt. Die Einzigen sind wirklich …"

Sie sah auf die Stadt und ihrem Blick folgend, konnte Kate sehen, dass sie in Richtung Palast schaute, mit seinem schimmernden Marmor und seinen vergoldeten Dekorationen.

Kate konnte fühlen, was sie dachte.

"Ich glaube nicht, das eine Bedienstete im Palast zu sein, dich befreit", sagte Kate.

"Ich habe nicht daran gedacht, eine Bedienstete zu sein", keifte Sophia. "Was, wenn … wenn wir einfach da reingehen und eine von ihnen sind? Was, wenn wir alle davon überzeugen können, dass wir das sind? Was, wenn wir einen reichen Mann heiraten, der Verbindungen zum Hof hat?"

Kate lachte nicht, aber nur, weil sie sehen konnte, wie ernst es ihrer Schwester mit der ganzen Idee war. Wenn sie alles haben könnte, wäre das Letzte was Kate wollte, in den Palast zu gehen und eine vornehme Dame zu werden, einen Mann zu heiraten, der ihr sagte, was sie tun sollte.

"Ich will nicht von jemand anderem für meine Freiheit abhängig sein", sagte Kate. "Die Welt hat uns eins beigebracht: wir müssen uns auf uns selbst verlassen. *Nur auf* uns selbst. Auf diese Weise können wir alles kontrollieren, was uns passiert. Und wir dürfen niemandem mehr vertrauen. Wir müssen lernen, auf uns selbst aufzupassen. Uns selbst zu ernähren. Vom Land zu ernähren. Lernen zu jagen. Zu bewirtschaften. Alles, wobei wir uns nicht auf andere verlassen müssen. Und wir müssen gute Waffen ansammeln und gute Kämpfer werden, wenn also jemand kommt, der uns beklauen will, können wir ihn töten."

Und plötzlich erkannte Kate.

"Wir müssen diese Stadt verlassen", drängte sie ihre Schwester. "Sie ist voll von Gefahren für uns. Wir müssen hinter der Stadt leben, auf dem Land, wo wenige Menschen leben und wo uns niemand Schaden zufügen kann."

Je mehr sie darüber sprach, umso mehr erkannte sie, dass das das Richtige war. Es war ihr Traum. In dem Moment wollte Kate nichts weiter als zu den Toren der Stadt zu rennen und auf die offene Fläche dahinter.

"Und wir müssen lernen zu kämpfen", fügte Kate hinzu, "Wenn wir größer und stärker werden und die besten Schwerter und Armbrüste und Dolche haben, dann kommen wir hier her zurück und töten alle, die uns im Waisenhaus wehgetan haben."

Sie fühlte Sophias Hand auf ihrer Schulter.

"So kannst du nicht reden, Kate. Du kannst nicht einfach Leute umbringen, als wenn das nichts wäre."

"Es ist nichts", spie Kate. "Sie haben das *verdient.*"

Sophia schüttelte ihren Kopf.

"Das ist primitiv", sagte Sophia. "Es gibt bessere Wege, um zu überleben. Und bessere Wege, sich zu rächen. Außerdem, ich will nicht nur *Überleben*, wie ein Bauer in den Wäldern. Wo ist da der Sinn? Ich will *leben.*"

Sie gingen eine Weile still und Kate nahm an, dass Sophia genauso in ihrem Traum gefangen war, wie sie selbst. Sie gingen die Straßen entlang, die mit Menschen gefüllt waren, die zu wissen schien, was sie mit ihrem Leben machen sollten, die einen Sinn im Leben zu haben schienen und für Kate, war es unfair, dass es so einfach für sie war. Dann wieder war es das vielleicht nicht. Vielleicht hatten sie alle keine große Wahl so wie sie oder Sophia, wenn sie im Waisenhaus geblieben wären.

Vorne lag die Stadt jenseits von Toren, die wahrscheinlich schon seit Hunderten von Jahren dort waren.

Der Platz dahinter war jetzt mit Häusern gefüllt, die direkt gegen die Mauern gedrückt waren auf eine Art, die sinnlos erschien. Es gab einen weiten offenen Platz dahinter, wo mehrere Bauern ihr Vieh zum Schlachter fuhren, Schafe und Gänse, Enten und sogar ein paar Kühe. Es gab auch Güterwagen, die darauf warteten, in die Stadt zu kommen.

Und dahinter war der Horizont mit Wald gefüllt. Wälder, in die Kate fliehen wollte.

Kate sah die Kutsche, bevor Sophia sie sah. Sie drängte sich ihren Weg durch die wartenden Wagen, die Insassen nahmen offensichtlich an, dass sie das Recht hatten, als erste in die Stadt zu treten. Vielleicht hatten sie das auch. Die Kutsche war vergoldet und geschnitzt, mit einem Familienwappen an der Seite, dass vielleicht Sinn gemacht hätte, wenn die Nonnen gedacht hätten, dass es sich lohnte solche Dinge zu unterrichten. Die Seidenvorhänge waren geschlossen, aber Kate sah einen aufgehen und dahinter eine Frau, die unter einer aufwendigen Vogelkopfmaske hervorschaute.

Kate fühlte sich voll mit Neid und Ekel. Wie konnten einige Menschen so gut leben?

"Schau dir die an", sagte Kate. "Sie sind wahrscheinlich auf ihrem Weg zu einem Ball oder einer Kostümparty. Sie haben sich wahrscheinlich noch nie Sorgen über Hunger in ihrem Leben gemacht."

"Nein, haben sie nicht", stimmte Sophia zu. Aber sie hörte sich hoffnungsvoll an, vielleicht sogar bewundernd.

Dann erkannte Kate, was ihre Schwester dachte. Sie drehte sich erschrocken zu ihr um.

"Wir können ihnen nicht einfach folgen", sagte Kate.

"Warum nicht?", fragte ihre Schwester zurück. "Warum sollen wir nicht versuchen, zu erhalten, was wir wollen?"

Kate gab ihr keine Antwort. Sie wollte Sophia nicht sagen, dass es nicht funktionieren würde. Es *konnte nicht* funktionieren. Das war nicht die Art und Weise, wie die Welt zusammenpasste. Sie würden sie nur einmal anschauen und *wissen*, dass sie Waisen waren, dass sie Bauern waren. Wie konnten sie jemals darauf hoffen, in so eine Welt hineinzupassen?

Sophia war die ältere Schwester, sie sollte das alles bereits wissen.

Außerdem fielen Kates Augen in dem Moment auf etwas, das gleichermaßen verlockend für sie war.

Da waren Männer, die sich in der Nähe des Platzes aufstellten, sie trugen die Farben einer der Söldnerfirmen, die sich gerne im Krieg auf der anderen Seite des Flusses versuchten. Sie hatten Waffen in Autos und Kutschen verstaut. Einige von ihnen führten sogar ein improvisiertes Fechtturnier mit stumpfen Stahlschwertern aus.

Kate sah die Waffen und sie sah, was sie brauchte: Gestelle aus Stahl. Dolche, Schwerter, Armbrüste, Jagdfallen. Mit nur ein paar von diesen Dingen konnte sie lernen Fallen zu stellen und auf dem Land zu leben.

“Mach das nicht”, sagte Sophia ihrem Blick folgend und legte eine Hand auf ihren Arm.

Kate zog sich vorsichtig von ihr los. “Komm mit”, sagte Kate bestimmt.

Sie sah, wie ihre Schwester den Kopf schüttelte. “Du weißt, dass ich das nicht kann. Das ist nichts für mich. Das bin ich nicht. Das ist nicht, was ich will, Kate.”

Und zu versuchen sich einer Reihe von vornehmen Leuten anzupassen, war nicht, was Kate wollte.

Sie konnte die Bestimmtheit ihrer Schwester fühlen, sie konnte ihre eigene fühlen und sie hatte plötzlich eine Ahnung, wo das hinführte. Das Wissen trieb ihr die Tränen in die Augen. Sie warf ihre Arme um ihre Schwester, gerade als ihre Schwester sie ebenfalls umarmte.

“Ich will dich nicht alleine lassen”, sagte Kate.

“Ich will dich auch nicht alleine lassen”, erwiderte Sophia, “aber vielleicht müssen wir es jede auf eigene Weise versuchen, zumindest für eine kleine Weile. Du bist genauso stur wie ich und wir haben beide unseren Traum. Ich bin davon überzeugt, dass ich es schaffen kann und dann kann ich dir helfen.”

Kate lächelte.

“Und ich bin überzeugt, dass ich es schaffen kann und dann kann ich dir helfen.”

Kate konnte jetzt auch die Tränen in den Augen ihrer Schwester sehen, aber mehr noch konnte sie die Traurigkeit fühlen, die sie durch die Verbindung die sie teilten, spürte.

“Du hast recht”, sagte Sophia. “Du würdest nicht zum Hof passen und ich würde nicht in irgendeine Wildnis passen oder zu lernen, wie man kämpft. Vielleicht müssen wir das getrennt machen. Vielleicht sind unsere besten Überlebenschancen, wenn wir getrennt sind. Immerhin wenn eine von uns erwischt wird, kann der andere kommen und sie retten.”

Kate wollte Sophia sagen, dass sie falsch lag, aber in Wahrheit machte alles was sie sagte Sinn.

“Ich werde dich hinterher finden”, sagte Kate. “Ich will lernen, wie man kämpft und wie man auf dem Land lebt und ich werde dich finden. Dann wirst du das sehen und du kannst zu mir kommen.”

“Und ich werde dich finden, wenn ich am Hof erfolgreich war”, entgegnete Sophia mit einem Lächeln. “Du kannst zu mir in den Palast kommen und einen Prinzen heiraten und diese Stadt beherrschen.”

Sie lächelte beide, Tränen rollten über ihre Wangen.

Aber du wirst nie alleine sein, fügte Sophia hinzu, die Wörter klangen in Kates Kopf. *Ich werde immer so nah wie ein Gedanke sein.*

Kate hielt die Traurigkeit nicht länger aus und sie wusste, sie musste handeln, ehe sie ihre Meinung änderte.

Sie umarmte ihre Schwester ein letztes Mal, ließ sie los und rannte in die Richtung der Waffen.

Es war Zeit alles auf eine Karte zu setzen.

KAPITEL FÜNF

Sophia konnte die Entschlossenheit in sich brennen spüren, während sie quer durch Ashton lief, zum ummauerten Bezirk, wo der Palast lag. Sie eilte die Straßen herunter, wich Pferden aus und hüpfte gelegentlich hinten auf einen Wagen, wenn es aussah, als wenn er in die richtige Richtung fuhr.

Sogar dann brauchte es noch Zeit die Weite des Platzes zu überqueren, an den Wächtern vorbei, durch das Händlerviertel, Knotty Hill und die anderen Bezirke durch, einer nach dem anderen, Sie waren so fremd und voll mit Leben für sie, nach ihrer Zeit im Haus der Herrenlosen, dass Sophia sich wünschte, sie hätte mehr Zeit, diese zu entdecken. Sie fand sich selbst vor einem großen, kreisförmigen Theater stehend und wünschte sich, dass sie genug Zeit hätte, hineinzugehen.

Die gab es aber nicht, denn wenn sie den Maskenball heute Abend verpasste, war sie sich nicht sicher, wie sie den Platz am Hof finden sollte, den sie wollte. Ein Maskenball, das wusste sogar sie, fand nicht oft statt und das wäre ihre größte Chance sich hineinzuschleichen.

Sie machte sich Sorgen über Kate, als sie lief. Es fühlte sich merkwürdig an, nach so langer Zeit, einfach in verschiedene Richtungen zu gehen. Aber die Wahrheit war, dass sie verschiedene Dinge vom Leben wollten. Sophia würde sie finden, wenn dies hier zu Ende war. Wenn sie sich ein Leben unter den Reichen von Ashton eingerichtet hatte, würde sie Kate finden und alles in Ordnung bringen.

Die Tore zum ummauerten Bezirk, der den Palast hielt, lagen vor ihr. Wie Sophia erwartet hatte, waren sie für den Abend geöffnet und hinter ihnen konnte sie förmliche Gärten in gepflegten Reihen von Hecken und Rosen sehen. Es gab sogar große Stücke Gras, die kürzer geschnitten waren, als es Felder je sein könnten und das an sich, schien ein Zeichen von Luxus, wenn jeder andere in der Stadt, ein Stück Land neben seinem Haus hatte, dass er zum Anbau von Nahrungsmitteln benutzte.

Alle paar Schritte in den Gärten waren Laternen auf Stangen aufgestellt. Sie waren noch nicht angezündet, aber in der Nacht, würden sie den ganzen Ort in ein helles Licht verwandeln und die

Leute würden so leicht auf dem Rasen tanzen, wie in einem der großen Räume im Palast.

Sophia konnte sehen, wie die Menschen hineingingen, einer nach dem anderen. Ein goldlivrierter Diener stand am Tor, zusammen mit zwei Wachmännern im hellsten blau, ihre Flinten in perfekter Parade Darstellung geschultert, während Reiche und ihre Diener vorbeischlenderten.

Sophia eilte zum Tor. Sie hoffte, dass sie sich selbst in der Menge die hineinging, verlieren konnte, aber als sie dort ankam, war sie die Einzige. Das bedeutete, dass der Diener ihr die volle Aufmerksamkeit gab. Er war ein älterer Mann mit einer gepuderten Perücke, die sich bis in den Nacken kräuselte. Er sah Sophia mit etwas an, dass Verachtung nahe kam.

"Und was willst *du*?", fragte er, in einem Ton, der so erhoben war, dass es auch der eines Schauspielers hätte sein können, der einen Adligen spielte, anstatt den Diener von den echten Adligen.

"Ich bin wegen des Balls hier", sagte Sophia. Sie wusste, sie könnte nie als vornehm durchgehen, aber es gab immer noch Dinge, die sie tun konnte. "Ich bin die Dienerin von –"

"Mach dich nicht lächerlich", gab der Diener zurück. "Ich weiß genau, wer hier rein darf und wer nicht und niemand von denen würde sich von einer Dienerin wie dich begleiten lassen. Wir lassen keine Hafenhuren herein. So eine Party ist das nicht."

"Ich weiß nicht, was Sie meinen", versuchte Sophia, aber der finstere Blick, den sie erhielt, sagte ihr, dass sie nicht einmal nahe dran war, dass ihr Versuch funktionierte.

"Dann lasse es mich erklären", sagte der Diener am Tor. Er schien das zu genießen. "Dein Kleid sieht aus, als wenn es von einer Fischersfrau wäre. Du stinkst, als wenn du gerade aus einer Grube kommst. Und deine Stimme, sie hört sich an, als wenn du nicht einmal das Wort Redekunst buchstabieren und erst recht nicht anwenden könntest. Jetzt geh, bevor ich dich wegjagen und für heute Abend abschließen muss."

Sophia wollte nicht diskutieren, aber die Grausamkeit seiner Wörter schienen ihre alle gestohlen zu haben. Noch mehr, sie hatten ihren Traum gestohlen, so einfach, als wenn der Mann danach gegriffen und ihn aus der Luft genommen hätte. Sie drehte sich um und rannte weg und der schlimmste Teil war das Gelächter, das ihr den ganzen Weg die Straße herunter folgte.

Sophia blieb an einer weiteren Tür stehen, völlig erniedrigt. Sie hatte nicht erwartet, dass das einfach wäre, aber sie hatte erwartet, dass irgendjemand in der Stadt freundlich wäre. Sie dachte, dass sie in der Lage wäre, als Bedienstete durchzugehen, wenn sie schon nicht für eine vornehme Frau durchging.

Vielleicht war das ihr Fehler. Wenn sie versuchte sich selbst neu zu erfinden, sollte sie es dann nicht ganz machen? Vielleicht war es noch nicht zu spät. Sie konnte nicht als die Art von Dienerin durchgehen, die ihre Herrin zu einem Ball begleitete, aber als was könnte sie durchgehen? Sie könnte die Art sein, die sie schon fast gewesen war, als sie das Waisenhaus verlassen hatte. Die Art von Dienerin denen man die niedrigsten Jobs gab.

Das könnte funktionieren.

Der Bereich um den Palast war ein Ort von vornehmen Stadthäusern, aber auch von all den Dingen, die ihrer Besitzer von der Stadt erwarteten: Damenschneiderin, Juweliere, Badehäuser und vieles mehr. Alles Dinge, die Sophia sich nicht leisten konnte, aber alles Dinge, die sie vielleicht trotzdem erhalten könnte.

Sie begann mit der Damenschneiderin. Das war der schwerste Teil und vielleicht, wenn sie erst einmal das Kleid hatte, würde der Rest einfach werden. Sie betrat den Laden, in dem viel Betrieb war, keuchend, als wenn sie bald zusammenbrechen würde und hoffte auf das Beste.

“Was machst du hier?”, fragte eine staalhaarige Frau, und schaute mit einem Mund voll Nadeln hoch.

“Verzeihung …”, begann Sophie. “Meine Herrin … sie wird mich schlagen, wenn ihr Kleid noch später kommt … sie sagte … ich soll den ganzen Weg laufen.”

Sie konnte nicht als eine Bedienstete durchgehen, die ihre Herrin begleitete, aber sie konnte die Dienerin der Adligen sein, die für Botengänge in der letzten Minute losgeschickt wurde.

“Und der Name deiner Herrin?”, fragte die Damenschneiderin.

Ist das wirklich die Art von Dienerin, die Milady D’Angelica schicken würde? Vielleicht weil sie dieselbe Größe haben und sie wissen will, ob es passt?

Das Aufflackern von Sophias Talent kam unaufgefordert. Sie hatte mehr Sinn als Verstand.

“Milady D’Angelica”, sagte sie. “Verzeihen Sie, aber sie sagte, ich soll mich beeilen. Der Ball –“

“Der wird nicht vor ein oder zwei Stunden losgehen und ich bezweifle, dass deine Herrin nicht eher da sein will, ehe sie keinen großen Auftritt haben kann”, antwortete die Damenschneiderin. Ihr Ton war jetzt ein wenig schärfer, obwohl Sophia annahm, dass das nur an der Person lag, für die sie vorgab zu dienen.

Die andere Frau gab nach. “Warte hier.”

Sophia wartete, auch wenn es das Schwerste überhaupt in dem Moment war. Es gab ihr zumindest die Gelegenheit zuzuhören. Der Diener im Palast hatte recht gehabt: Menschen sprachen unterschiedlich, weit entfernt von dem ärmsten Teil der Stadt. Ihre Vokale waren mehr gerundet, die Spitze der Wörter mehr geschliffen. Eine der Frauen, die dort arbeitete, schien aus einem der Handelsstaaten zu kommen, ihr Akzent ließ ihr R rollen, als sie mit den anderen sprach.

Es dauerte nicht lange, bis die ursprüngliche Schneiderin mit einem Kostüm zurückkam und es Sophia zur Kontrolle anhielt. Es war das schönste Kleid, was Sophia je gesehen hatte. Es schimmerte Silber und blau und es schien zu glänzen, während es sich bewegte. Das Mieder war mit Silberfaden bearbeitet und sogar die Unterröcke schimmerten in Wellen, was wie eine Verschwendung aussah. Wer würde die sehen?

“Milady D'Angelica und du haben dieselbe Größe, ja?”, fragte die Schneiderin.

“Ja, Ma'am”, erwiderte Sophia. “Deswegen hat sie mich geschickt.”

“Dann hätte sie dich gleich zuerst schicken sollen, anstatt eine Liste an Maßen.”

“Ich werde es ihr ausrichten”, sagte Sophia.

Das ließ die Damenschneiderin blass vor Schreck zurückweichen, als wenn der schiere Gedanke daran schon ausreichte, um ihr einen Herzstillstand zu bescheren.

“Das ist nicht nötig. Es ist sehr nah dran, aber ich muss ein paar Sachen anpassen. Bist du *sicher*, dass du ihre Größe hast?”

Sophia nickte. “Bis auf den Zentimeter Ma'am. Sie gibt mir nur dass zu essen, was sie isst, sodass wir gleich bleiben.”

Das war ein ausgelassenes und dummes Detail, aber die Schneiderin schien es zu schlucken. Vielleicht war es die Art von Extravaganz, von der sie glaubte, dass eine Adlige sich dazu herablassen würde. Wie dem auch sei, sie machte die Anpassungen so schnell, dass Sophia es kaum glauben konnte, endlich übergab sie ihr ein Paket, das in gemustertem Papier eingepackt war.

„Die Rechnung geht auf Miladys Konto?“ fragte die Damenschneiderin. Es lag ein wenig Hoffnung da drin, als wenn Sophia ihr Geld übergeben würde, aber Sophia konnte nur nicken. „Natürlich, natürlich. Ich vertraue darauf, dass Milady D'Agelica zufrieden sein wird.“

“Ich bin sicher, dass sie das sein wird”, sagte Sophia. Sie rannte praktisch zur Tür.

Tatsächlich war sie sich sicher, dass die Adlige wütend sein würde, aber Sophia plante nicht, auf den Teil der Geschichte zu warten.

Sie musste noch in andere Läden gehen, um andere Pakete für ihre "Herrin", "abzuholen."

Bei einem Schuster holte sie Stiefel aus dem feinsten farblosesten Leder, mit geätzten Linien, die eine Szene aus dem Leben der namenslosen Göttin zeigen. In einer Parfümerie erwarb sie eine kleine Flasche, die roch, als wenn der Hersteller irgendwie die Essenz von allem Schönen in eine wunderbare Kombination zusammengefasst hatte.

"Das ist meine beste Arbeit", sagte er. "Ich hoffe, Lady Beaufort hat Freude daran."

Bei jedem Halt suchte sich Sophia eine neue Adelsfrau aus, der sie diente. Das war einfach praktisch: sie konnte nicht garantieren, dass Milady D'Angelica in jedem Laden der Stadt gewesen war. Bei einigen Läden nahm sie die Namen von den Gedanken des Eigentümers. Bei anderen, wenn ihr Talent nicht kam, musste sie das Gespräch aufrechterhalten, bis sie eine Vermutung hatte oder wie in einem Fall, bis sie einen Blick auf das Protokollbuch über der Ladentheke erhaschen konnte.

Je mehr sie stahl, umso einfacher schien es zu werden. Jedes vorherige Stück ihres gestohlenen Outfits, diente als eine Art Qualifikation für das Nächste, denn natürlich hätten die anderen Ladenbesitzer niemals Sachen an die falsche Person gegeben. Als sie an dem Laden ankam, wo sie Masken verkauften, presste der Ladenbesitzer ihr quasi seine Waren in die Hand, ehe sie durch die Tür war. Es war eine Halbmaske einer geschnitzten Ebenholzes Szene nach Szene der maskierten Göttin, die sich um die Gastfreundschaft bemüht und sich mit Federn an den Rändern und den Schmuckstücken um die Augen herum, hervorhob. Wahrscheinlich waren sie dazu gedacht, es so aussehen zu lassen, dass die Augen des Trägers im reflektierten Licht schienen.

Sophia fühlte ein wenig Schuldgefühl aufblitzen, als sie es nahm und es zu ihrer nicht unbeträchtlichen Menge an Päckchen an ihren Armen hinzufügte. Sie stahl von so vielen Menschen, sie nahm Dinge, an denen die Hersteller gearbeitet und wofür andere gezahlt hatten. Oder wofür sie zahlen würden oder noch nicht gezahlt hatten. Sophia hatte noch nicht ganz herausgefunden, wie die Adligen Dinge kauften, ohne richtig dafür zu bezahlen.

Es war nur ein kurzes Schuldgefühl, denn diese Damen hatten so viel im Vergleich zu den Waisen im Haus der Herrenlosen. Alleine die Juwelen auf dieser Maske hätten ihre Leben verändert.

Jetzt erst mal musste Sophia sich umziehen, sie konnte nicht so dreckig von ihrer Nacht am Fluss auf eine Party gehen. Sie lief um das Badehaus herum, wartete, bis sie einen Eingang fand, an dem Kutschen an der Tür standen und der getrennte Baderäume für die Damen anzeigte. Sie hatte keine Münzen zur Bezahlung, aber sie ging trotzdem zur Tür und ignorierte den Blick, den der große, muskuläre Eigentümer ihr zuwarf.

"Meine Mistress ist drinnen", sagte sie. "Sie hat mir befohlen, alles hier herzubringen, sobald sie mit dem Baden fertig ist oder es gibt Ärger."

Er schaute sie von oben bis unten an. Wieder schienen die Pakete in Sophias Hände wie eine Eintrittskarte zu wirken. "Dann gehst du lieber rein, oder? Die Umkleiden sind links."

Sophia ging hinein, legte ihre gestohlenen Preise in einen Raum, der voll von heißem Dampf von den Bädern war. Frauen kamen und gingen, sie trugen umwickelte Handtücher, die dazu dienten, sie zu trocknen. Keine von ihnen sah Sophia zweimal an.

Sie zog sich aus, schlang ein Handtuch um sich und lief zu den Bädern. Sie waren in dem Stil eingerichtet, dass sie auf der anderen Seite des Flusses bevorzugten, mit mehreren heißen, warmen und kalten Pools, Masseusen an der Seite und wartenden Dienern.

Sophia war sich ihrem Tattoo auf ihrem Fußknöchel nur allzu gut bewusst, das genau sagte, was sie war, aber es gab auch abhängige Diener hier mit ihren Mistressen, die sie mit duftendem Öl massierten oder mit Bürsten durch ihre Haare fuhren. Falls jemand das Tattoo bemerkte, nahmen sie wahrscheinlich an, dass Sophia aus diesem Grund hier war.

Dennoch nahm sie sich nicht die Zeit, die sie vielleicht hätte, um in den Bädern zu schwelgen. Sie wollte hier wieder raus sein, bevor irgendjemand Fragen stellte. Sie tauchte unter Wasser, schrubbte sich mit der Seife ab und versuchte den schlimmsten Dreck von sich zu waschen. Als sie aus dem Bad trat, versicherte sie sich, dass ihr Wickeltuch bis nach unten zu ihren Fußknöcheln ging.

Wieder in der Umkleide zog sie sich Schritt für Schritt zu ihrem neuen Ich an. Sie begann mit den Seidenstrümpfen und dem Unterrock, zog die Mieder an und die äußeren Röcke, Handschuhe und mehr.

"Braucht die Dame Hilfe mit ihrem Haar?", fragte eine Frau und Sophia sah eine Frau ihr gegenüber, die sie beobachtete.

"Wenn es keine Umstände macht", sagte Sophia und versuchte sich zu erinnern, wie die Adligen sprachen. Ihr fiel ein, dass es einfacher wäre, wenn niemand dachte, dass sie von hier kam, sie fügte also einen Hinweis auf einen Handelsstaatenakzent hinzu, den sie bei der Schneidern gehört hatte. Zu ihrer Überraschung ging das ganz einfach, ihre Stimme passte sich genauso schnell an, wie der Rest von ihr.

Das Mädchen trocknete und flocht ihre Haare in einen anspruchsvollen Dutt, dem Sophia kaum folgen konnte. Als es fertig war, setzte sie die Maske auf und ging hinaus, ging an den Kutschen vorbei, bis sie eine sah, die leer war.

"Sie da!", rief sie, ihre neu erfundene Stimme hörte sich merkwürdig in ihren Ohren an. "Ja, Sie! Fahren Sie mich sofort zum Palast und halten Sie unterwegs nicht an. Ich bin in Eile. Und fragen Sie nicht nach einem Tarif. Sie können die Rechnung an Lord Dunham schicken und der kann sich glücklich schätzen, dass das alles ist, was ich ihn heute Abend koste."

Sie wusste nicht einmal, ob es überhaupt einen Lord Dunham gab, aber der Name fühlte sich richtig an. Sie erwartete, dass der Kutschfahrer diskutieren würde oder zumindest über den Preis feilschen würde. Stattdessen verbeugte er sich einfach.

"Ja, meine Dame."

Die Kutschfahrt durch die Stadt wahr bequemer, als Sophia sich vorgestellt hatte. Bequemer als das Gerüttel hinten auf dem Wagen und vor allem kürzer. In nur wenigen Minuten konnte sie die Tore sehen. Sophia fühlte, wie ihr Herz sich zusammenzog, denn es stand immer noch derselbe Diener am Tor. Konnte sie das schaffen? Würde er sie wiederkennen?

Die Kutsche wurde langsamer und Sophia zwang sich, sich herauszulehnen, hoffend, dass sie so aussah, wie sie sollte.

"Ist der Ball schon im Gang?", fragte sie in ihrem neuen Akzent. "Bin ich richtig, um jetzt Eindruck zu machen? Noch wichtiger, wie sehe ich aus? Meine Bediensteten sagen mir, dass dies für Ihren Hof geeignet ist, aber ich fühle mich, als wenn ich wie eine Hafenhure aussehe."

Sie konnte sich diesen kleinen Hieb nicht verkneifen. Der Bedienstete am Tor beugte sich tief.

"Meine Dame, Sie hätten zu keiner besseren Zeit kommen können", versicherte er ihr, mit der Art von falscher Ehrlichkeit, von der Sophia annahm, dass sie den Adligen gefiel. "Und sie sehen absolut toll aus. Bitte gehen sie durch."

Sophia schloss die Vorhänge, als die Kutsche weiterfuhr, aber nur, damit es ihre verblüffte Erleichterung verbarg. Das funktionierte. Es funktionierte wirklich.

Sie hoffte nur, dass die Dinge auch genauso gut für Kate funktionierten.

KAPITEL SECHS

Kate genoss die Stadt alleine mehr als sie gedacht hatte. Der Verlust ihrer Schwester tat immer noch weh und sie wollte immer noch nach draußen aufs offene Land gehen, aber im Moment war Ashton ihr Spielplatz.

Sie lief durch die Straßen der Stadt und es gab etwas besonders Ansprechendes daran, sich in der Menge zu verlieren. Niemand sah sie an, ebenso wenig wie die anderen Gassenkinder oder Lehrlinge, jüngere Söhne oder potenzielle Kämpfer der Stadt. In ihrem Jungen Kostüm und mit den kurzen Stacheln ihrer Haare hätte Kate als einer von ihnen durchgehen können.

Es gab so viel zu sehen in der Stadt und nicht nur die Pferde, auf die Kate ein begehrliches Auge warf, jedes Mal, wenn sie an einem vorbeikam. Sie hielt gegenüber eines Verkäufers an, der Jagdwaffen aus einem Waggon verkaufte, die leichten Armbrüste und gelegentliche Musketen sahen unglaublich groß aus. Wenn Kate eine hätte stehlen können, hätte sie es getan, aber der Mann hatte ein wachsames Auge auf jeden, der näherkam.

Dennoch war nicht jeder so vorsichtig. Sie schaffte es eine dicke Scheibe Brot von einem Kaffeetisch zu stehlen, ein Messer, von dort, wo es jemand benutzt hatte, um ein religiöses Merkblatt aufzustecken. Ihr Talent war nicht perfekt, aber zu wissen, was die Gedanken der Menschen waren und worauf ihre Aufmerksamkeit lag, war ein großer Vorteil, wenn es um die Stadt ging.

Sie machte weiter, suchte nach einer Möglichkeit noch mehr zu bekommen, dass sie für ein Leben auf dem Land brauchen würde. Es war Frühling und das hieß an den meisten Tagen einfacher Regen anstelle von Schnee. Was würde sie brauchen? Kate begann, die Dinge an ihren Fingern abzuzählen. Eine Tasche, Zwirn, um die Fallen für die Tiere zu erstellen, eine Armbrust, wenn sie eine bekommen könnte, ein Öltuch, um den Regen von einem Pferd abzuhalten. Definitiv ein Pferd, trotz aller Risiken, die ein Pferdediebstahl mit sich bringen könnte.

Nicht, dass irgendetwas wirklich sicher war. Es gab Galgenhaken an eine der Ecken, die die Knochen von lange toten Kriminellen enthielt, die so aufbewahrt wurden, dass die Lehre anhalten würde. Über eines der ältesten Tore, die im letzten Krieg ruiniert worden waren, hingen drei Schädel auf Spikes, die anscheinend die des Verräterkanzlers und seiner Verschwörer waren. Kate fragte sich, wie das noch jemand wissen sollte.

Sie ersparte sich einen Blick auf den Palast in der Ferne, aber das war nur, weil sie hoffte, dass es Sophia gut ging. Diese Art von Ort war für die Fans der Königinwitwe und ihre Söhne, die Adligen und ihre Diener, die versuchten, die Probleme der echten Welt mit ihren Partys und ihrer Jagd auszuschließen, nicht die echten Leute.

“Hey, Junge, wenn du ein paar Münzen ausgeben kannst, dann zeige ich dir, was eine schöne Zeit ist”, rief eine Frau von den Stufen eines Hauses, während Kate die Geräusche von Menschen hören konnte, die sich selbst zu sehr genossen, obwohl es noch nicht ganz dunkel war.

“Ich bin kein Junge”, erwiderte sie schnippisch.

Die Frau zuckte die Schultern. “Ich bin nicht wählerisch. Oder komm rein und verdien dir ein paar Münzen. Die alten Lauscher mögen die Jüngeren.”

Kate ging weiter und würdigte das nicht einmal mit einer Antwort. Das war nicht das Leben, das sie für sich geplant hatte, noch war Stehlen, um etwas zu erhalten, das was sie wollte.

Es gab andere Möglichkeiten, die interessanter schienen. Überall wo sie hinschaute, schien es Rekrutierer zu geben, für die eine oder andere kostenlose Firma, die ihre hohe Zahlung im Verhältnis zu anderen erklärte oder ihre bessere Zuteilung oder den Ruhm für die Kriege der in den Kriegen auf der anderen Seite des Knife Flusses gewonnen werden konnte.

Kate ging tatsächlich zu einem von ihnen hin, ein herzhaft aussehender Mann in seinen Fünfzigern, der eine Uniform trug, die besser zu einer Kriegsidee von einem Spieler als zum echten Krieg passte.

“Hey da, Junge! Suchst du nach einem Abenteuer? Einer Heldentat? Nach der Möglichkeit des Todes durch die Schwerte deiner Feinde? Dann bist zu zum falschen Ort gekommen!”

“Der *falsche* Ort?”, sagte Kate und kümmerte sich nicht einmal darum, dass er auch gedacht hatte, dass sie ein Junge wäre.

“Unser General ist Massimo Caval, der wohl vorsichtigste aller Kämpfer. Er macht keinen Kampf, außer er kann gewinnen. Er verschwendet seine Männer nicht in fruchtlosen Konfrontationen. Er macht nie –“

“Sie sagen also, er ist ein Feigling?”, fragte Kate.

“Ein Feigling ist das Beste was man in einem Krieg sein kann, glaub mir”, sagte der Rekruter. “Sechs Monate vor den feindlichen Truppen davonlaufen, während sie sich langweilen und nur gelegentlich plündern, um die Dinge zu beleben. Denk darüber nach, das Leben, die ... warte, du bist kein Junge, oder?“

„Nein, aber ich kann trotzdem kämpfen“, insistierte Kate.

Der Rekruter schüttelte seinen Kopf. “Nicht für uns, das geht nicht. Geh!”

Trotz seiner Verteidigung der Feigheit sah der Rekruter aus, als wenn er ihr gleich eine Ohrfeige verpassen würde, wenn Kate weiter hier blieb, also ging sie weiter.

So viele Dinge in der Stadt machten wenig Sinn. Das Haus der Herrenlosen war ein grausamer Ort gewesen, aber zumindest hatte es eine Art Ordnung besessen. In der Stadt, so schien es, als wenn die Menschen mit wenig Input von den Machthabern der Stadt das taten, was sie wollten. Die Stadt selbst schien sicherlich keinen Plan zu haben. Kate überquerte eine Brücke, die aus Bühnen und Ständen gebaut war und sogar kleinen Häusern, bis es kaum noch genug Platz für seine eigentliche Nutzung gab. Sie lief die Straßen entlang, die sich auf sich selbst zurückwirbelten, sie lief Alleen herunter, die irgendwie zu Hausdächern auf einem niedrigeren Level wurden und Leitern platz machen.

Wenn man sich die Menschen auf der Straße anschaute, schien die ganze Stadt verrückt zu sein. Es schien an jeder Ecke jemand etwas zu schreien, die Grundlagen seiner persönlichen Philosophie erklärend, Aufmerksamkeit für die Leistung fordernd, die sie ausführen würden oder sie verurteilen die Beteiligung des Königsreichs an den Kriegen auf der anderen Seite des Flusses.

Kate duckte sich in einen Eingang, als sie die maskierten Figuren von Priestern und Nonnen sah, über den unergründlichen Geschäften der maskierten Göttin, aber nach dem dritten oder vierten Mal ging sie weiter. Sie sah, wie jemand mit einer Kette von Gefangenen umherschlug und sie fragte sich, welchen Teil der Gnade der Göttin das repräsentierte.

Überall in der Stadt gab es Pferde. Sie zogen Kutschen, sie trugen Reiter und einige der Größeren zogen Wagen voll mit allem von Steinen bis Bier. Sie zu sehen war eine Sache; eins zu stehlen war etwas ganz Anderes.

Am Ende suchte Kate sich einen Platz außerhalb eines Ostler Ladens, sie ging näher heran und wartete auf den richtigen Moment. Etwas so Großes wie ein Pferd zu stehlen, dafür brauchte sie mehr Zeit als nur einen Moment Unachtsamkeit, aber im Prinzip war es nicht anderes, als einen Kuchen zu stehlen. Sie konnte die Gedanken des Stallburschen fühlen, während diese abschweiften und wanderten. Jemand brachte eine fein aussehende Stute heraus und dachte dabei an die Adlige, für die sie gedacht war.

Verdammt, sie würde einen Damensattel brauchen, nicht das.

Der Gedanke war die Einladung, die Kate brauchte. Sie ging nach vorne, als der Stallbursche wieder hineinlief, wahrscheinlich dachte er, dass niemand das Pferd in dieser kurzen Zeit stehlen würde.

Kate wand sich ihren Weg durch die Fußgänger, die die Straßen säumten, sie stellte sich den Moment vor, wenn ihre Hände sich endlich um die Zügel schlingen würden –

"Erwischt!", sagte eine Stimme, als eine Hand sich auf ihre Schulter legte.

Für einen Moment dachte Kate, dass jemand erahnt hatte, was sie machen wollte, aber als die Person die sie angefasst hatte, Kate zu sich umdrehte, erkannte sie die Wahrheit: es war einer der Jungen aus dem Waisenhaus.

Sie wand sich, um wegzulaufen und er schlug sie hart in den Magen. Kate fiel auf ihre Knie und sah die zwei anderen Jungen, die schnell auf sie zukamen.

"Sie haben uns nach dir geschickt, als du geflüchtet bist", sagte der Älteste von ihnen. "Sie sagen Mädchen suchen nach mehr als nur Jungs und sie könnten uns allen Jäger hinterherschicken, wenn nötig."

Er hörte sich bitter dabei an und Kate machte ihm keine Vorwürfe. Das Haus der Herrenlosen war ein teuflischer Ort, aber es war auch das einzige Zuhause, dass die Waisen hatten.

Aber sie *machte* ihm für den nächsten Schlag Vorwürfe, der ihren Kopf zurückwarf.

"Das ist für die Schläge, die du uns mit dem Schürhaken gegeben hast", sagte er. "Und das hier ist für die Schläge, die uns der Priester danach gegeben hat."

Er unterstrich das mit Ohrfeigen, die Kate erschütterten, wo sie kniete.

"Wir sind schon mehr als einen Tag da draußen", sagte der Älteste. "Ich habe Hunger, ich bin müde und ich will zurück. Ich kann bald in die Armee gehen und du wirst mir *das* nicht kaputtmachen. Ich werde dich also dorthin hinziehen, aber nicht, ehe du mir sagst, wo deine Schwester ist."

Kate schüttelte ihren Kopf, während er sie wieder schlug. Sie fluchte leise Rache für diesen Moment, auch wenn sie im Moment nicht einmal stehen konnte und erst recht nichts machen konnte. Sie nahm ihren ganzen Hass, steckte ihn tief weg mit ihrer Wut auf die Schwestern, die sie so grausam erzogen hatten und die Welt, die ihr die Eltern gestohlen hatte.

Ihr Hass tat nichts, um die Schläge abzuweisen oder die Fragen abzuwehren, die sie wie Pfeile unterstrichen.

"Wo ist deine Schwester?", fragte er. "Wo? Sie ist diejenige, für die sie bessere Verträge bekommen werden."

"Ich weiß es nicht", sagte Kate. "Ich würde es auch nicht sagen, wenn ich es wüsste."

Sie konnte sehen, wie die Menschen an ihr vorbeigingen. Einige mit einem bestimmten Ausdruck, andere warfen ihnen Blicke zu, als wenn sie entschieden hätten, dass sie sich nicht einmischen wollten. Kate sah einen jungen Mann, der die Schürze eines Malerlehrlings trug und während er vorbeiging kamen seine Gedanken in ihren Kopf.

Ich wünschte, ich könnte helfen, aber sie sind größer als ich und vielleicht verdient sie es und was wenn –

"Wenn du helfen willst, helfe!" schrie Kate zu ihm herüber.

Er drehte sich überrascht um und begann tatsächlich in ihre Richtung zu gehen, vor lauter Scham.

"Misch dich nicht ein", sagte der Älteste der Jungen zu ihm, aber Kate brauchte nicht mehr als diesen einen Moment der Ablenkung.

Sie stieß ihn weg, wie ein Schwimmer, der sich vom Beckenrand abstützt, dann kam sie auf ihre Füße und rannte. Hinter ihr hörte Kate die Rufe der Jungen, die ihr folgten, aber sie ignorierte sie und lief weiter, sie kümmerte sich nicht einmal, in welche Richtung sie lief. Sie lief zum dichtesten Teil der Menge, weil sie glaubte, sie könnte dort hindurch kommen, während die anderen nur langsamer durch die Menge kamen, dann rannte sie in irgendeine Allee, in der Hoffnung sie zu verlieren.

Es funktionierte nicht. Kate musste nicht hinter sich schauen, um das zu wissen. Sie konnte ihre Gedanken über sie fühlen, scharf geschliffen, wie die eines Jagdhundes. Das einzige vielversprechende Zeichen war einer von Ashtons abendlichen Nebelschwaden, die sich bildeten und die es schwer machten, irgendetwas zu sehen und erst recht kein einzelnes fliehendes Mädchen.

Kate rannte in Richtung Fluss hier war der Nebel immer am Dichtesten, wenn er kam. Sicherlich verdickte es sich mit dem Smog, sodass Kate kaum noch die Länge der Straßen sehen konnte, die sie herunterrannte.

Sie erreichte eine bröckelnde Reihe an Docks, an denen einige kleinere Boote für die Nacht festgemacht worden waren. Andere riskierten den Smog, ruderten dadurch oder setzten nur im Schein der brennenden Öllampen kleine Segel.

Kate begann sich umzusehen, wo sie sich verstecken könnte. Sie konnte nicht für immer vor den Jungs, die sie jagten davonlaufen, aber sie konnte warten, bis sie vorbeigelaufen waren. Sie konnte sie schon nicht mehr sehen, wegen des Smogs, sie konnte sie nur sich ihr nähern hören. Sie lief auf einen der zerbrochenen Piere, der dafür genutzt wurden, die Boote festzumachen.

Sie wird sich in einem Boot verstecken. Wir müssen sie durchsuchen.

Der Gedanke sandte Angst durch Kate. Sie war sich so sicher gewesen, dass dies funktionieren würde, aber jetzt … sie konnte sich nicht verstecken, sie konnte nicht zurück. Was *sollte* sie jetzt tun?

Hier lang, sagte eine Stimme in ihren Gedanken und das war nicht, wie die Gedanken der Jungen lesen. Es war mehr wie die Momente, in denen ihre Schwester sie rief. *Spring bei mir rauf.*

Kate drehte sich um und sah einen Frachtkahn vorbeifahren, gefüllt mit Müll aus der Stadt, beleuchtet von roten und grünen Lampen, um denen die sich näherten anzuzeigen, in welche Richtung es fuhr. Ein Mädchen in ihrem Alter stand hinten, sie nutzte eine lange Stange, um das Boot zu lenken. Als Kate zu ihr hin sah, hob sie die Stange aus dem Wasser und hielt sie ihr hin.

Kate stand einen Moment unter Schock. Sie hatte immer gedacht sie und Sophia wären einzigartig; dass sie allein in der Welt waren, in dem Sinne, sowie auch in allen anderen. Der Gedanke, dass es da vielleicht noch jemanden gab, der ihre Gedanken zu Kate schicken konnte, war genug, um sie frösteln zu lassen, sie versuchte, einen Sinn darin zu sehen.

Worauf wartest du noch? Spring!

Kate warf sich nach vorne und sogar in der Frühlingszeit war das Wasser kalt genug, um ihr den Atem zu nehmen. Im Waisenhaus hatte man sich nicht darum gekümmert, den Mädchen das Schwimmen beizubringen, also strampelte sie einen Moment, ehe ihre Hand sich um die Stange schloss, die das andere Mädchen ihr hinhielt.

Sie war stärker als sie aussah, sie zog Kate mit der Stange herauf, wie jemand anderes vielleicht einen Fisch an der Angel. Kate keuchte, als sie sich auf den Frachtkahn zog.

"Hier", sagte das Mädchen und hielt ihr ein Tuch hin. "Du siehst aus, als wenn du es gebrauchen könntest."

Kate nahm es dankbar. Während sie das Tuch um sich selbst schlang, sah sie das andere Mädchen an, die klein, blond und voll mit dem Dreck der Sachen war, die sie den Fluss herunterfuhr. Sie trug eine Lederschürze über einem Kleid, das vielleicht einmal blau gewesen war, auch wenn es jetzt eher braun war.

"Ich bin Kate", schaffte sie es zu sagen.

Das andere Mädchen lächelte. "Emeline. Ruhe jetzt. Wer immer auch hinter dir her ist, wird uns in dem Nebel nicht sehen."

Kate bückte sich in das Heck des Bootes, sah sich die Docks an oder zumindest das, was sie davon sehen konnte. Sie glitten schnell davon hinter einer Wand des Smogs, während der Frachtkahn weiterfuhr.

Als sie völlig aus dem Sichtfeld verschwunden waren, traute Kate sich erleichtert aufzuatmen. Sie hatte es geschafft.

Sie war ihnen entkommen.

KAPITEL SIEBEN

Sophia konnte kaum glauben, dass sie im Palast war. Im Haus der Herrenlosen war es ihr wie ein magischer Ort erschienen, eine andere Welt, von der Leute wie sie nur hoffen konnten, einmal einen Fuß hineinzusetzen, wenn sie sich durch ein besonderes Geschick an die richtigen Adligen gebunden fühlten.

Jetzt, war sie hier, dank ein wenig mehr als der Bereitschaft, diejenigen zu täuschen, die an sie glauben wollten und den Mut, es tatsächlich zu versuchen. Sophia spürte trotz allem ein wenig Bewunderung dabei und bei dem Ort um sie herum.

Es war schön, es war elegant und es war so weit weg vom Waisenhaus, wie jedes Gebäude nur hoffen konnte. Anstelle von beengten Verhältnissen gab es hohe Wände und geräumige Zimmer, die eher als eine Darstellung der Üppigkeit entworfen wurden, als ein Ort zum Leben.

Es gab weiche Stühle und Kutschen, die in dem eleganten Stil geschnitzt worden waren, der von der anderen Seite des Flusses kam, dicke Teppiche, aus den Wasserwebmaschinen von den Händlerstaaten und sogar ein paar ausgearbeitete Silberstatuen von weiter weg, aus Ländern von denen man sagte, dass Männer noch nie von der maskierten Göttin gehört hatten.

Dieser Palast war alles, was Sophia jemals wollte.

Nein, nicht alles. Das war ein wunderschöner Ort, aber es reichte nicht nur einfach hier herzu kommen. Sophia musste einen Weg finden, hier zu bleiben. Sie war hier hergekommen in der Hoffnung, dass es einen Weg geben würde, unter den Adligen zu leben. Ein Weg sicher zu sein.

Sophia fühlte sich aber jetzt nicht sicher. Es gab Gemälde an den Wänden von wunderschönen Frauen und stark aussehenden Männern, die wahrscheinlich die verschiedenen Facetten der edlen Linien des Königreichs darstellten. Im Moment sah Sophia wahrscheinlich wie eine dieser Frauen aus, aber sie fühlte dennoch, das diese Fassade so dünn wie Segel war, einfach durchzureißen und dazu gemacht, jeden Moment zu zerfallen.

"Konzentrier dich", sagte sie zu sich selbst und versuchte sich zu verhalten, wie sie dachte, wie sich eine ausländische Adlige bei Ankunft in einem Palast verhalten würde. Sie ging durch die

Menschenmenge, lächelte unter ihrer Halbmaske und nickte, hielt an, um Gemälde und Skulpturen zu bewundern.

Es gab Adlige hier – andere Adlige, korrigierte Sophia sich selbst – die in Gruppen standen und lachten, während sie darauf warteten, dass der Ball begann. Sie sah eine Gruppe junger Frauen, die vielleicht ihr Alter hatten, alle trugen Kleider, die wahrscheinlich Wochen in der Herstellung gebraucht hatten. Eine strahlende Frau in einem hauchdünnen blauen Kleid, das besonders ihre Figur zu betonen schien, beschwerte sich unter ihrer Elfenbeinfarbenden ovalen Maske bei den anderen.

„Ich habe meine Bedienstete dort hingeschickt und ihr ratet nicht, was passiert ist. Jemand hatte mein Kleid genommen. *Mein* Kleid!“

Sophia hielt den Atem an, sie war sich in dem Moment sicher, dass sich das Mädchen umdrehen und sie sehen; das Kleid, das sie trug sehen und sie nicht nur des Betrugs, sondern auch noch des Diebstahls bezichtigen würde. Sophia nahm an, dass das “Milady D’Angelica” war, wie die Schneiderin sie genannt hatte.

“Ich habe mein Kleid nie gesehen”, fuhr das Mädchen fort und Sophia traute sich, vor Erleichterung zu seufzen. “Ich musste eins von der Schneiderin nehmen, die sie für irgendeine Bürgertochter fertiggestellt hatte.”

Eine der anderen, dessen Maske einen durchdachten Vogelschnabel bildete, lachte. „Zumindest heißt das, das es hier weniger Gesindel gibt.“

Die anderen lachten mit ihr und das Mädchen, die sich über ihr Kleid beschwert hatte, nickte.

“Kommt”, sagte sie. “Es wird bald Zeit zum Tanzen und ich will mein Make-up genauso haben, wenn irgendein schöner, junger Mann mir die Maske abnimmt. Vielleicht will einer der Witwen Söhne mich küssen.”

“Angelica du *bist* so mutig”, sagte eine der anderen.

Sophia hatte nicht daran gedacht. Sie war hier hergekommen mit einem halb durchdachten Plan, sich hier anzupassen und irgendeinen reichen Mann zu heiraten, aber sie hatte nicht daran gedacht, was sie tun sollte, wenn sie ihre Maske abnehmen musste. Vermutlich würde irgendjemand zwischen dem Kommen zur Party und dem fröhlichen Gehen ihr Gesicht sehen wollen?

Sie folgte ihnen also und versuchte es nicht zu offensichtlich aussehen zu lassen, dass sie ihnen hinterherging und machte eine Pause, um sich die Statue anzusehen.

“Ah Sie bewundern den neusten Hollenbroek”, sagte ein fetter Mann.

Ein wirklich schreckliches Ding, aber das muss ich wohl sagen.

“Ich finde es schrecklich”, sagte Sophia mit einem leichten Akzent, den sie ausgesucht hatte, damit die Adligen ihr ihre Fehler vergaben. “Entschuldigen Sie mich, ich muss noch mein Make-Up für den Ball herrichten.”

“Dann können wir vielleicht später tanzen”, schlug er vor. “Wenn Sie Ihre Tanzkarte haben …”

“Meine Tanzkarte?”, fragte Sophia verstört. Sie konnte den Mann unter seiner Maske nicht sehen, aber sie fühlte seine Verwirrung. “Ja, natürlich. Ich habe sie aber glaube ich gerade nicht dabei.”

Sie ging schnell davon, auch wenn sie wusste, dass das unhöflich war. Es war besser, als entdeckt zu werden, denn sie kannte die Regeln nicht, die diese Menschen hatten. Außerdem waren die adligen Mädchen schon fast außer Sichtweite.

Sophia folgte ihnen zu einem kleinen Vorzimmer, schaute hinein und sah ein Mädchen, dass vielleicht ein paar Jahre älter war als sie und die, das grau einer Dienerin trug, dort umgeben von Spiegeln und Bürsten stehend, während die Mädchen sich auf die hochlehnigen Stühle vor sie setzten. Die Dienerin hatte schwarze Haare, die auf ihre Schulter fielen und Merkmale, die vielleicht schön gewesen wären, wenn es ihr gestattet wäre, eine der Mittel zu nutzen, mit denen sie selbst arbeitete. So sah sie ein wenig überarbeitet aus.

“Also”, keifte das erste adlige Mädchen. “Worauf wartest du?”

“Wenn die Dame vielleicht ihre Maske entfernen würde?”, schlug das Mädchen vor.

Die adlige Frau tat das ungnädig, murmelte irgendetwas über unhöfliche Bedienstete, während die anderen dasselbe taten. Sie legten ihre Masken neben sich, wie umgedrehte Gesichter, aber Sophia war mehr daran interessiert, sich ihre echten Merkmale anzusehen. Einige von ihnen sahen gut aus, einige waren schlichter, aber trotzdem noch mit weicher Haut, die von den teuren Lotions kamen und dem Vertrauen des Wissens, dass sie die halbe Stadt kaufen könnten, wenn sie wollten. Wahrscheinlich war nur Milady D’Angelica wirklich schön, dennoch mit Eigenschaften die von einem der Gemälde, die die Wände schmückten, hätten kommen können und von scharfer Überlegenheit, die sagte, dass sie genau wusste, wie wunderschön sie war.

“Mach weiter”, sagte sie. “Und sei vorsichtig. Ich habe heute einen sehr anstregenden Tag gehabt.”

Wahrscheinlich nicht so anstrengend wie der einer Dienerin, die auf sie warten musste oder wie jemand, der seine Freiheit riskierte, um sich auf eine Feier zu schleichen. Trotzdem sagte Sophia nichts. Stattdessen schaute sie zu, wie das Dienstmädchen begann mit Puder und Make-up zu arbeiten, geschickt wandelte sie die Eigenschaften der einzelnen Adligen, an denen sie arbeitete, um.

"Arbeite doch schneller", sagte eine von ihnen. "Ehrlich, diese Dienstmädchen sind so faul."

"Das ist nicht alles", antwortete eine andere. "Hast du gehört, dass Henine Watsworth eine von ihnen mit ihrem Verlobten im Bett erwischt hat? Keine Moral, keine von ihnen."

"Und die Art, wie sie aussehen", fügte Angelica hinzu. "Du kannst die Grobheit ihrer Eigenschaften sehen. Ich weiß nicht, warum wir uns darum sorgen, sie als das zu markieren, was sie sind. Man kann es sowieso schon von Weitem sehen."

Sie schienen sich nicht wirklich darum zu kümmern, dass die Dienerinnen direkt neben ihnen standen oder dass sie wegen ihrer Stellung keine Widerworte geben konnten. Sophia hasste diese Grausamkeit. Tatsächlich –

"Entschuldigung, meine Dame", sagte eine vorbeigehende Dienerin. "Aber haben Sie sich verlaufen?"

Es dauerte eine Weile, bis Sophia sich erinnerte, dass sie gemeint war. "Nein, nein, mir gehts gut."

"Dann würde es Ihnen etwas ausmachen ihr Make-up zu machen? Ich bin mir sicher, wir finden einen weiteren Stuhl."

Das Letzte was Sophia wollte, war dort mit den anderen drinnen zu sitzen, unmaskiert, wo sie sicher war, dass jeder wusste, wer sie war. Oder um genauer zu sein, wer sie nicht war.

Sophia hörte einen Ausschnitt der Gedanken der Frau und das machte sie auch nicht sicherer.

Geht's der gut? Ich kenne sie nicht. Vielleicht sollte ich –

"Glaubst du, ich brauche solche Dinge?" fragte Sophia in ihrer hochmütigsten Stimme. "Um genauer zu sein, glaubst du, ich will dort in solchem Gequatsche gefangen sein? Ich merke bereits, wie meine Kopfschmerzen beginnen. Bring mir ein wenig Wasser, Mädchen. Los."

Es fühlte sich an, als würde sie in solchen Momenten eine Rolle spielen, deren Schärfe wie die Dornen eines Dornstrauchs dazu dienten, um die Menschen davor zu bewahren, zu nahe zu kommen. Das Dienstmädchen eilte davon und Sophia ebenfalls. Sie konnte sich nicht so hervorheben.

Stattdessen fand sie einen Schlupfwinkel, in dem sie sich verstecken konnte, sie gab vor sich die Gemälde dort anzusehen und hörte dabei die ganze Zeit auf den Moment, wenn der Raum leer war. Sophia wollte nicht einmal riskieren, dass sie ein Dienstmädchen sah. Wie die Adligen sagten, es war leicht eines der Dienstmädchen zu erkennen.

Sie hörte also mit den Ohren und dem Kopf zu und wartete auf den Moment, in dem es ruhig wurde, um sich dann mit der Vorsicht einer Diebin in den Raum zurückzuschleichen. Sophia setzte sich selbst vor einen der Spiegel, nahm ihre Maske ab und sah sich die üppige Menge an Farben und Puder dort an.

Sie erkannte in dem Moment, dass sie keine Idee hatte, was sie tun musste. Sie wusste, was Make-up war, sie hatte gesehen, wie einige Frauen es trugen, aber das war nichts, was im Waisenhaus erlaubt war. Die maskierten Schwestern würde sie wahrscheinlich schlagen, wenn sie danach fragen würde. Warum das Gesicht dekorieren, wenn ihre Göttin ihr eigenes vor der Welt versteckte? Für sie machten nur Huren solche Dinge.

Trotzdem probierte Sophia es. Sie konzentrierte sich darauf, wie die Frauen auf den Gemälden ausgesehen hatten und griff nach dem am ähnlichsten aussehenden Puder. Es dauerte weniger als eine Minute, ehe sie ihren Fehler erkannte, als sie sich von ihrem ursprünglichen Aussehen in eine Art verrückten Clown verwandelte, der nur für das kleinste, einfachste Straßentheater reichte.

"Hallo?"

Sophia erschrak bei dem Geräusch der Stimme des Dienstmädchens, sie erkannte, wie sie aussehen musste, und griff nach ihrer Maske. Zu ihrer Überraschung war das Dienstmädchen schneller, griff nach ihrer Hand und zog sie sanft weg.

"Nein, nein, tun Sie das nicht. Das macht es nur schlimmer. Lassen Sie mich mal sehen, meine Dame ..."

Wer ist sie? Ich bin mir sicher, dass ich sie kenne.

"Das ist schon in Ordnung", sagte Sophia stehend. Erst dann erkannte sie, dass sie ihren Akzent fallen gelassen hatte. Sie war zu ihrer normalen Stimme zurückgekehrt und sogar sie konnte hören, wie rau und unkultiviert das klang, im Vergleich zu den anderen.

"Wer bist du?", fragte das Dienstmädchen. Sie schaute Sophia an. "Warte, ich kenne dich, oder?"

"Nein, nein du hast dich geirrt", versuchte es Sophia. Sie hätte dann gehen sollen. Sie hätte das Dienstmädchen ausschalten und rennen sollen. Sie tat es aber nicht.

"Ja, doch", sagte das Mädchen. "Du bist Sophia. Ich erinnere mich an dich und deine Schwester aus dem Haus der Herrenlosen. Ich bin Cora. Ich war ein paar Jahre älter als ihr beide, erinnerst du dich?"

Sophia wolle den Kopf schütteln, aber in Wirklichkeit erinnerte sie sich an das andere Mädchen und an dem Punkt, schien es, als wenn es keinen Sinn machte, das zu leugnen.

“Ja”, sagte sie. “Ich erinnere mich.”

“Aber was machst du *hier*?”, fragte Cora. “Los, setzt dich hin. Da muss doch eine Geschichte dahinterstecken.”

Sophia hatte erwartet, dass sie sofort die Wachmänner rief, sie setzte sich also mehr als überrascht hin. Während sie dort saß, begann Cora das Make-up mit erfahrenen Händen von ihrem Gesicht zu entfernen.

Sophia erzählte ihr, was passiert war. Sie erzählte ihr davon, wie sie mit ihrer Schwester weggelaufen und in der Stadt auf der Straße geschlafen hatte. Sie erzählte ihr davon, wie sie sich von Kate getrennt hatte, um Glück und Sicherheit auf Wegen zu finden, die für sie beide am meisten Sinn machten.

“Und jetzt bist du hier, weil du glaubst, du kannst einfach hier reingehen und einen Platz am Hof finden?”, fragte Cora.

Sophia wartete darauf, dass das andere Mädchen ihr sagte, wie dumm das war. “Es *könnte* funktionieren, denke ich, wenn du dich mit den richtigen Leuten umgibst oder mehr als anfreundest. Wenn du einen Adligen davon überzeugen könntest, dich als seine Mistress anzustellen … oder seine Frau zu werden.”

Sie lachte dabei, als wenn es absurd wäre, aber für Sophia war es die Option, die am meisten Sinn machte. Es war eine der Optionen, die für sie sicher war. Die Wahrheit war dennoch, dass sie das tun würde, was sie tun musste. Sie würde das Anhängsel einer Adligen oder Freundin oder eine Kurtisane werden, wenn es das war, was es brauchte.

„Du glaubst nicht, dass es dumm ist?“, fragte Sophia. „Glaubst du nicht, dass es teuflisch ist, das zu tun?“

“Teuflisch?”, fragte Cora. “Teuflisch ist die Tatsache, dass sie uns nehmen und uns wie Hab und Gut verkaufen, ohne eine echte Chance jemals die Schulden, die wir laut ihnen haben, bezahlen zu können. Teuflisch ist der Teil, wo die adligen Mädchen mich wie nichts behandeln, auch wenn alles was sie tun, ist herumzustehen und auf den richtigen Mann zu warten. Tu, was du tun musst, um zu überleben Sophia. Solange es niemand anderen wirklich verletzt, tu es und denk nicht zweimal drüber nach. Ich wünschte, ich hätte den Mut zu tun, was du tust.”

Sophia fühlte sich nicht mutig in dem Moment. “Du hast mir nicht darauf geantwortet, ob ich dumm bin. Ich meine, wenn eine Person das merkt und mich meldet –“

“Ich werde es nicht sein”, versprach Cora ihr. “Und ja, es könnte dumm sein, aber nur wenn du es schlecht machst. Die Tatsache, dass du hier bist, sagt mir, dass du daran gedacht, aber hast du es auch zu Ende gedacht? Wer willst du sein?”

“Ich dachte, ich bin ein Mädchen aus den Handelsstaaten”, sagte Sophia und verfiel wieder in den Akzent, den sie sich ausgesucht hatte. “Hier …”

Die Wahrheit war, dass sie an keinen Grund gedacht hatte.

“Von Übersee ist gut”, sagte Cora. “Sogar der Akzent ist nah genug dran, um die Menschen zu täuschen. Sag du bist hier wegen der Kriege. Dein Vater war ein kleiner Edler aus Meinhalt; das ist eine Stadt aus der alten Liga. Ich habe gehört, wie Menschen über die Kriege sprechen, die dort wüten, es wird also niemand nachprüfen können. Es wird auch erklären, warum du nichts bei dir hast.”

Sophia von Meinhalt. Hörte sich gut an.

“Vielen Dank”, sagte Sophia. “Ich hätte nie – woher weißt du das alles?”

Cora lächelte. “Die Menschen vergessen, das ich da bin, wenn ich an ihnen arbeite. Sie reden und ich höre zu. Wo wir gerade davon sprechen, setzt dich und ich werde dich … naja nicht schön machen, du bist schon schön, aber ich mache aus dir das, was sie erwarten.”

Sophia setzte sich und das Mädchen begann zu arbeiten, suchte eine Grundierung und Rouge heraus, Lidschatten und Lippenstift.

Wie viel weißt du über die Etikette hier?”, fragte Cora. “Weißt du, wer die Menschen sind?”

“Ich weiß nicht genug”, gab Sophia zu. “Vorhin hat mich ein fetter Mann nach meiner Tanzkarte gefragt und ich weiß nicht einmal, was das ist. Er hat von jemandem gesprochen, der Hollenbroek heißt und ich *glaube*, ich habe das Richtige getan, aber ich bin mir nicht sicher.”

“Hollenbroek ist ein Künstler”, erklärte Cora. “Deine Tanzkarte ist ein Stück Knochen oder Elfenbein oder Schiefer, auf die man die Namen der versprochenen Tanzpartner schreibt. Und wenn da ein fetter Mann ist, der nach beidem fragt, dann ist das wahrscheinlich Percy D’Auge. Vermeide ihn, er ist ein armer Schlucker.”

Sie machte mit den anderen weiter, den Adligen und ihren Familien, der Witwe und ihren beiden Söhnen, Prinz Rupert und Prinz Sebastian.

“Prinz Rupert ist der Erbe”, sagte sie. “Er ist … naja alles, was du von einem Prinzen erwartest: ungestüm, gut aussehend, arrogant, nutzlos. Sebastian ist anders, sagen sie. Er ist ruhiger. Aber du musst dir keine Sorgen um sie machen. Du brauchst einen kleinen Adligen, Phillipe van Anter, vielleicht."

Als Cora weiter redete, wurde es immer offensichtlicher für Sophia, dass sie sich nie an alles erinnern könnte. Als sie das sagte, schüttelte Cora ihren Kopf.

"Keine Sorge. Da du von Übersee kommst, wird niemand erwarten, dass du all das weißt. Tatsächlich wäre es merkwürdig, wenn du das alles wüsstest. Da, ich glaube, du bist fast fertig."

Sophia schaute sich im Spiegel an. Es war sie und doch trotzdem irgendwie nicht. Es war auf jeden Fall eine schönere Version von ihr, als alles was sie sich vorgestellt hatte. Es war unglaublich weit weg von dem, was sie selbst hätte tun können.

"Noch eines", sagte Cora. "Ich mag die Stiefel, aber wir wissen beide, was darunter ist. Zieh sie aus und ich werde es überschminken. Niemand wird es merken."

Sophia zog ihre Stiefel und Socken aus und enthüllte das Tattoo auf ihrer Wade. Cora rieb dicke Grundierung auf die Stelle, mischte es, bis die Stelle völlig verschwunden war.

"Da", sagte sie. "Wenn du jetzt einen kleinen Adligen verführst, musst du deine Stiefel im Bett nicht anlassen."

"Danke", sagte Sophia und umarmte sie. "Vielen Dank, dass du das gemacht hast."

Cora lächelte. "Ich habe Glück. Ich habe einen Job, in dem ich gut bin, an einem Ort, der ganz okay ist. Aber wenn ich jemandem wie dir helfen kann, dann werde ich das. Und wer weiß? Vielleicht bist du eines Tages eine wohlhabende Adlige und dann wirst du eine Maid brauchen, die weiß, wie du am besten aussiehst."

Sophia nickte; sie würde das nicht vergessen. Sie stand vor dem Spiegel, fühlte sich, als wenn sie ein altmodischer Ritter wäre, bewaffnet für den Kampf. Als sie ihre Maske aufsetzte, war es wie ein Visier herunterzuziehen.

Sie war bereit für den Kampf.

KAPITEL ACHT

Kates Träume handelten vom Waisenhaus, das bedeutete, dass sie von Gewalt handelten. Sie stand in einem Klassenzimmer. Personen umgaben sie, gekleidet in Gewänder der Nonnen oder in den einfachen Tunika der Jungen dort.

Sie stellten ihr Fragen, die keinen Sinn machten, über dumme Dinge: der richtige Weg ein Kissen zu besticken, die Hauptexporte von Südissettia. Dinge, von denen Kate nicht hoffen konnte, sie beantworten zu können.

Sie schlugen sie bei jedem Scheitern. Die Schwestern schlugen mit Gürtel oder Stöcken, während die Jungs einfach ihre Fäuste nutzen. Die ganze Zeit riefen sie dasselbe.

"Du bist nicht dazu gemacht, ein freies Mädchen zu sein. Du bist nicht dazu gemacht, ein freies Mädchen zu sein."

Kate spürte Hände auf sich und versuchte sich zu drehen und sie abzuwehren. Sie drehte sich um, um zu kratzen und zu treten und zu beißen und erst als sie wieder zu sich kam, erkannte sie, dass die Hände, die sie festhielten weder von den Jungen noch von den maskierten Schwestern waren. Stattdessen stand Emeline über ihr, mit einem Finger auf den Lippen.

"Ruhe", sagte sie. "Mach keinen Krach, du wirst die Kahnjungen wecken."

Kate schaffte es noch rechtzeitig sich zu sammeln, um nicht vor lauter Gegensätzlichkeit und Panik zu schreien.

"Ich dachte, du wärst der Kahnjunge", sagte Kate.

Sie sah Emeline ihren Kopf schütteln. "Sie schlafen vorne. Sie haben gesagt, sie nehmen mich flussaufwärts mit, wenn ich das Boot fahre, während sie schlafen."

Kate fühlte sich nicht besonders sicher. Ihre neue Freundin hatte sie gerettet und Kate hatte angenommen, dass sie nur zu zweit auf dem Boot wären und flussabwärts fuhren. Jetzt gab es dort Männer, die sie nicht kannte und ein Teil von Kate wollte hingehen und sie vom Boot schubsen, nur weil sie da waren.

Sie tat es nicht. Es war nur, dass sie einfach *etwas* brauchte worauf sie schlagen konnte und die Bewohner des Waisenhauses waren nicht in der Nähe. Sie wollte dorthin zurückgehen und das Waisenhaus abrennen, sodass sie sicher sein konnte, dass es endgültig aus ihrem Leben verschwunden war. Sie wollte Rache für jede Erniedrigung und Schläge, die auf ihr gelandet waren, in den Jahren die sie hier war.

“Hey, du bist jetzt in Sicherheit”, sagte Emeline. “Du musst dir keine Sorgen machen. Diejenigen, die dich gejagt haben, werden dich jetzt nicht kriegen.”

Kate nickte, aber ein Teil von ihr glaubte das trotzdem nicht. Das Haus der Herrenlosen war kein Ort, den du hinter dir gelassen hast. Stattdessen ist es etwas, was du mit dir mitnimmst, egal wie weit du wegläufst. Vielleicht war das einer der Gründe, warum sie sich nicht darum kümmerten, die Türen abzuschließen.

In der Bemühung alles zu ignorieren, sah Kate zurück auf die Stadt. Im Abendlicht begann der Nebel, der die Stadt umgeben hatte, zu verschwinden und gab die breite Weite des Flusses zu erkennen, der sich zu beiden Seiten von ihnen ausdehnte, von Seemannslampen beleuchtet und mit kleinen Sandbänken und Wirbelströmen durchschnitten, Flecken schneller Wasser und langsame, sich schlängelnde Strecken.

Die Stadt schien auf beiden Seiten ebenso abwechslungsreich. Es gab Holzhäuser gemischt mit Steinhäusern, einige standen in ordentlichen Reihen, andere schienen wie Finger in den Raum des fließenden Wassers zu greifen. Einige der Gebäude nutzten den Fluss offensichtlich für ihre Geschäfte, mit Riemenscheibensystemen oder Molen, die die Stellen zeigten, an denen Güter geladen und entladen wurden. Andere waren einfach nur für Ausblicke auf das Wasser für reiche Bewohner gedacht.

Kate sah einen Mann dort sitzen, der versuchte die Flussszene im Schein der Lampe zu malen und sie fragte sich, warum das jemanden interessierte. Es war nicht schön hier draußen, oder? Die Stadt hatte viel Einfluss darauf. Das Wasser hatte das erdige Sediment und den Abfallgeruch eines Wasserweges, in den die Menschen Dinge warfen. Die Oberfläche des Flusses war zu voll mit Booten und Lastkähnen, als das man die Schiffe entlang der Kanten oder die Vögel darunter sehen könnte. Es war kein Ort, an dem sie gerne gemalt hätte.

“Vorsicht”, sagte Emeline, als Kate begann aufzustehen. “Es gibt Brücken da vorne. Du willst dir doch nicht den Kopf stoßen.”

Kate setzte sich brav wieder hin, schaute nach vorne, wo in der Tat eine lange Brücke sich über den Fluss erstreckte, niedrig genug, dass wahrscheinlich nur niedrige Lastkähne, wie dieser hier dort hindurchfahren konnte.

“Sie müssen separate Docks auf der anderen Seite haben”, sagte Emeline. “Nur die Lastkähne können da durch, ohne dass sie sich ihren Mast daran stoßen.”

Sie drückte mit ihrer langen Lenkstange, als sie näher kamen, und reihte den Kahn mit einer der Brückenbögen auf. Kate konnte dort Spikes sehen, mit den Köpfen von Kriminellen die in Abständen erhalten worden waren, sodass sie nicht so schnell verwesten. Sie fragte sich, was sie verbrochen hatten. Diebstahl? Verrat? Irgendwas dazwischen?

Es gab offene Flächen an den Seiten des Flusses sowie Gebäude. An diesen Orten sah Kate, wie Männer für den Krieg gedrillt wurden, sie arbeiteten mit hölzernen Musketen und Armbrüsten, weil niemand Geld für echte Dinge für einfache Rekruten ausgeben wollte. Einige von ihnen übten in Quadraten mit Spießen, während andere, wahrscheinlich Offiziere, vor den anderen mit Rapieren fochten.

„Du siehst aus, als wenn du rausschwimmen und dich dazu setzen willst“, sagte Emeline.

„Würdest du das nicht?“, fragte Kate. „So stark zu sein und niemand der dir mehr sagt was du tun sollst.“

Emeline lachte dabei. „In einer der Söldnerfirmen? Alles was sie *haben,* sind Menschen die ihnen Befehle geben. Außerdem würdest du gerne über den Knife Fluss gehen und dein Leben für einen Grund riskieren, der nichts bedeutet?“

Kate war sich nicht so sicher. Aber auf die Art, wie Emeline das sagte, hörte sich die Idee verrückt an, aber es hörte sich auch wie eine Chance auf Abenteuer an.

“Außerdem musst du nicht mal woanders hingehen, wenn die Gerüchte wahr sind”, sagte Emeline.

Bei den meisten Menschen hätte Kate einfach ihre Gedanken gelesen, um zu versuchen zu verstehen, was sie meinten, aber wenn sie nach den Gedanken des anderen Mädchens suchte, konnte sie nicht hineinsehen.

Kate, schickte Emeline, *weißt du nicht, dass das unhöflich ist?*

“Tut mir leid”, sagte Kate. Sie wollte ihre neue Freundin nicht verärgern. “Was meinst du den?”

“Nur das Kriege nicht die Angewohnheit haben dazubleiben, wo du sie willst”, antwortete Emeline. “Menschen reden, als wenn der Knife See eine unanfechtbare Lücke wäre, anstatt zwanzig Meilen ruhiger See.”

Kate hatte das noch nicht so gesehen. Als sie von den Kriegen auf der anderen Seite des Sees gehört hatte, den es zwischen den Fragmentstaaten dort gab, hatte es immer so ausgesehen, als wenn etwas auf der anderen Seite der Welt passierte. In Wahrheit waren Teile des Landes dort wahrscheinlich näher an Ashton, als die Wassermühlen im Norden oder die Granit Bergräume dahinter.

“Also planst du nicht wegzulaufen und eine der Firmen beizutreten”, sagte Kate. “Was dann? Warum suchst du nach Booten, die dich flussaufwärts tragen?”

Emeline schloss halb ihre Augen und Kate wusste, dass irgendein Tagtraum oder etwas anderes hinter diesen Augenlidern flimmerte.

“Wegen Stonehome”, sagte Emeline in einer Stimme, die für einen Moment gefangen schien.

“Stonehome?”, fragte Kate. “Was ist das?”

Sie sah, wie sich die Augen des anderen Mädchens vor Überraschung weiteten. “Das weißt du nicht? Aber du … du bist wie ich. Du kannst Gedanken hören!”

Sie hatte das wahrscheinlich lauter als beabsichtigt gesagt. Plötzlich war es das Lauteste, was sie gesagt hatte, seit Kate aufgewacht war.

“Stonehome ist ein Ort für Menschen wie uns”, sagte Emeline. “Sie sagen, dass es ein Ort ist, wo wir sicher sind und andere uns nicht für das was wir tun können, angreifen.”

Kate war sich nicht sicher, ob sie glauben sollte, dass es so einen Ort wirklich gab. Sie hatte kaum geglaubt, dass es noch andere Menschen mit derselben Begabung wie sie auf der Welt gab. Sie war sich so lange so sicher gewesen, dass das nur sie und ihre Schwester konnten.

“Bist du sicher, dass es so einen Ort gibt?”, fragte Kate. Es schien kaum möglich.

“Ich habe … Gerüchte gehört”, sagte Emeline. “Ich bin mir nicht sicher, wo genau das ist. Wenn es irgendwo draußen wäre, wäre das zu gefährlich. Man sagt, es ist irgendwo nach den Wahlbezirken. Ich dachte, dass ich mich darauf konzentriere, aus der Stadt zu kommen und es dann anschließend zu finden. Ich meine, die Menschen gehen da schließlich hin; es kann nicht unmöglich sein, es zu finden.”

Es schien viel Hoffnung für das andere Mädchen da dran zu hängen, aber zumindest war ein Boot schon mal gut, um aus der Stadt zu kommen. Und vielleicht war einen Ort zu finden, wo Leute wie sie sicher waren, kein ganz so schlechter Traum, den man haben konnte.

“Wie war es im Waisenhaus?”, fragte Emeline.

Kate schüttelte ihren Kopf. “Schlimmer als du dir vorstellen kannst. Sie haben uns behandelt, als wären wir nicht mal Menschen.

Nur unangenehme Dinge, die man formen muss und anschließend verkauft."

Das war es, was sie gewesen waren. Das Haus der Herrenlosen sollte ein Ort der Sicherheit für verlassene Kinder sein, aber tatsächlich, war es eine Art Fabrik für Vertragsknechte, die dazu da waren, um sie mit Fähigkeiten auszustatten, die sie nützlich machen würden, sobald sie ein Alter erreicht hatten, in dem sie verkauft werden konnten.

"Was ist mit dir?", fragte Kate. "Wie kommst du auf so ein Boot?"

Emeline zuckte die Schultern. "Ich lebe schon eine Weile auf der Straße. Es war … schwer."

Kate wusste, wie viel Schmerz in so eine Pause wie diese hier passte. Sie schlang einen Arm um das Mädchen.

"Ich habe immer für … naja sie waren Diebe, im Grund genommen", sagte Emeline. "Sie sind in Häusern und Gasthöfen essen gegangen und sie kamen dann immer mit den Klamotten anderer Menschen raus, und mit dem, was die in den Taschen hatten. Ich habe ihnen Bescheid gesagt, wenn sie den Leuten aufgefallen sind."

Kate dachte an die Wege, die sie genutzt hatte, um zu stehlen. "Was ist passiert?"

Emeline zuckte wieder mit den Achseln. "Ich habe einige ihrer Gedanken aufgeschnappt. Sie haben sich überlegt, wie sie mich loswerden. Sie dachten, ich wäre zu weich."

Kate konnte sich vorstellen, wie schwer das gewesen sein musste. Sie wollte ihrer neuen Freundin gerade ein wenig Komfort bieten, als sie das Geräusch von Schritten hörte. *Das* hasste sie an ihrem Talent: Es kam auf gut Glück. Warum konnte es sie nicht vor jedem potenziellen Problem warnen?

Sie drehte sich noch rechtzeitig um, um einen großen Kahnjungen vor sich stehen zu sehen, seine kugelförmige Brust streckte sich bis an die Grenzen über seinen Bierbauch, die Hände zu Fäusten geballt.

"Ein Hexenkind! Ich habe ein Hexenkind auf meinen Kahn gelassen? Und jetzt sind da zwei von euch? Das geht nicht! Runter von meinem Kahn."

"Warten Sie eine Minute", sagte Kate.

"Runter von meinem Kahn, habe ich gesagt", keifte er. Er griff nach Elemines Stange und hielt sie auf die Art, wie Soldaten am Ufer vielleicht einen Hecht hielten. "Sie sagen Hexen können nicht schwimmen. Finden wir es heraus."

Er schlug Emeline zuerst, sie fiel rückwärts ins Wasser und gab dabei ein leises Geräusch der Überraschung von sich. Kate stand auf, ging in Kampfstellung und wünschte sich, sie hätte ein Schwert, mit dem sie ihn aufspießen könnte.

Hatte sie aber nicht und sie konnte nirgendwo auf dem Kahn ausweichen, als die Stange in einem Bogen herumschwang. Sie fühlte die Luft aus sich weichen, von der Kraft des Schlags in ihrem Bauch und für einen Moment fühlte Kate sich durch die Luft getragen.

Das Wasser des Flusses traf ihren Körper in einem kalten Schlag. Kate sank und für einen Moment fragte sie sich, ob der Kahnjunge vielleicht recht gehabt hatte, dass sie nicht schwimmen konnte. Dann trat sie und kam wie ein Korken zu Oberfläche und rang nach Luft.

Das dauerte nicht lange. Ein weiteres Boot kam direkt auf sie zu. Kate schaffte es noch rechtzeitig auszuweichen, aber die Bewegung schickte sie wieder unter das Wasser. Sie schaute hoch zu den Schiffsrümpfen, versuchte eine freie Fläche zu finden, wo sie hochkommen konnte.

Das Wasser war kalt, sogar in der Hitze des Tages. Kalt genug, sodass Kates Körper nach Luft ringen wollte, aber sie widerstand dem Drang. Sie schwamm zur Oberfläche, kam zwischen Booten hoch, die sich selbst mit langen Rudern durch das Wasser manövrierten.

"Hilfe!", schrie Kate aber die Männer auf den Booten lachten nur.

"Du musst wohl schwimmen", rief einer zurück. "Hier ist kein Platz für Menschen wie dich."

Kate wünschte sich, dass sie alle hier und jetzt aufspießen könnte, aber sie konnte kaum ihren Kopf über Wasser halten. Sie schaute sich um, versuchte Emeline zu finden, aber es gab keine Anzeichen von ihr. War sie von den Strömungen des Flusses weggerissen worden oder ... nein, sie sollte solche Dinge nicht denken.

Emeline? Schickte Kate oder versuchte es zumindest. Ihre Kräfte waren zu besten Zeiten nicht konstant und inmitten eines Flusses zu ertrinken, gehörte nicht zur besten Zeit. Sie dachte, sie hatte kurz einen Kopf irgendwo zwischen den Booten gesehen und versuchte in die Richtung zu schwimmen.

Die Strömungen ließen es aber nicht zu. Was anfangs wie leichte Wirbel aussah, als sie auf dem Boot war, hatte sich jetzt in etwas Stärkeres entwickelt, als sie Kates Gliedmaßen ergriffen und versuchten, sie unter Wasser zu ziehen. Es gab keinen Weg in die

Richtung zu schwimmen, in der sie Emeline gesehen hatte. Alles, was sie tun konnte, war seitwärts zu schwimmen, gegen den Strom, in Richtung Ufer, während der Fluss sie abwärts trug.

Sie versuchte sich an der Brücke festzuhalten, als der Fluss sie wieder hineinzog, aber das Ziegelwerk war zu glatt und rutschig. Sie schwamm weiter auf der anderen Seite, hoffte, dass sie an eines der Ufer kommen würde, sie könnte daran entlanglaufen, nach Emeline suchen und ihr vielleicht ein Seil oder so zuwerfen. Ihr irgendwie helfen.

Die Seite der Brücke war wenn überhaupt noch belebter. Ruder schnitten durch das Wasser und Stangen und Kiele, sodass Kate mit jedem Zug, den sie schwamm ausweichen musste. Endlich, *endlich* fand sie sich in ruhigeren Gewässern wieder und ihre schmerzenden Muskeln schafften es, sich näher an das Ufer zu ziehen. Kate spürte ihre Hände nah an einem Steg und sie schaffte es, sich selbst hochzuziehen.

Für eine Minute oder mehr lag sie dort auf dem Holz und rang nach Luft. Ihre Arme brannten vom Kampf gegen die Strömung. Ihre Kleidung war durchweicht und schmutzig vom Schwimmen im kalten Flusswasser. Sie spürte, dass sie sich auch gleich hier zusammenrollen und sterben könnte.

Stattdessen setzte Kate sich auf und zwang sich dazu den Fluss nach Zeichen von Emeline abzusuchen.

Bist du da? Sendete sie und hoffte auf eine Antwort von dem anderen Mädchen, aber ihre Fähigkeiten waren nie so einfach. Kate hatte gerade erst gelernt, dass sie noch mit jemand anderem, als ihrer Schwester reden konnte, die Chancen sich wieder mit Emeline zu verbinden schienen weit entfernt. Das beste worauf Kate hoffen konnte, war, das andere Mädchen den Fluß hinunterfließen zu sehen, getragen von den Strömungen.

Dennoch war sie zuerst ins Wasser gefallen. Sie war vielleicht schon weiter nach unten getrieben worden. Kate versuchte das Ufer entlangzulaufen und nach ihr Ausschau zu halten, aber sie hatte nicht die Kraft dafür und es war ohnehin hoffnungslos. Sie sah kein Zeichen mehr vom anderen Mädchen. Mit Glück war sie nur ein paar Meilen weiter geschwemmt worden. Schlimmstenfalls war sie tot und lag irgendwo unter Wasser.

Dieser Gedanke ließ Kates Magen sich zusammenziehen, aber die Wahrheit war, dass sie nichts weiter tun konnte.

Sie hielt an und schaute sich um. Sie wusste nicht, wo genau sie sich in Ashton befand. Sie hatte versucht aus der Stadt zu kommen, aber der Fluss hatte sie weit zurückgetrieben. Sie war wieder alleine, nass, müde, kalt und vorallem alleine.

Kate kniete sich hin und weinte.

Sophia, schickte sie. *Wo bist du?*

Sie wartete, zu lange in der Stille, bis sie erkannte, dass ihre Schwester sie nicht hören konnte.

KAPITEL NEUN

Sophia bahnte sich ihren Weg durch den Palast, sie versuchte sicherer auszusehen, als sie sich fühlte. Von dem, was sie bis jetzt von den adligen Mädchen gesehen hatte, ließen sie keinen einzigen Moment an Unsicherheit zu.

Es half, dass sie sehen konnte, wie sich die Menge zu bilden begann und sie ließ sich mit einer Gruppe von anderen durch das Schloss treiben. Sie erhaschte einen der Blicke, die sie ihr zuwarfen, und für einen Moment oder zwei, war sie besorgt, dass sie durch ihre Verkleidung hindurchsehen könnten. Als eine ältere Frau ihr entgegenkam, war Sophia sich sicher, dass sie sie demaskieren und sie wieder ins Waisenhaus schicken würde. Ihr Talent gab ihr ein wenig Vergewisserung.

Wer ist sie? Sie muss neu sein. Wir hätten ein so schönes Mädchen doch bemerkt, da bin ich mir sicher. Erinnert mich ein wenig an mich selbst in dem Alter. Ich bin sicher, dass es Gerüchte geben wird.

"Willkommen", sagte die ältere Frau und bot ihr ihre Hand. "Ich bin Lady Olive Casterston."

"Sophia … von Meinhalt", sagte Sophia und nahm die Hand der Frau, erinnerte sich dabei sowohl an ihre neu angenommene Stimme und den Namen noch rechtzeitig. "Ich bin erfreut, Sie zu treffen."

Oh, aus den Handelsstaaten. Kein Wunder, dass ich noch nie etwas von ihr gehört habe. Ich nehme an, dass erklärt auch die Art, wie sie meine Hand ohne Verbeugung genommen hat.

Sophia weitete ihr Talent aus, als sie sprach, las, was sie konnte von der Frau. Sie schien nichts zu ahnen. Wenn überhaupt schien sie sehr freundlich zu sein. Sie redeten über Unwichtiges und Sophia nutzte den Moment, sich den Raum anzuschauen.

"Vergeben Sie mir, wenn meine Gewohnheiten nicht das sind, was Sie gewohnt sind", sagte Sophia. "Die Dinge hier sind … ziemlich anders glaube ich."

"Ich hoffe, nicht zu anders", sagte Lady Olive. "Ich nehme an, mit dem Krieg … oh, Sie armes Ding. Waren Sie da mittendrin? Kommen Sie mit, kommen Sie mit mir. Ich werde Sie den Leuten vorstellen. Sir Jeffrey, das ist Sophia von Meinhalt, Sie *müssen* sie einfach treffen."

Und einfach so, fand Sophia sich selbst dabei wieder, wie sie eine Menge neuer Leute traf, so schnell, dass es fast unmöglich war, den Überblick zu behalten, wer wer war. Lady Olive blieb bei den ersten noch bei ihr, zeigte das Bild eines Mädchens, dass vor dem Krieg auf dem Kontinent geflohen war, dass hieß, dass Sophia keine direkte Lüge erzählen musste, … sie ließ die Leute einfach denken, was sie denken.

Sie *wusste* natürlich, was sie dachten und ihre Fähigkeiten waren der einzige Grund, warum sie sich noch in dem Meer der Menschen, die sie treffen musste oben hielt. Sie gaben ihr Einblicke darüber, was diese Menschen erwarteten und sie erhielt Fragmente von Informationen, die sie glauben ließen, dass sie zumindest schon von der Etikette von Ashton gehört hatte.

Sie ließ sich von der Flut von Menschen, die sie einfach treffen musste zum Ballraum tragen und dort, musste Sophia den Drang nach Luft zu ringen unterdrücken, bei dem ganzen Spektakel des Ganzen.

"Alles Okay, Fräulein?", fragte ein pensionierter Beamte sie, und hoffte wohl auf eine Chance galant zu sein. Anscheinend hatte sie es doch nicht so gut geschafft, ihren Schock zu verstecken.

Wie könnte sie auch? Jede Wand des Ballzimmers war bespiegelt, die Spiegel waren von goldenen Rahmen umgeben. Der Boden war ein Meisterstück aus eingelegtem Holz und bildete eine Karte aus einer unbekannten Welt, die sogar eine der entdeckten Länder hinter dem Ozean enthielten. Es gab Kronleuchter an der Decke, die aussahen, als hielten sie Tausende von Kerzen zwischen ihnen, während ein Trio von goldplattierten Musikern einen kleinen Platz an der Seite einnahm. Es gab keinen Platz für Gemälde an den Wänden, aber die Architekten hatten das mit einem Fresko im modernen Stil über ihnen ausgeglichen, so sah es aus, als wenn der Ball sich auf eine große pastorale Fläche öffnen würde.

"Fräulein?"

"Ja, mir gehts gut", versicherte Sophia. "Ich habe nur nie gedacht, dass ich so eine Gelegenheit … noch einmal bekomme." Sophia von Meinhalt hätte solche Bälle natürlich schon früher besucht.

"Vielen Dank für die Nachfrage."

Noch wurde nicht getanzt. Stattdessen aßen die Besucher Wachteleier und wein-pochierte Äpfel, tranken köstlichen Wein aus Kelchgläsern oder nahmen diese mit zu einem kleinen Brunnen in einer Ecke, aus dem rotes Wasser floss.

Die meisten aber schienen wie das Volk auf dem Markt, auf der Suche nach dem besten Schnäppchen oder wie Armeen, die den höchsten Grund suchten. Vielleicht beides, denn es schien auf jeden Fall ein wenig von beidem im Zimmer zu geben. Die Fragmente der Gedanken die Sophia aufschnappen konnte, machten klar, dass das hier mehr als nur tanzen war.

Sicherlich kann ich mich nicht in einen Rang mit ihm stellen?

Wie hat der Earl von Charlke sich das neue Haus leisten können, von dem er redet?

Wird meine Tochter heute einen Mann finden? Sie ist schon fast zwanzig!

Sophia hatte sich das als stattliche, anmutige Angelegenheiten vorgestellt, aber die auftauchenden Gedanken um sie herum, machten klar, wie viel unter der Oberfläche vor sich ging. Es schien, als wenn jede Gestik, jedes Wort, Teil eines besseren Spiels von Stellung und Aufstieg war. Jeder hier schien zu kommen, weil er etwas wollte und wenn es nur die Darstellung von Macht und Position war, die er bereits besaß.

Es *gab* aber auch Anmut. Einige der Mädchen sahen so elegant wie Schwäne in ihren Kostümen aus, während jeder sich die beste Mühe mit dem Outfit und den Masken gegeben hatte. Es war die Art von Anlass, die anderswo vielleicht jeden anonym gemacht hätte, aber hier ging es mehr darum, seinen Geschmack und seine Fähigkeit zu zeigen, sich die besten Dinge leisten zu können.

Oder sie zu stehlen, wie in Sophias Fall.

Sie glitt mit anmutigen Schritten durch den Raum, hörte sich den Klatsch an, den die Adligen unter sich redeten und die tiefere Schicht darunter, was sie nur dachten. Sie hörte Gerüchte über Männer und Frauen, die bei Kartenspielen oder Pferdewetten verloren hatten, zusammen mit größeren Sorgen, von denjenigen, die argwöhnten, dass sie dieses Mal nicht in der Lage wären, ihre Schulden zu zahlen. Sie hörte Geschichten von Affären und Untreue und ihr Talent ließ sie die herauswählen, die echt waren, bis zu denen die bewusst verteilt worden waren, um Ärger zu machen.

Vielleicht, wenn sie eine andere Art Person gewesen wäre, hätte Sophia versucht, ihr Vermögen mit den Geheimnissen von anderen Personen zu machen. Aber das war nicht das, was sie wollte. Sie wollte glücklich sein, nicht gehasst. Sie wollte Teil dieses Platzes sein, kein Raubtier am Randgebiet. Sie wollte mehr als nur die Gabe sein, die sie hatte.

Das hieß, einen dauerhaften Weg zu finden, sich mit diesem Hof zu verbinden. Es bedeutete, hier einen Mann zu finden. Sophia schluckte bei dem Gedanken. Es war eine große Verpflichtung, die man einging und es hörte sich unglaublich geldgierig an. Trotzdem, war es schlimmer als die Adligen, die herumstanden und versuchten gute Eheverbindung für sich oder für ihren Nachwuchs zu erzielen?

Es war definitiv besser als ein Ausbildungsvertrag, was immer auch passierte.

Und auf eine Art hatte Sophia einen Vorteil den anderen hier gegenüber: sie konnte zumindest sehen, welche Art von Menschen die Männer hier wirklich waren. Sie konnte tief in sie hineinschauen und sehen, dass der biedere Mann zu ihrer linken einen Hang zur Grausamkeit hatte oder sie sah den jungen Mann, der über die Kurtisane nachdachte, die er heute Nacht wieder besuchen würde.

Sophia schaute sich im Zimmer um, fühlte Augen auf sich ruhen, fühlte Hoffnung von einigen Männern, die in ihre Richtung schauten. Einige fühlten sich wie Raubtiere an, wie Wölfe, die ein Reh umkreisten. Einige wollten sie ganz klar benutzen und dann fallen lassen.

Da war ein junger Mann, der eine Sonnenmaske und die Kleidung eines goldenen Kostüms trug, das nur dazu diente, die schönen Linien seiner Figur zu unterstreichen. Er stand im Zentrum eines Haufens von Anhängseln und Sophia wusste schon, bevor sie durch ihre Gedanken gegangen war, dass dies Rupert, der älteste Sohn der Witwe und Erbe des Reiches war.

Ein Blick auf *seine* Gedanken ließ Sophia wegschauen. Für ihn war sie nichts mehr als ein Stück Fleisch. Schlimmer noch, unter der witzigen Fassade gab es einen Hauch an Gewalt. Sophia hatte gehört, dass Prinz Rupert ein feiner Soldat war, der gerne mit anderen adligen Offizieren trainierte. Es gab noch mehr und es war genug für Sophia, um sicher zu sein, dass sie sich nicht in seiner Nähe aufhalten wollte.

Sie begann sich nach dem Adligen umzuschauen, den Cora ihr empfohlen hatte: Philippe van Anter. Aber eine bestimmte Person in einer Menge voll mit Masken zu suchen, war schwierig, sogar mit einem Talent wie ihrem. Sie sah sich einen großen, jungen Mann an mit Haaren, genauso rot wie ihre. Nein, das war er nicht.

Noch war es ein Mann, der in einem Harlequin Kostüm verkleidet war oder der, der dachte, dass seine Militäruniform, das perfekte Kostüm wäre.

Sie drehte sich um und erstarrte, als sie einen jungen Mann am Ende der Menge sah. Er war reich gekleidet, in einem Kostüm, das das fließende Wasser und wechselnde Wetter der Königreichinsel darstellte. Er trug eine grausilberne Tunika über einem blauen Shirt und Hose, mit leicht Juwelen besetzen Stiefeln, die es irgendwie schafften elegant, anstatt zu übertrieben auszusehen.

Die Maske versteckte sein halbes Gesicht, aber sogar mit der Maske konnte Sophia sehen, dass er gut aussehend war. Er hatte nicht die harten Züge, wie einige Soldaten hier im Raum, aber er schien trotzdem stark und athletisch zu sein.

Er war nicht einer von denen die sie oder die anderen jungen Frauen im Zimmer anstarrten. Sophia konnte kein Gefühl für Gewalt an ihm finden, das sie bei Prinz Rupert gefunden hatte und keines von den Problemen, von denen sie in so vielen anderen Gedanken hier gehört hatte. Da war etwas Ruhiges an ihm, etwas schon fast Friedliches.

Das war aber nicht wie Sophia sich fühlte. Sie konnte fühlen, wie sie schneller atmete bei seinem Anblick und ihre Augen ruhten auf ihm, während er durch den Raum ging. Erst als ein Mann sich vor ihm verbeugte, erkannte sie, was sie vorher nicht bemerkt hatte:

Das war Prinz Sebastian, der jüngere Sohn der Witwe. Nicht derjenige, der erben würde, aber immer noch mehr, als sie jemals zu hoffen gewagt hatte.

Sophia begann weg zuschauen, aber ihr Blick wurde immer wieder zu ihm hingezogen, als wenn sie damit nicht aufhören konnte. Auf dem Weg erwischte sie einen Blick auf Lady D'Angelica und ihre Freundinnen, und auch wenn sie ihre Gedanken nicht hatte lesen können, hatte Sophia den hungrigen Blick gesehen, den die Adlige dem Prinzen zugeworfen hatte.

Als sie sich Angelicas Gedanken anschaute, erstarrte Sophia.

Ein Drink und er wird schon bald schläfrig genug sein.

Sophia bahnte sich ihren Weg in Richtung des anderen Mädchens durch die schnatternde Menge. Sie sah, wie sie ein Taschenset an ihrer Hüfte berührte.

Ich hoffe, der Physiker hat mich nicht reingelegt. Wenn das nicht schnell genug wirkt, dann werde ich nie diejenige sein, die ihn ins Bett bekommt.

Sophia konnte sich ihren Plan denken. Angelica plante, Prinz Sebastian eine Art Beruhigungsmittel zu verabreichen und dann mit ihm aus dem Raum zu gehen. Sie würde ihn austricksen und mit ihm ins Bett gehen, unbeabsichtigt von seinen Wünschen.

Wenn ich erstmal ein Kind habe, wird er mich heiraten müssen.

Dieser abgefangene Gedanke war zu viel für Sophia. Sie musste das aufhalten. Sie schlich sich hinter das Mädchen, nutzte ihr Talent auf die Art, wie sie es genutzt hatte, um auf der Straße zu stehlen, beobachtete den Moment, in dem Angelicas Aufmerksamkeit wanderte, und griff dann so ruhig, als wenn sie mit einem Fächer wedeln würde, an die Tasche, um sie von ihrem Gürtel zu ziehen.

Sophia hätte das Beruhigungsmittel wegwerfen können, aber sie spürte, dass die Adlige mehr als das verdiente – für das, was sie Cora angetan hatte, wenn schon nichts anderes. Sophia nahm ein Glas Wein, fügte still ein wenig Puder hinein und rührte es in den Drink, sie bewegte sich wieder nahe zu Angelica, passte auf, als sie den Wein für einen Moment auf einen der kleinen Tische im Raum absetzte.

Es war eine Angelegenheit von Sekunden, wenn überhaupt, aber Sophia hatte darauf gewartet und das machte es leicht den Wein auszutauschen. Sie ging weiter, nippte an Angelicas Drink, während die junge Adlige von dem Wein trank, den Sophia präperiert hatte.

Es dauerte eine Weile, bis die Auswirkungen zu sehen waren. Nach ein oder zwei Minuten war Sophia sich nicht mehr so sicher, ob sie es überhaupt geschafft hatte, irgendetwas zu bewirken. Dann sah sie, wie Angelica leicht schwankte und den Versuch einer ihrer Freundinnen zu helfen, ausschlug.

Was ist passiert? Habe ich einen Fehler gemacht?

Sophia sah, wie sie an ihren Gürtel griff und nach der fehlenden Tasche suchte. Angelica stolperte und dieses Mal fing eine ihrer Freundinnen sie auf. Sie sah aus, als wenn sie kämpfen würde oder diskutieren, aber die ganze Clique trug sie aus dem Zimmer und suchte wahrscheinlich einen Ort zm Ausruhen.

Sophia lächelte bei dem Gedanken, dass das andere Mädchen bekommen hatte, was sie verdiente. Sie sah zu Sebastian herüber.

Jetzt zu dem Teil, den *sie* verdiente.

Denn in Wahrheit gab es niemand anderen in dem Raum, für den sie noch Augen hatte, außer für ihn.

KAPITEL ZEHN

Kate fühlte sich noch schlechter, als vorher, ehe sie auf das Boot gesprungen war. Sie zitterte, während sie durch die Stadt lief durch das mangelnde Licht, nirgends nah genug, um die nasse Kleidung, die sie trug, zu trocknen.

Sie hatte auch Hunger, so einen Hunger, dass sie schon Diebstahl in Betracht zog, um ihren knurrenden Magen zu füllen. Kate schaute sich jedes Geschäft und jeden Lebensmittelladen an, suchte nach einer Möglichkeit, aber es gab keine Gelegenheit im Moment, sogar mit ihrem Talent, einen leeren Platz an der Küste zu erspähen.

Sie wünschte sich schon fast, sie wäre wieder im Waisenhaus, aber das war ein dummer Wunsch. Sogar ehe sie weggelaufen war, war es ein schlimmerer Ort, als der hier gewesen. Zumindest gab es auf den Straßen keine Nonnen, die sie für Fehler schlugen, keine endlosen Arbeitsstunden mit sinnlosen Aufgaben, nur um die Faulheit zu vermeiden.

Das war nah dran und Kate hoffte dabei, dass es ihrer Schwester besser ging als ihr. Ihre Versuche sich mit Sophia zu verbinden, funktionierten nicht. Entweder das oder sie war mit etwas beschäftigt, sodass sie nicht antworten konnte. Sie versuchte, sich wieder mit Emeline zu verbinden. Aber wieder gab es keine Antwort.

Kate ging weiter.

Sie war sich nicht sicher, wo sie sich jetzt in der Stadt befand, aber von dem Anblick war sie nicht in einem schicken Viertel gelandet. Da, stellte sie sich vor, würde das Kopfsteinpflaster mit weißem Marmor glänzen, anstelle mit zerbrochenen Ziegelsteinen und Granit bedeckt von einer Lage Pferdedünger. Die Häuser hier sahen billiger aus, als die um das Haus der Herrenlosen und von innen konnte Kate gelegentliche Rufe und Schreie, Argumente und Gelächter hören.

Sie kam an einem Gasthof vorbei, wo der Kerzenschein Trinkgelage von Arbeitern erleuchtete. Die Wörter eines unzüchtigen Songs hallten durch die Straßen, und obwohl sie alleine war, wurde Kate rot. Einer der Männer winkte ihr zu und Kate ging schnell weiter.

Am Tage war Ashton geschäftig, rau an den Randbezirken. In der Dunkelheit schien diese Ecke noch weniger einladend. In einer nahen Allee war Kate sich sicher, dass sie Geräusche von Gewalt hörte. Als sie an einer weiteren Straße vorbeikam, erwischte sie einen Mann und eine Frau, die sich zusammen gegen eine Wand drückten und sie schaute weg.

Kate wusste, dass sie sich wärmen musste. Im Tageslicht war sie noch warm genug gewesen, um einfach beim Herumlaufen zu trocknen, aber in der Nacht mit dem Mondschein, der in einem Schein von Silber herunterschien und der Wind, der sie durchfuhr, wann immer sie sich nicht nahe genug an den Wänden hielt?

Sie würde sich zu Tode frieren, wenn sie kein Feuer finden würde.

Es gab Feuer überall in der Stadt an Feuerstellen und auf Feuerrosten. Die Kamine der Häuser um sie herum bliesen Rauch in den Nachthimmel, während die Bewohner darauf kochten und sich warmhielten. Dennoch war es nicht so, als könnte sie einfach in eins dieser Häuser hineingehen.

Sie könnte einen Gasthof versuchen, aber Gasthöfe kosteten Geld und wenn sie nur in einem herumhing, dann, daran hatte Kate keinen Zweifel, würde jemand wissen wollen, was sie dort tat. Sie ging also weiter, sah sehnsüchtig in die nahen Gasthöfe und versuchte die Geräusche der gefährlichsten Bewohner der Stadt zu ignorieren, während diese ihren nächtlichen Unternehmungen nachgingen.

Am Ende fühlte Kate sich, als wenn sie nicht mehr länger gehen könnte. Beim nächsten Gasthof, an dem sie vorbeikam, glitt sie in den Hof, der daran angeschlossen war. Sie würde vielleicht nicht für ein Zimmer zahlen können, aber dieser hier hatte Ställe und sie könnte sich wenigstens bei den Pferden warmhalten, wenn sie vorsichtig war.

Es würde Stallburschen irgendwo draußen geben und die Besitzer der Pferde hier würden morgens kommen und sie holen. Aber im Moment konnte Kate keine weiteren Gedanken aufnehmen, die darauf hinwiesen, dass es in der Nähe Menschen gab.

Es gab im Moment drei Pferde in den Ställen. Einer war ein dunkler Hengst, groß und ein wenig aggressiv aussehend. Ein weiteres war ein gutmütiges weißes Pony, das viel zu dünn und schlecht versorgt aussah. Das Dritte war eine kastanienfarbene Stute, die wieherte, als Kate sich ihr näherte, in ihren Stall glitt und sich in das Stroh duckte. Sie nahm eine Decke, die über den

Pferderücken drapiert war und es schien sich nicht daran zu stören, als Kate sich selbst darin einwickelte.

Es war nicht viel, aber es war weit aus besser, als durch die Straßen zu laufen und versuchen trocken zu werden. Sie versuchte nicht zu schlafen, denn sie wollte nicht riskieren, dass sich jemand anschlich, während sie schlief. Sie saß einfach da, während sie sich langsam und schrittweise ein wenig aufwärmte.

Sie begann nachzudenken. Sie hatte geplant aus der Stadt zu kommen, als die Jungs sie gefunden hatten und sie gezwungen wurde, zu rennen. Ihr Plan war es gewesen, alles zu stehlen, was sie brauchte, von Essen bis zu Waffen, von Kleidung bis zu … naja einem Pferd. Gab es irgendeinen Grund, warum sie das nicht immer noch tun sollte?

Kate kroch nach vorne zum Stall, sie schaute sich um, während sie gleichzeitig ihre anderen Sinne ausbreitete. Sie hatte keine Illusionen darüber, was mit ihr passieren würde, wenn man sie dabei erwischte, etwas so teures wie ein Pferd zu stehlen. Es würde zumindest das brennende Eisen werden oder aber wahrscheinlich eher die Schlinge.

Aber in dem Moment, wenn die Alternative war, einen langsamen Tod in der Stadt zu sterben, schien es das Risiko wert zu sein.

Eigentlich war die Tat an sich der schwerste Teil. Kate konnte Reitzubehör an der Wand sehen und der kastanienfarbende Hengst hielt still, während Kate die Decke auflegte und einen Sattel darauf legte. Es war offenbar daran gewöhnt, von fremden Menschen gesattelt zu werden. Sie fand noch mehr Reitzubehör und erinnerte sich halb an den Unterricht im Waisenhaus, über die Dienerei, in der ihr gesagt wurde, was sie wissen musste und wo alles hinkam. Den Rest dachte Kate sich einfach, und da sich das Pferd nicht bei ihren Bemühungen wehrte, nahm sie an, dass sie es richtig machte.

Sie öffnete, so leise sie konnte die Stalltür, jedes Knacken des Holzes oder Quietschen der Scharniere hörte sich unglaublich laut in der Stille der Nacht an. Sie traute sich nicht, dass Pferd aus dem Stall zu reiten, stattdessen führte sie es leise Schritt für Schritt, bis sie das Tor erreichte, dass zur Straße führte.

“Hey du! Was glaubst du, was du hier machst?”

Kate zögerte nicht. Ihr Aufstieg in den Sattel war nicht so graziös, aber schnell. Sie grub ihre Fersen in die Flanken des Pferds und schrie laut. Gleichzeitig sendete sie so stark sie konnte den Drang zu laufen.

Kate wusste nicht, welcher Aspekt davon das Pferd zum Galoppieren brachte, aber in dem Moment machte das nichts. Das

Einzige was zählte war, dass sie sich an dem Pferd festhielt während es durch die nächtlichen Straßen lief. Rufe ertönten hinter ihr, aber die verschwanden schnell in der Ferne.

Die echte Schwierigkeit war, sich auf dem Pferd zu halten. Kate war noch nie vorher geritten. Das Waisenhaus hatte angenommen, dass die Einzigen die hier ritten, diejenigen wären, die sie unter Vertrag nahmen, sicherlich nicht sie und sicherlich nicht so schnell.

Das bedeutete, dass sie sich um ihr Leben fürchtend an dem Hals des Pferdes festhielt, sie versuchte nicht einmal, es zu lenken, da es sich seinen eigenen Weg durch vorbeifahrende Kutschen und die wenigen Fußgänger da draußen suchte. Sie hielt sich fest, bis die Kräfte des Pferds zu schwinden schienen, dann zog sie die Zügel und versuchte es zu stoppen.

Sie schaffte es, das Pferd zum einfachen Schritt zu bringen und versuchte sich zu orientieren. Sie wusste nicht genau, wo sie in der Stadt war, aber sie hatte eine Ahnung, wo der Fluss war, denn sie hatte sich erst vor kurzer Zeit dort hinausgezogen. Wenn sie weiter in die entgegengesetzte Richtung ritt, dann wäre sie bald raus aus der Stadt.

Kate lenkte das Pferd in die Richtung, von der sie hoffte, das es die richtige war, und ritt weiter. Sie war zwar vorher noch nicht geritten, aber sie hatte schnell den Rhythmus gefunden, drückte mit ihren Beinen und ließ das Pferd laufen, dass sie an Läden und Gasthöfen vorbeibrachte, an Bordelle und Spielepalästen.

Sie kam an einem der Lücken in den alten Mauern vorbei. Es gab einmal eine Zeit, in der sie noch durch ein geschlossenes Tor hatte reiten müssen, an den Wachmännern vorbei, die hätten wissen wollen, wo sie das Pferd herhätte. Diese Tage waren lange vorbei, die Tore waren von den Kanonen in einem der Bürgerkriege zerstört worden. Jetzt konnte Kate ganz einfach durch und in die große Fläche außerhalb der Stadt reiten.

Es gab leise Rufe hinter ihr, aber Kate zweifelte daran, dass sie noch irgendjemand aufhalten konnte. Aber um sicher zu sein, hielt sie sich von den Hauptstraßen fern, sodass jeder der sie jagte, nach ihr suchen musste. Da draußen, das bedeutete vorbei an Reihen von Holzhäusern zu reiten, meistens mit ihren eigenen kleinen Gärten, in denen versucht wurde, extra Lebensmittel anzubauen.

Zum ersten Mal in ihrem Leben fühlte Kate sich wirklich frei. Sie konnte einfach weiter reiten in die Außenbezirke mit den offenen Feldern und seinen kleinen Dörfern und niemand würde sie aufhalten. Sie würde da draußen finden können, was sie brauchte, egal ob es Lebensmittel oder Waffen oder einfach die Freiheit vom Land zu leben war.

Sie atmete tief durch und widerstand dem Drang das Pferd wieder zum Galoppieren zu bringen. Es war lange genug gerannt für heute. Für jetzt wollte sie einfach in dem Schritt gehen, den der kastanienfarbene Hengst bis zum Morgen schaffen konnte, also ließ sie ihn weiter seinen flotten Schritt durch die Außenbezirke dieser weitläufigen Stadt gehen.

Erst als sie einen Hufschmied sah, ließ Kate das Pferd wieder anhalten. Es war die einzige Ansammlung von Steinbauten in einem Meer aus Holz und Lehmziegeln, so solide, dass es aussah, als sei es schon immer dort gewesen. Es gab Beispiele der Arbeit des Besitzers auf dem Platz drum herum, von ausgefertigten Eisentoren bis zu Sensen, die darauf warteten, geschärft zu werden, von Fässern mit Pfeilschächten, die nur darauf warten, dass Pfeilspitzen hineinpassten.

Diese zogen Kates Aufmerksamkeit auf sich. Wenn das Pfeilköpfe waren, dann gab es vielleicht noch andere Dinge da drinnen. Es könnte kurze Jagdbögen geben, die nur auf die Art von komplizierten Metallbeschlägen warteten, die manche Leute liebten. Es gab vielleicht Messer. Vielleicht sogar Schwerter.

Kate wusste, dass sie besser weiterreiten sollte. Es wäre das Sicherste, um nicht noch mehr Diebstahl zu riskieren, bis sie aus der Stadt war. Schon das Pferd war ein großes Risiko gewesen. Trotz des Risikos war es weit aus besser gelaufen, als sie gedacht hatte, oder?

Und vielleicht war es besser das jetzt zu tun, alles in einem. Die Menschen waren bereits hinter ihr her, es war vielleicht besser jetzt alles zu riskieren, als zu riskieren die Dinge zu vermasseln, wenn sie auf dem offenen Land war. Irgendwie hatte Kate das Gefühl, dass es besser war, all die kleinen Verbrechen in der Stadt zu lassen, sobald sie Ashton verlassen hatte. Das war Teil eines Lebens, den sie versuchte hinter sich zu lassen; sie wollte sich ihr neues Leben nicht ruinieren, indem sie sich Feinde in den Dörfern außerhalb der Wahlbezirke oder den Grafschaften dahinter machte.

Ihr Verstand siegte, Kate lenkte ihr Pferd zum Zaun an der Seite des Schmieds. Sie sprang über den Zaun, und sobald sie das getan hatte, fühlte es sich an, als wenn sie etwas Unwiderrufliches getan hatte. Sie schlich zum Geschäft des Hofschmieds und hielt sich geduckt.

Es gab drei Gebäude. Eins war ganz klar das Hauptgeschäft, ein weiteres sah aus, als wenn es die Wohnung des Schmieds wäre, während das Dritte wahrscheinlich eine Art Speicherplatz und

Werkstatt war. Zu diesem schlich Kate sich in der Dunkelheit hin, auf der Grundlage, dass es am wenigsten wahrscheinlich war, dass sie fest verschlossen war und dass sie höchstwahrscheinlich fertige Waffen enthalten würde.

Als Kate durch eines der winzigen Fenster schaute, konnte sie Fässer mit Schwertgriffen und Bögen, die daraus stachen sehen, vermischt mit Ornamentschmiedearbeiten und lange Nägel, die für den Bootsbau entworfen wurden.

Jetzt musste sie nur noch einen Weg hineinfinden. Kate ging zur Tür, aber da war ein großes schmiedeeisernes Schloss davor und der Griff würde sich nicht bewegen, wenn sie es versuchte. Sie ging zurück zum Fenster und sah sich das Bleiglas dort an. Würde sie da durchpassen? Es wäre eng, aber Kate dachte, sie könnte es schaffen.

Sie würde das Fenster einschlagen müssen, aber mit so viel Objekten, die im Hof herumlagen, würde das einfach sein. Sie nahm ein verdrehtes Eisengeländer und holte aus.

Das Glas brach viel zu laut in der Stille und Kate stand still, lauschte nach Geräuschen. Als es keine gab, schlug sie den Rest des Glases heraus und zog sich durch das Fenster.

Kate durchsuchte die Fässer. Sie wusste nicht so viel über Waffen, wie sie gerne wollte, aber Kate konnte sehen, dass einige der Herstellungen besser als andere waren. Es gab einige Schwerter, die leicht und federnd aussahen, während andere wie eine billige Kopie davon aussahen. Sogar einige der Klingen mit aufwendig aussehenden Griffen hatten Klingen ohne jegliche Biegung und nur mit einem dumpfen Glanz und nicht mit dem wellenförmig gemusterten Metall der besseren.

Dasselbe galt für die Bögen. Einige waren gerade Eibe und Asche während andere aus vielen Holz- und Hornschichten zu bestehen schienen, gebunden mit Metall. Kate nahm das Beste, was sie finden konnte. Wenn sie das hier schon durchzog, dann würde sie es richtig machen. Sie konnte nicht durch das Fenster klettern, wenn das hier an ihr hing, also warf sie es vor sich aus dem Fenster. Dann kletterte sie zurück, stolperte auf den Boden in der Dunkelheit und kam kauernd hoch.

Eine Hand legte sich auf ihre Schulter, groß genug und stark genug, sodass Kate keine Chance hatte zu entkommen. Sie zappelte, versuchte sich zu entziehen aber starke Arme schlangen sich um sie.

Kate schluckte, sie wusste, dass es jetzt zu Ende war.

KAPITEL ELF

Sophia zwang sich selbst, stehen zu bleiben und zuzuschauen wie der Ball und das Tanzen begann, Gruppen von Menschen bewegten sich durch formelle Hoftänze, von denen sie die Schritte nicht kannte. Sie wollte in Prinz Sebastians Richtung gehen, aber es war schwer ihre Füße in die Richtung zu bewegen.

Wofür bist du dann hergekommen? Fragte Sophia sich.

Das war die Frage. Sie durfte nicht schüchtern sein. Wenn sie sich nicht dazu durchrang, mit dem Prinzen zu sprechen, dann musste sie ihren Weg über einen der anderen Männer im Raum gehen. Wenn sie das nicht tun konnte, dann musste sie gehen, verkaufen, was sie hatte und hoffen, dass es genug wäre, sie für ein oder zwei Nächte von der Straße fernzuhalten.

War es nicht besser zum Prinzen zu gehen, anstelle die anderen Dinge zu tun? War es nicht besser, nicht einfach mit einem jungen Mann zu sprechen, der ihr gefiel? Sophia konnte wieder weiter gehen mit dem Gedanken und sie begann, sich ihren Weg durch die Menge zu bahnen.

Nicht jeder tanzte. Die älteren Adligen schauten hauptsächlich von der Seite aus zu, sprachen miteinander, wessen Sohn oder Tochter oder Nichte am elegantesten tanzte, sprachen über den Krieg auf der anderen Seite des Knife Sees, über die neusten Künstler welche die Witwe förderte oder die Tatsache, dass Lord Horriges Tochter gewählt wurde, eine Nonne der maskierten Göttin zu werden. Nur die Erwähnung war genug für Sophia, um sich von dem Gespräch fernzuhalten.

Sie ging weiter in Richtung Prinz. Er tanzte bis jetzt nicht, obwohl sein Bruder das tat, er ging von einer Partnerin zur nächsten mit der lachenden Überschwänglichkeit eines Mannes, der wusste, wie er die Frauen nehmen musste. Sophia vergewisserte sich, *ihm* aus dem Weg zu gehen. Sie hatte kein Interesse daran, in diese Art von Spaß mit hineingezogen zu werden.

Als sie in Richtung Prinz Sebastian ging, war sie sich sicher, dass sie ihn dabei erwischte, wie er sie anschaute. Es war schwer zu sagen, mit der Maske, die seinen Ausdruck verdeckte, aber ihr Talent schien seine Überraschung einzufangen.

Sie kommt zu mir? Ich dachte, so ein schönes Mädchen hat bereits eine volle Tanzkarte.

"Ihre Hoheit", sagte Sophia, als sie ihn erreichte, sie verbeugte sich, weil sie zumindest das den Mädchen im Haus der Herrenlosen beigebracht hatten. "Ich hoffe, es stört Sie nicht, dass ich so hier herüberkomme."

Ausmachen? Nur wenn sie anfängt davon zu reden, wie perfekt der Ball ist. Ich hasse es, wie gekünstelt diese Dinge sind.

"Nein, das macht mir nichts", sagte er. "Es tut mir leid, ich kann mir nicht vorstellen, wer unter der Maske ist."

"Sophia von Meinhalt", sagte sie und erinnerte sich an ihre falsche Identität. "Es tut mir leid, ich bin nicht so gut bei Partys. Ich weiß nicht, was ich tun soll."

"Ich bin auch nicht so gut darin", sagte Sebastian.

Sie sind Fleischmärkte.

"Sie müssen das nicht vor mir verstecken", sagte Sophia. "Ich merke, dass Ihnen das nicht so gefällt. Ist es, weil zu viele Menschen hier nach ihrem Vorteil rufen?" Sie machte eine Pause. "Es tut mir leid, das war zu voreilig von mir. Wenn Sie wollen, dass ich gehe –"

Sebastian streckte seinen Arm nach ihr aus. "Bitte nicht. Es ist erfrischend, jemanden zu treffen der bereit ist ehrlich bei dem zu sein, was hier los ist."

Sophia fühlte sich ein wenig schuldig dabei, denn ihr war mehr als bewusst, dass sie hier unter falschem Vorwand hergekommen war. Gleichzeitig fühlte sie mehr als eine Verbindung zu Sebastian, während er näher neben ihr stand, als an all den anderen hier. Er fühlte sich so echt an, während so viele andere einfache Fassaden zu sein schienen.

Die Wahrheit war, dass er ihr gefiel und es schien, als wenn sie ihm auch gefiel. Sophia konnte seine Gedanken so klar wie ein Fisch auf dem Grund des Flusses sehen. Sie waren helle Dinge ohne die Kanten der Grausamkeit, die sein Bruder hatte. Mehr als das, sie konnte sehen, wie er sich fühlte und was er dachte, wenn er sie ansah.

"Warum sind Sie zum Ball gekommen, wenn Sie es so hassen?", fragte Sophia. "Ich hatte gedacht, ein Prinz konnte sich das aussuchen."

Sebastian schüttelte seinen Kopf. "Vielleicht funktioniert das so in Meinhalt. Hier ist das alles Pflicht. Meine Mutter möchte, dass ich hingehe und deswegen gehe ich hin."

"Sie hofft wahrscheinlich, dass Sie ein nettes Mädchen finden", sagte Sophia. Sie sah sich demonstrativ um. "Ich bin mir sicher, die gibt es hier irgendwo."

Sie schaffte es, ihn damit zum Lachen zu bringen.

"Ich dachte, das hätte ich gerade", sagte Sebastian. Er schien zu erkennen, was er gerade gesagt hatte. "Was ist mit Ihnen Sophia? Warum sind Sie auf dem Ball?"

Sophia fand, dass sie ihn nicht deswegen anlügen wollte; zumindest nicht mehr als sie musste.

"Ich wusste nicht, wo ich sonst hingehen sollte", sagte sie und Sebastian musste die Traurigkeit dabei gehört haben. Natürlich konnte er den Grund dafür nicht kennen, aber auch wenn er dachte, dass es hier um irgendeine ausländische Adlige ging, die von dem Krieg davon gelaufen war, die Sympathie in seinen nächsten Worten zählte.

"Es tut mir leid. Ich wollte keine schwierigen Themen aufbringen", sagte Sebastian. Er bot ihr seine Hand an. "Möchten Sie tanzen?"

Sophia nahm sie, überrascht davon, dass sie nichts mehr in diesem Moment wollte. "Das würde ich sehr gerne."

Sie gingen zusammen zur Tanzfläche. Erst dann fiel Sophia ein, dass es dabei ein offensichtliches Problem gab.

"Ich sollte Sie vielleicht warnen, dass ich nicht die beste Tänzerin bin. Ich kenne nicht einmal die Schritte von all den Tänzen hier."

Sie sah Sebastian lächeln. "Zumindest haben Sie die Entschuldigung eines ganz anderen Sets an Hoftänzen da draußen in Meinhalt. Ich bin einfach nicht gut und ich habe Lehrer, die mir das gesagt haben, also muss es wohl stimmen."

Sophia legte eine Hand auf seinen Arm. Sie wusste aus erster Hand, wie es war grausame Lehrer zu haben. Sie zweifelte daran, dass die Lehrer des Prinzen ihn geschlagen hatten, aber es gab andere Arten grausam zu sein, ohne die Hand gegenüber jemandem zu erheben.

"Das ist schrecklich, so etwas zu sagen", sagte sie. "Ich bin mir sicher, Sie tanzen besser, als Sie glauben."

"Immerhin können wir zusammen lernen", sagte Sebastian.

Bei den ersten Tanzschritten des neuen Tanzes haderte Sophia, sie wusste nicht, was sie tun sollte. Dann fiel ihr das nächst Gelegene ein: hier gab es ein ganzes Zimmer mit Menschen um sie herum, die die Tanzschritte kannten und die darüber nachdachten, in welcher Reihenfolge sie auszuführen waren.

Sie hörte zu, indem sie ihre Fähigkeiten nutzte, hoffte, dass sie alles aufnehmen würde, was sie brauchte, nutzte ihre Augen, um den Rest zu sehen, während sie den Rhythmus der anderen Tänzer beobachtete. Ein Mädchen ein wenig entfernt schien ihre Schritte zu durchdenken mit der Konzentration von jemandem, der vor noch nicht allzu langer Zeit von einem Tanzlehrer trainiert wurde.

“Sie lernen das sehr schnell”, sagte Sebastian, als Sophia begann, sich zu bewegen.

“Sie sind auch nicht zu schlecht”, versicherte sie ihm.

War er auch nicht. Trotz seiner Versicherung, dass er nicht gut tanzen konnte, war das einzige Problem, dass Sophia bei Sebastians Tanz sah, seine selbstbewusste Steifheit. Die schien zu kommen und zu gehen, je nachdem ob er sich daran erinnerte, dass die Menschen ihm zuschauten, also entschied sich Sophia ihn abzulenken.

“Erzählen Sie mir von Ihnen”, sagte sie, als sie unter den anderen Paaren dort herumwirbelten.

“Was soll ich da erzählen?”, antwortete Sebastian. “Ich bin der jüngere Sohn der Witwe, also praktisch Herrscher eines kleinen Herzogtums im Westen und weitgehend uninteressant, soweit es um die Erbfolge geht. Ich mache, was immer von mir verlangt wird, also auch Bälle besuchen.”

Sophia strich mit ihrer Hand über seine Schulter. “Ich bin froh, dass Sie gekommen sind. Aber ich bin nicht an so etwas interessiert. Ich will was über *Sie* wissen. Was bringt Sie zum Lächeln? Was gefällt Ihnen am meisten? Wenn Sie mit Ihren Freunden zusammen sind, behandeln Sie sie wie einen Prinzen oder sind Sie für sie einfach Sebastian?”

Sebastian war so lange still, dass Sophia schon glaubte, dass sie es falsch verstanden hatte, trotz der Vorteile, die ihre Fähigkeit ihr gab.

“Ich weiß nicht”, sagte er endlich. “Ich bin mir nicht sicher, ob ich Freunde habe, nicht wirklich. Bestenfalls war ich immer das fünfte Rad am Wagen im Freundeskreis meines Bruders. Wenn man die so ansieht, ist das vielleicht nicht das Schlechteste. Auf jeden Fall ist es mein Job als jüngerer Prinz, nicht peinlich zu sein. Das ist leichter, wenn ich die Art von Verwicklungen vermeide, die Rupert erzeugt. Und um ehrlich zu sein, Bücher sind viel interessanter als das.”

Sophia hielt ihn ein wenig enger. “Das hört sich einsam an. Ich hoffe, ich bin wenigstens interessanter als ein Buch.”

“Viel interessanter”, sagte Sebastian und schien zu bemerken, was er da gesagt hatte. “Es tut mir leid, ich sollte nicht …”

Auch wenn es stimmt.

"Das ist in Ordnung", sagte Sophia. Sie konnte seine Scham bei der Überschreitung sehen, aber ihr Talent zeigte ihr auch, wie froh er war, dass ihr das nichts ausmachte und was er jedes Mal dachte, wenn er sie anschaute. Es war merkwürdig zu sehen, wie sich der Raum für jemanden erhellte, nur weil Sophia da war.

Sebastian sah aus, als wenn er irgendetwas sagen wollte, aber in dem Moment kam ein weiteres Mädchen zu ihnen, ihr Arm streckte sich aus, als wenn sie ihn fragen wollte, ob er tanzen wolle. Sophia konnte sehen, wie das ausging, der Prinz würde von einem netten Mädchen zum anderen gereicht und würde sie komplett vergessen.

Zu ihrer Überraschung jedoch machte Sebastian einen Schritt von dem Mädchen zurück.

"Vielleicht später", sagte er, wenn auch höflich. "Wie Sie sehen können, habe ich eine Partnerin für diesen Tanz."

"Ich habe meine Tanzkarte –", begann das Mädchen, aber Sophia tanzte bereits mit Sebastian in die entgegengesetzte Richtung.

Sie hätte sich keine Sorgen machen müssen. Sebastians Augen lagen nur auf ihr, als sie weiterhin tanzten. Sophia liebte seine Stimme, als er über Dinge redete, die ihn aufregten, nicht die Kleinkriege, an denen die meisten Adligen Interesse hatten, sondern an Kunst und der Welt, die Menschen der Stadt und die Dinge die er als Prinz tun konnte, um sie zu verbessern.

"Natürlich", sagte er, "ist es nicht wie vor dem Bürgerkrieg, als die Könige und Königinnen einfach tun konnten, was sie wollten. Jetzt passiert alles durch die Vereinigung der Adligen."

"Und Sie fühlen sich, als wenn Sie alles falsch machen?", riet Sophia.

Sebastian nickte.

"Ashton ist eine grausame Stadt", sagte er, "und der Rest des Landes ist nicht besser. Schlimmer ist es noch in einigen der mehr gesetzlosen Bezirke. Es wäre gut, wenn man helfen könnte."

Sophia hatte immer angenommen, dass die Adligen auf die unter ihnen nur spucken würden, dass sie sich keine Gedanken darüber machten, wie schwer ihre Leben waren. Wenn es um Sebastian ging, dann schien sie zumindest ein wenig falsch zu liegen.

Allerdings wollte sie ihm nicht die Wahrheit sagen, wer sie wirklich war. Direkt in dem Moment fühlte sich das zu wertvoll an. Es fühlte sich so fein wie ein Spinngewebe an und genauso zerbrechlich. Eine falsche Bewegung und es könnte auseinanderfallen.

Sophia wollte nicht, dass es auseinanderfiel. Sie mochte Sebastian und ein Blick auf seine Gedanken sagte ihr, dass er sie mehr als mochte. Im Moment fühlte es sich an, als wenn sie mit ihm die ganze Nacht tanzen und reden könnte.

Also machte sie das auch.

Sie drehte sich in Sebastians Armen, als ein weiterer Song gespielt wurde. Sie redete mit ihm über das Leben im Palast, über die Orte, die er gesehen hatte und die Menschen, mit denen er gesprochen hatte. Sie rief die Seiten an ihm zum Vorschein, die wie Diamanten in seinen Gedanken schienen, die ihn von den alltäglichen Tagen und dem Druck vom Hof wegzogen.

Wenn es um Sophias eigenes Leben ging, dann hielt sie die Dinge so allgemein, wie möglich. Sie konnte zugeben, dass sie eine Schwester hatte, aber sie erzählte ihm keine Geschichten über ihr Leben außer in vagen Details, denn das hätte bedeutet, über das Waisenhaus zu sprechen. Sie konnte nur mit den Erwähnungen der neusten Neuigkeiten mithalten, denn sie konnte die Details von den Gedanken des Prinzen lesen. Das Beste, was sie tun konnte, war die Gespräche wieder zurück zu Sebastian zu lenken oder über Dinge zu sprechen, die nicht aussagten, wo sie herkam oder was sie getan hatte, um dort hinzukommen.

An irgendeinem Punkt schien es natürlich, dass sie ihn küssen sollte. Sophia trat für einen Moment zurück, dann lehnte sie sich absichtlich näher, ignorierte den Blick einiger junger adliger Frauen an der Seite des Zimmers. Das hier ging nicht um sie. Es ging um sie und Sebastian und –

Als die Uhr schlug, schnitt der Lärm der Glocken durch die Musik und durch das, was Sophia mit Sebastian die ganze Nacht zusammengehalten hatte. Der Schock davon ließ sie beide wegschauen und in dem Moment zerbrach alles, was immer sie dazu bringen wollte, sich zu küssen.

Sophia schaute hoch und sah einige der Frauen am Rand stehen und sie beobachten und gedämpft sprechen. Zwei jüngere Frauen sahen definitiv nicht glücklich aus, als sie gingen und ihre Masken abnahmen.

“Ist die Party schon vorbei?”, fragte Sophia. “Es … es scheint, als wenn es erst vor einer Stunde angefangen hat.”

“Drei”, erwiderte Sebastian, aber erst nachdem er auf eine der Uhren geschaut hatte, um das zu bestätigen. Sophia konnte sehen, dass die Zeit auch für ihn schnell vorbeigegangen war. “Es ist ein merkwürdiges Gefühl. Normalerweise scheinen sich diese Bälle für ewig hinzuziehen."

"Das muss wohl die Gesellschaft sein", sagte Sophia lächelnd.

"Das denke ich, ist wohl so", sagte Sebastian. Er nahm seine Maske ab, und wenn Sophias Herz nicht schon schnell geschlagen hatte, bei dem Gedanken an ihn, dann hätte es jetzt damit angefangen. Er war noch gut aussehender, als sie gedacht hatte, nicht einfach und vergessbar, im Vergleich zu seinem Bruder, denn der schien in den Gedanken vieler anderer zu sein.

"Darf ich?", fragte Sebastian und griff nach ihrer Maske. "Es bringt Pech, wenn man die Maske nach einem Ball aufbehält und man wird glauben, Sie kennen unsere Regeln nicht, wenn Sie die bis zu ihrer Kutsche aufbehalten.

Sophia konnte einige der Mädchen sehen, die sie mit offensichtlicher Feindseligkeit anschauten.

Wer ist sie? Was macht sie hier?

Sophia konnte ihre Wut fühlen, weil sie nicht diejenigen waren, die am Arm des Prinzen gingen, aber in dem Moment wollte sie sich nur auf Sebastian konzentrieren.

"Wann sehe ich dich wieder?", fragte Sebastian.

Sophia war sich nicht sicher, was sie darauf sagen sollte. Wie konnte sie das beantworten, wenn der einzige Grund warum sie hier war, eine Lüge war? Der große Fehler in ihrem Plan lag jetzt vor ihr: es hatte ihr den Eintritt in den Palast einmal erfüllt, aber es gab ihr nichts weiteres. Es zeigte ihr diese Welt und schloss sie dann davon aus.

Sebastian griff nach ihrem Gesicht.

"Was ist los?"

Sophia hatte nicht gedacht, dass sich ihre Sorge so klar zeigen würde. Sie dachte, so schnell sie konnte nach.

"Die Kutsche wartet auf mich ….", sagte sie und versuchte so sehr nicht zu lügen, aber sie wusste, sie hatte keine Wahl", … es wird mich zurück nach …"

"Zum Schiff?", bot er an, Sorge auf seinem Gesicht. "Wieder nach Hause auf die andere Seite des Sees?"

Sie nickte, erleichtert, dass er das gesagt hatte und das sie nicht die Lüge aussprechen musste.

"Genau", sagte sie, "und dennoch … Ich habe kein Zuhause, nicht wirklich", sagte sie. "Mein Zuhause ist nicht mehr das, was es einmal war. Es sind nur noch Ruinen übrig geblieben." Der Teil zumindest war leicht vorzutäuschen, da ein wenig Wahrheit darin lag. "Ich bin über das Wasser gefahren, um von Zuhause zu fliehen.

Ich möchte nicht zurückfahren. Besonders nicht so schnell, nachdem ich Sie getroffen habe."

Sie sah erst Verwirrung auf Sebastians Gesicht und dann Entschlossenheit.

"Bleiben Sie hier", sagte Sebastian. "Dies ist ein Palast. Es gibt mehr Gästezimmer, als ich zählen kann."

Sophia antwortete nicht. Sie fand, dass sie ihn nicht länger anlügen sollte, als sie musste. Das war dumm, wenn jeder Zentimeter an ihr eine Lüge war, aber trotzdem wollte Sophia die Wörter nicht aussprechen.

"Sie bieten mir an zu bleiben?", sagte sie. "Einfach so?"

Sophia konnte das kaum glauben. Sebastian füllte die Lücke und es stellte sich heraus, dass er dazu nur drei Wörter brauchte, er hielt ihr eine Hand hin, während die letzten Gäste aus der Halle gingen.

"Bleiben Sie?", fragte er.

Sophia streckte ihren Arm aus und griff nach seiner wartenden Hand und lächelte schließlich.

"Es gibt nichts, was ich lieber tun würde", sagte sie.

KAPITEL ZWÖLF

Kate wand sich, als der Hufschmied ihr eine Kette um ihre Handgelenke legte und sie an dem schmiedeeisernen Zaun festband. Kate versuchte ihre Hand freizuziehen, aber das Metall gab nicht nach.

Der Mann, der es geschmiedet hatte, schien ebenso nicht nachzugeben. Er schien so stark, wie das Eisen mit dem er arbeitete, breitbrüstig und stark. Seine Frau war schmal gebaut und sah besorgt aus.

„Das wars Thomas? Du lässt sie einfach hier, wo sie vielleicht freikommt?"

„Abwarten Winifred", sagte der Schmied. „Das Mädchen kommt nicht frei, ich kenne meine Arbeit."

Seine Frau schien immer noch nicht so überzeugt. Sie hätte versuchen sollen, sich an Kates Stelle zu versetzen. Im Moment fühlte es sich an, als wenn ein Schraubstock, um ihre Handgelenke geschlungen war. Sie wollte sich herausziehen, um zu kämpfen, aber die Waffen, die sie gestohlen hatte, waren weg und sie konnte sich nicht einmal befreien.

"Sie ist kaum besser als ein Tier", sagte die Frau. "Wir sollten sie einem Richter übergeben Thomas, ehe sie uns alle umbringt."

"Sie wird uns nicht umbringen", erwiderte der Schmied und schüttelte seinen Kopf wegen des ganzen Dramas. "Und wenn wir sie dem Richter übergeben, werden sie sie hängen. Sie ist nur ein Mädchen. Willst du dafür verantwortlich sein, dass sie gehängt wird?"

Angst kroch in Kate bei dem Gedanken hoch. Sie hatte von dem Risiko beim Stehlen gewusst, als sie es getan hatte, aber davon zu wissen, war etwas ganz anderes, als die Androhung, das ihr Tod eventuell wirklich passieren würde. Sie tat ihr Bestes, umso unschuldig und harmlos wie möglich auszusehen. Kate war sich nicht sicher, ob sie gut dabei war. Das war die Art von Dinge, in denen Sophia immer besser gewesen war. Manchmal konnte sie sich vor den Schlägen drücken, einfach nur weil die maskierten Schwestern sie gemocht hatten.

Nicht oft natürlich. Das Haus der Herrenlosen war trotzdem ein rauer Ort.

"Es tut mir leid", sagte Kate.

"Das glaube ich kaum", sagte die Frau des Schmieds. "Da steht ein Pferd, von dem ich bezweifle, dass sie es ehrlich erworben hat und sie hat *Waffen* gestohlen. Warum würde ein Mädchen wie dieses hier Waffen stehlen?

Was wollte sie damit machen? Wollte Sie eine Banditin werden?"

Was wenn sie das Pferd sehen? Was, wenn sie glauben wir beherbergen eine Diebin?

Kate konnte sehen, dass die Ängste der Frau sich mehr darum drehten, was passieren würde, wenn sie Kate nicht übergaben, anstelle von echtem Hass ihr gegenüber.

"Ich wollte keine Diebin sein", sagte Kate. "Ich wollte frei sein und mein Essen jagen."

"*Wilderer* zu sein ist also besser?", sagte Winifred. "Das ist doch Blödsinn. Mach was du willst Thomas, aber ich gehe wieder ins Haus."

Sie hatte ihre Meinung gesagt und ging zurück in Richtung Hauptgebäude. Der Schmied sah ihr zu und Kate nutzte die Möglichkeit wieder, um zu versuchen zu fliehen. Aber sie schaffte es nicht.

"Du kannst auch aufhören damit", sagte der Schmied. "Ich forme mein Metall gut."

"Ich könnte nach Hilfe rufen", sagte Kate. "Ich könnte den Menschen sagen, dass Sie mich entführt haben und mich hier gegen meinen Willen festhalten."

Sie sah, wie der große Mann seine Hände ausbreitete. "Ich würde ihnen das zerbrochene Fenster zeigen, die Dinge, die du versucht hast zu stehlen. Dann *würdest* du den Richter sehen müssen."

Kate nahm an, dass das stimmte. Der Schmied war wahrscheinlich das Herz der Gemeinde in diesem kleinen Teil der Stadt, während sie ein Mädchen war, das von der Straße kam. Dann war da das Pferd und die Menschen, die wissen würden, dass sie es gestohlen hatte. "Das ist besser", sagte Thomas. "Vielleicht können wir jetzt sprechen. Wer bist du? Hast du einen Namen?"

"Kate", sagte sie. Sie merkte, dass sie ihn nicht direkt anschauen konnte. Sie fühlte sich beschämt bei all dem und Kate hätte nie gedacht, dass sie sich einmal so fühlen würde.

"Okay Kate, Ich bin Thomas." Seine Stimme war netter, als Kate erwartet hatte. "Also, wo kommst du her?"

Kate zuckte mit den Achseln. "Ist das wichtig?"

“Es ist wichtig, wenn du eine Familie hast, die nach dir sucht. Eltern.”

Kate schnaubte bei dem Gedanken. Ihre Eltern waren lange weg, verloren in der Nacht, die … sie schüttelte den Kopf. Es wollte ihr sogar jetzt nicht einfallen. Sophia könnte es wissen, aber Sophia war nicht da.

“Das führt uns zu mehreren Möglichkeiten”, sagte Thomas. Er griff nach ihrem Bein in ihren gestohlenen Hosen, schob sie hoch, um das Tattoo zu enthüllen, dass sie als eine der Herrenlosen markierte. Kate wand sich bei seinem Griff, aber es war schon zu spät.

“Läufst du vor deinem Vertrag davon?”, fragte Thomas. Er schüttelte seinen Kopf. “Nein, dafür bist du zu jung. Aus einem der Waisenhäuser? Ist jemand hinter dir her?”

“Sie haben ein paar Jungs aus dem Waisenhaus geschickt”, gab Kate zu.

Sie versuchte die Gedanken des Schmieds zu lesen und herauszufinden, was er als Nächstes tun würde. Wenn er sie zurückbrachte, hatte sie keine Zweifel daran, dass es eine Art Belohnung für ihn geben würde und ihrer Erfahrung nach, machten Menschen immer das, was für ihr eigenes Interesse am besten war. Sie suchte nach seinen Gedanken und merkte, wie er sie anstarrte.

“Du bist eine von ihnen, oder?”, sagte Thomas.

“Was meinen Sie?” konterte Kate. Sie wusste aus schmerzvoller Erfahrung, dass jeder der wusste, was sie war, schlecht darauf reagierte. Hatten die Kahnjungen sie nicht deswegen in den Fluss geworfen?

Sie sah, wie Thomas seinen Kopf schüttelte. “Es macht keinen Sinn das zu verstecken. Einer unserer Nachbarsjungen …. er war wie du. Er schien immer zu wissen, was wir dachten, auch wenn wir es nicht sagten. Ich habe ein Gefühl dafür entwickelt, wenn er meine Gedanken las. Wir wussten nicht, was er war, bis wir gehört haben, wie einige der maskierten Priester ihre Predigten machten.”

“Ich weiß nicht … Ich weiß nicht, wovon Sie reden”, sagte Kate.

Thomas band ihre Handgelenke los.

“Du kannst weglaufen, wenn du willst”, sagte er, “aber ich werde dir nicht wehtun.”

Kate lief nicht. Sie hatte das Gefühl, dass der Schmied noch mehr zu sagen hatte.

Hatte er. “Deine Fähigkeiten sind mir egal. Soweit ich weiß, bist du nicht verflucht oder verhext oder was immer sie sagen. Hör zu … mein Sohn Will ist mit einer der Firmen weggegangen. Er will ein toller Soldat werden. Naja, deswegen brauche ich jetzt Hilfe in der Schmiede."

Kate erstarrte, sie versuchte zu verstehen, was der Schmied gesagt hatte.

"Sie bieten mir einen Job an?"

Das war nicht der Grund, warum sie vom Haus der Herrenlosen geflüchtet war. Das war nicht, was sie wollte, als sie versucht hatte, die Stadt zu verlassen. Dennoch musste sie zugeben, dass an diesem Vorschlag etwas Verlockendes dran war.

"Du läufst weg", sagte Thomas. "Aber ich denke, dass du keinen großen Plan hast. Sie jagen die Vertragsbrüchigen, die weglaufen. Wenn sie dich fangen, werden sie dich verletzten und dann weiterverkaufen. Hier bekommst du zumindest Arbeit, die du vielleicht magst. Du wirst sicher sein und ich bekomme Hilfe. Du kannst Essen und eine Unterkunft haben, mein Geschäft kennenlernen." Er sah Kate erwartungsvoll an. "Was sagst du?"

Kate hatte das nicht erwartet, als er sie erwischt hatte. Sie hatte nichts erwartet, außer Gewalt und vielleicht den Galgen. Sie spürte, dass das alles zu schnell ging und sie taumelte.

Er hatte dennoch recht. Sie würde sicher sein und sie würde etwas Lernen, von dem sie wissen wollte, wie es ging. Sie würde nicht auf dem Land sein, aber vielleicht würde es dafür in der Zukunft Zeit geben.

"Wo fangen wir an?", fragte sie.

***

Die Schmiede war ein dunkler Ort, als sie hineingingen und Kate fühlte ein wenig Sorge, als sie Thomas Hand auf ihrer Schulter spürte, die sie hineinlenkte. Was, wenn das alles nur ein Trick war? Für was? Kate konnte sich nicht vorstellen, was er wollte.

Er würde etwas wollen. Jeder wollte *etwas*.

Sie wartete, während er die Lampe anmachte, dann ging er hinüber zur Schmiede, legte Holzkohle auf etwas, das weit aus bedächtiger aussah, als eine einfache Mischung.

"Pass gut auf", sagte er. "Einer deiner Aufgaben wird es sein, die Schmiede am Morgen zu beleuchten und es gibt eine Kunst das gut zu machen."

Kate schaute sich die Vorgaben an und versuchte einen Sinn darin zu finden.

"Warum macht man das so?", fragte sie. "Warum wirft man nicht einfach die Kohle hinein?"

Sie sah Thomas mit den Achseln zucken. "Hitze ist das beste Werkzeug des Schmieds. Es muss mit Vorsicht behandelt werden. Zu viel Benzin oder zu wenig, zu viel Luft oder zu wenig, das alles kann das Eisen ruinieren. Kate war überrascht, als er ihr einen Feuerstein und Stahl übergab und auf einen Punkt zeigte, den er entzündet hatte.

"Wir beginnen mit Holz und bauen dann."

Kate begann mit dem Feuerstein und Stahl zu arbeiten, auffällige Funken flogen, bis die Flammen im Feuerzug flackerten.

„Warum bist du weggelaufen?", fragte Thomas.

„Wissen Sie, wie es in einem Waisenhaus ist", entgegnete Kate. Es war schwierig einen harten Ton bei dem Gedanken in ihrer Stimme zu halten.

„Ich war nicht da, also glaube ich, nein, ich weiß es nicht", sagte der Schmied. „Ich habe Gerüchte gehört".

Gerüchte. Das war nicht dasselbe wie die Realität. Sie waren nicht einmal nah dran. Ein Gerücht waren nur ein paar Wörter, die schnell vergessen wurden. Die Wirklichkeit war Schmerz und Gewalt und Angst. Es war ein Ort gewesen, wo ihr jeden Tag gesagt wurde, dass sie weniger wert war, als alle anderen, und dass sie dankbar sein sollte, dass sie die Chance erhielt, dass ihr das jemand sagte.

"War es so schlimm?", fragte Thomas, und erst als er das sagte, nahm Kate an, dass er ihr das an ihrem Gesicht angesehen hatte.

"Es war schlimm", sagte Kate.

"Oh man, es gibt wirklich schreckliche Orte auf dieser Welt", sagte Thomas. "Und sie sind oftmals nicht da, wo die Priester uns sagen." Er nickte in die Richtung eines großen Blasebalgs. "Ich werde dich hier hart arbeiten lassen Kate, wenn du bleiben willst. Lass uns mal schauen, ob du ein wenig Luft ins Feuer bekommst, sodass es heiß genug wird."

Kate ging zum Blasebalg und hoffte ihn leicht bewegen zu können. Stattdessen war es so schwer wie an einer der Kurbeln des Schleifsteins im Waisenhaus zu drehen. Der Unterschied war, als sie an dem Blasebalg zu ziehen begann, konnte sie sehen, was es für einen Unterschied machte. Der Schmiedebrand wuchs, die Farbe wechselte, als sie ihn mit Luft und Holzkohle fütterte. Sie sah wie die Flammen von Gelb auf Orange wechselten, bis zu einer weißen Hitze, die Stahl bewegen konnte.

Thomas nahm ein Stück des Eisens und legte es in die Schmiede. „Mach weiter Kate. Das Eisen ändert sich nur langsam. Manche Dinge können wir nicht beschleunigen."

Er sagte das mit der Geduld von jemandem, der viel mit Metall gearbeitet hatte. Kate machte weiter, ignorierte den Schweiß, der sich auf ihrer Haut bildete. Sie wollte den Schmied beeindrucken. Nachdem was er ihr angeboten hatte, wollte sie ihm zeigen, dass sie es wert war. Es war ein merkwürdiges Gefühl; im Waisenhaus war ihr das egal gewesen. Vielleicht war das einfach nur, weil sie sich nicht um sie gekümmert hatten und sie nur als eine Art Ware gesehen hatten.

"Siehst du den Schatten, den das Eisen angenommen hat?", fragte Thomas. "Wenn wir das Metall aus dem Schmied nehmen, müssen wir schnell daran arbeiten. Wenn es zu verblassen beginnt, müssen wir es zurück in den Schmied tun."

Kate verstand und griff eilig nach einer Zange, griff nach dem Metall und zog es schnell heraus. Sie wollte keinen einzigen Moment bei ihrer Schmiede verschwenden. Die Bewegung war zu schnell und Kate fühlte den Moment, als das Metall ihr aus dem Griff entglitt und auf dem Steinboden der Schmiede fiel.

Es streifte ihr Bein von oben nach unten und Kate schrie. Weiße Hitze durchfuhr sie, jede Berührung war eine wahre Qual. Thomas war sofort da, ließ Wasser über sie und das Metall laufen. Kate hörte das Metall knacken, aber darum konnte sie sich nicht kümmern. Es tat einfach zu weh.

"Halte still", sagte Thomas und griff nach einem Krug mit scharfer Salbe. Die war sanft und kühlend, betäubte Kates Bein, sodass sich der Schmerz verringerte. Von dort, wo sie lag, konnte Kate die Brüche in der Eisenstange sehen, die sie zu schnell gegriffen hatte.

"Es tut mir leid", sagte sie. Sie wartete darauf, dass Thomas ihre Ungeschicktheit schalt, so wie die Nonnen es getan hatten. Stattdessen hielt er ihr eine Hand hin und zog sie hoch.

Die Hauptsache ist, dass du nicht schlimm verletzt bist", sagte er. "Es ist eine schlimme Verbrennung, aber das wird heilen."

"Aber das Eisen ...", begann Kate.

Thomas winkte ab. "Eisen bricht. Das Wichtigste ist, dass du lernst, geduldig zu sein. Du kannst nicht an einem Tag oder auch nicht in Hundert Tagen zu einem Meisterschmied werden. Du kannst nicht in einer Schmiede herumstürmen. Das hier ist ein Ort für Ruhe und Geduld, die Alternative ist eine verbrannte Haut und zerbrochenes Metall."

"Ich werde mich bessern", versprach Kate.

Er nickte. "Ich weiß, dass du das wirst."

KAPITEL DREIZEHN

Sophia lief neben Sebastian tiefer in den Palast hinein. Sie grub ihre Hand in seine, als sie liefen, ihre zarten Finger verschränkten sich mit seinen starken Fingern. Sie hatte niemals gedacht, dass so ein einfacher Moment des menschlichen Kontakts sich so wichtig anfühlen konnte.

"Warum waren Sie einverstanden mit mir zu tanzen?", fragte Sophia.

Sebastian sah sie an, als wenn er sie nicht verstand. "Sie hören sich überrascht an."

"Sollte ich das nicht?", fragte sie und neigte ihren Kopf zur Seite. "Ich meine, ich bin niemand wirklich. Und Sie sind ... naja *Sie*."

Das war vielleicht näher an der Realität, als Sophia hätte preis geben sollen, aber in dem Moment war es schwer mehr zu sagen, als sie meinte. Sie war vielleicht mit der Absicht zum Ball gegangen, so etwas Ähnliches zu tun, aber der Gedanke, dass sie bei einem so freundlichen und gut aussehenden Mann, wie Sebastian Erfolg haben könnte, war mehr als sie gehofft hatte.

Sie ist noch wunderbarer als alle anderen, die ich getroffen habe und sie fragt sich, warum ich mit ihr tanzen wollte?

Sophia lächelte, als sie den Gedanken abfing, dennoch sagte sie nichts. Sie stellte sich vor, dass es die Stimmung schnell ruinieren könnte, wenn sie Sebastian sagte, wer sie wirklich war.

"Ich bin einfach froh, dass *Sie* mit *mir* tanzen wollten", sagte Sebastian, als wenn er nicht der Prinz oder gut aussehend wäre oder alles, was Sophia sich vorstellen konnte, was man sich nur wünschen konnte. Wusste er es wirklich nicht? Nein, Sophia konnte sehen, dass er das tatsächlich nicht wusste und auf diese Art machte es ihn nur noch begehrenswerter.

Sophia war mit der Absicht hergekommen, jemanden zu verführen, aber jetzt begann sie zu glauben, dass diese Dinge in beide Richtungen führen konnten.

Dieser Gedanke machte sie ein wenig nervös, was Sophia nicht erwartet hatte, sogar als sie sich Sebastian ansah und sich das Spiel seiner Muskeln unter seiner Kleidung vorstellte. Sie fühlte sich auch ein wenig schuldig, weil alles, was sie im Moment war, eine

Lüge war und wegen allem, was sie veranstaltet hatte, um hier zu sein.

Jetzt schien es zynisch, durch den Hof zu laufen und sich die Aufmerksamkeit eines reichen Mannes zu erschleichen oder sich in die Gunst eines edlen Freundes zu versetzen. Im Vergleich dazu, was sie jetzt fühlte, fühlte sich das alles billig und geschmacklos an.

"Woran denken Sie?", fragte Sebastian und griff nach ihrem Gesicht. Sophia hatte einen kurzen Moment, um darüber nachzudenken, dass es merkwürdig sein musste, ein Leben zu leben, in dem man danach fragen musste. Dennoch dachte sie hauptsächlich daran, wie perfekt sich seine Haut an ihrer anfühlte.

"Ich kann einfach nicht glauben, dass dies hier passiert", sagte Sophia. "Ich meine … ich habe nichts. *Ich bin* nichts."

Sie sah Sebastian seinen Kopf schütteln. "Sagen Sie das nie wieder. Der Krieg hat vielleicht Ihr Zuhause genommen, aber Sie sind immer noch ….. Sie sind wunderbar Sophia. Ich habe Sie auf der Party gesehen und es war, als wenn Sie die Sonne wären, die unter den schwachen Sternen leuchtet."

"War das nicht Ihr Bruder, der die Sonne sein sollte?", witzelte Sophia, aber dann legte sie eine Hand auf Sebastians Arm, um ihn aufzuhalten, als er antworten wollte. Teilweise, weil sie nicht darüber reden wollte und teilweise, weil sie spüren konnte, dass Sebastian das auch nicht wollte. "Nein, nicht. Ich will nicht über Prinz Rupert reden. Ich höre lieber etwas von Ihnen."

Sebastian lachte tatsächlich. "Normalerweise ist es andersrum. Die vielen Male, als eine Frau sich mir genähert hat, nur weil sie näher an meinen Bruder heranwollte, Sie würden glauben, dass ich sein Zuhälter oder Beschaffer wäre."

Sophia konnte die Bitterkeit dort spüren. Sie nahm an, dass es schwer war, der Bruder zu sein, dem niemand Aufmerksamkeit gab. Sie gingen weiter den Flur entlang, der mit Holzplatten und Jagdtrophäen geschmückt war. Jede Nische war voll mit Wandteppichen und Gemälden, bei denen Sophia anhalten und sich die reine Qualität der dazugehörigen Arbeit anschauen wollte.

"Es ist schwer zu glauben, dass Frauen Sie ignorieren würden", sagte Sophia. "Sind sie blind?"

Das war zu viel, aber in dem Moment konnte sie nicht anders.

"Es gibt einige", gab Sebastian zu. "Sie sammeln sich manchmal um mich und ich sehe, wie sie planen, wer den nächsten Schritt macht."

"Milady d'Angelica?", fragte Sophia.

Das brachte ihn zum Lächeln. "Unter anderem."

Sophia konnte nicht anders. “Sie *ist* wirklich schön. Und man hat mir gesagt, sie hat einen ausgezeichneten Geschmack bei Kleidern.”

Das brachte ihr einen erstaunten Blick, aber der war schnell weg.

“Ich denke, ich suche mehr als das”, sagte Sebastian. “Und … naja, ich habe das Gefühl, das sie hofft, sie könne mich heiraten? Ich will mehr sein, als jemand der nur ein Objekt in einem Spiel ist.”

Die Schuld von vorhin durchfuhr Sophia erneut, denn auf ihre Art, war sie genauso schlimm wie die anderen. Naja, vielleicht nicht so schlimm, wie ein Mädchen dass geplant hatte, Sebastian unter Drogen zu setzen und das auszunutzen, aber sie war dennoch alles außer ehrlich mit ihm.

“Ich wünschte, ich könnte sagen, dass meine Absichten völlig rein sind”, sagte Sophia. Sie sollte den Prinzen nicht warnen, aber in dem Moment fühlte sie, als wenn sie ihm das schuldete. Sie konnte sehen, welche Art von Mann er war. Genau die Art von Ehrlichkeit und Freundlichkeit, die ihn so attraktiv für sie machte, bedeuteten, dass Sophia sich fühlte, als wenn sie das nicht tun sollte. “Ich wünschte, das wäre *nur*, weil Sie mir gefallen.”

“Aber Sie mögen mich?”, fragte Sebastian.

Es war niemand mehr um sie herum, also machte Sophia das, was sie schon seit dem Ballzimmer wollte und küsste ihn.

Es war ein merkwürdiges Gefühl. Das einzige Mal, als das im Waisenhaus passierte, war als ein älterer Junge Sophia gegen die Wand gedrückt, seinen Mund auf ihren gedrückt hatte, bis die Nonnen das unterbrochen hatten. Sophia war dafür geschlagen worden, als wenn sie eine Wahl gehabt hätte. Das war rau und kurz und ekelhaft gewesen.

Der Kuss war nichts von diesen Dingen. Sebastian, so stellte sich heraus, war ein sanfter Küsser, dessen Mund Sophias traf, was wie die perfekte Vereinigung von zwei Hälften in ein Ganzes schien. Sophia konnte die Sorge in ihm spüren, dass er sie nicht vertreiben wollte, auch wenn er sie noch intensiver küssen wollte. Sie schlang seine Arme um ihn, ermutigte ihn und für einen Moment oder zwei, ließ Sophia sich von dem Gefühl tragen.

“Ich hoffe, das ist die Antwort auf Ihre Frage”, sagte Sophia. “Es ist einfach so –“

“Das Sie *heimatlos* sind und *tun* müssen, was ein reiches Mädchen tun muss, um zu überleben?”, schlug Sebastian vor. “Ich verstehe Sophia. Lassen Sie uns ehrlich sein, die meisten Mädchen dort drinnen wären nicht halb so ehrlich gewesen.”

Wahrscheinlich nicht, dachte Sophia aber im Moment wollte sie nicht, dass Sebastian an die anderen Mädchen dachte, die im Ballraum gewesen waren.

"Alles Okay?", fragte sie. Sie hatte nicht gedacht, dass es so schwer für sie war, jemanden zu verführen. Vielleicht hätte sie mit jemandem anderen mitgehen sollen. Jemand, mit dem sie das hätte machen können, ohne sich schuldig zu fühlen.

In Wahrheit jedoch wollte Sophia niemand anderen.

"Ich denke, wir sind mehr als okay", sagte Sebastian und bot ihr seinen Arm an.

Sophia nahm ihn und genoss das Gefühl ihn nah bei sich zu haben. Es ließ ihr Herz ein wenig schneller schlagen, nur weil sie hier war und sie merkte, wie sie die Hälfte der wunderbaren Dinge, an denen sie im Palast vorbeikamen, verpasste, einfach weil sie ihre Zeit damit verbrachte, stattdessen Sebastian zustarren.

Der Palast war dennoch beeindruckend. Er schien sich für ewig zu strecken, in Schwämmen von Marmor und Gold, die ein Vermögen gekostet haben mussten beim Bau.

"Es muss unglaublich sein, in so einem Palast wie diesem aufzuwachsen", sagte Sophia und dachte daran, wie anders das alles im Waisenhaus war. Hier gab es das Schönste von allem: Platz. Platz, ohne dass Menschen riefen oder Aufträge erteilten. Platz ohne Hunderte von Mädchen, die alle dazu gezwungen wurden, sich einander zu hassen, weil sie sich für jeden Müll wie Freundlichkeit und Essen miteinander messen mussten.

"Es ist ein beeindruckendes Gebäude", sagte Sebastian, "aber ehrlich gesagt, habe ich hier nicht die meiste Zeit meiner Kindheit verbracht. Meine Mutter hat mich in einem kleineren Landsitz aufwachsen lassen, den wir besitzen, denn es gab Zeiten, an denen die Stadt zu gefährlich schien."

Sophia hatte nicht daran gedacht. Natürlich hatten die Witwe ein Dutzend Schlösser und Zuhause die im ganzen Königreich verstreut waren.

"Waren Sie alleine?", fragte Sophia. "Nur Sie und Ihr Bruder oder Sie mit Ihrer Mutter?" Sie erhaschte einen Zug von Traurigkeit in Sebastians Gedanken und strich ihm mit ihren Fingern über sein Kinn. "Es tut mir leid, ich wollte die Stimmung nicht verderben."

"Nein, das ist in Ordnung", antwortete Sebastian. "Es ist eigentlich ganz gut, jemanden zu haben, der das wissen will. Aber nein, ich war die meiste Zeit von Rupert und meiner Mutter getrennt. Der Gedanke dahinter war, dass wir nicht alle am selben Ort wären, wenn etwas … passiert."

Mit anderen Worten, einer von ihnen würde überleben, wenn es einen Angriff oder ein Feuer, eine Plage oder irgendein anderes Desaster gäbe. Sophia konnte das auf eine Art verstehen, aber es schien auch ein wenig harsch, so zu leben. Kate war die Einzige gewesen, die ihr die Stärke gegeben hatte, weiterzumachen, als sie jünger gewesen waren.

"Tja, ich freue mich, dass Sie jetzt hier sind", sagte Sophia.

"Ich mich auch", versicherte ihr Sebastian.

Sie gingen zu einer Suite mit Zimmer, die vom Rest des Palastes durch eine solide Eichentür abgetrennt war. Sophia hatte dahinter ein Schlafzimmer erwartet, aber stattdessen war es wie ein ganzes Haus, das in einen kleinen Platz gequetscht worden war. Es gab einen Empfangsraum, der mit älteren aber bequemen Sofas und Teppichen ausgestattet war und es gab Türen, die woanders hinführten, Sophia nahm an, dass die zu Schlafzimmern oder Ankleidezimmern führten.

Sebastian hielt sie eine Armlänge entfernt. "Sophia, hier gibt es ein zweites Schlafzimmer, wenn Sie es möchten. Ich … Ich möchte nicht, dass Sie das Gefühl haben, Sie müssen irgendetwas tun, um meine Hilfe zu bekommen."

Das war das Netteste was jemand je für Sophia getan hatte. Sie hatte angenommen, dass jeder etwas wollte. Sie hatte angenommen, dass sogar für die Reichen, Sicherheit eine Art von Geschäft war. Trotzdem war der Prinz da, gab ihr eine Gelegenheit alles zu bekommen, was sie wollte, ohne jemals in die Nähe seines Bettes zu kommen.

"Sie sind ein guter Mann, Sebastian", sagte sie und nahm seine Hände. "Ein netter Mann."

Sie küsste seine Hände und zog ihn näher.

"Und deswegen *will ich nicht* im Raum nebenan schlafen."

Sie küssten sich wieder und dieses Mal mit mehr Leidenschaft als vorher. Vielleicht, weil Sophia weit mehr Vertrauen hatte, dass sie wusste, was sie tun musste. Vielleicht, weil Sebastian sich nicht fühlte, als wenn er sich zurückhalten musste.

Sie drückten sich aneinander, küssten sich, während ihre Hände begannen, den anderen zu entdecken. Sophia fühlte einen Moment der Nervosität und Sebastian schaute sie an.

"Geht es Ihnen gut?", fragte er.

Sie nickte. "Es ist nur … Ich habe noch nicht –"

"Ich verstehe", sagte Sebastian. "Sie müssen keine Angst vor mir haben."

Sophia küsste ihn wieder. "Habe ich nicht."

Irgendwo dazwischen gingen sie durch das Empfangszimmer, ohne voneinander zu lassen. Sophia fummelte an dem Mieder ihres Kleides, dann keuchte sie, als Sebastian anfing, es für sie zu machen.

Er drückte die Tür zu einem der anderen Räume auf und Sophia erhaschte einen Blick auf ein Himmelbett in blauer Seide, ehe Sebastian sie hochhob und sie so leicht, wie eine Feder darauf legte.

“Ja?”, fragte er.

Sophia lächelte ihn an. “Ja, Sebastian. Unbedingt ja.”

***

Anschließend lag Sophia im Dunkeln an Sebastian geschmiegt und hörte seinem Atem zu, während er schlief. Sie konnte den Druck seiner Muskeln an ihrem Rücken fühlen und die Bewegung, als er sich im Schlaf drehte, ließ sie ihn am liebsten aufwecken und alles, was sie gerade beendet hatten, noch einmal tun wollen.

Sie tat es aber nicht, obwohl alles was vorhin passiert war, mehr als schön gewesen war, einfach angenehmer … noch mehr, als sie sich je vorgestellt hatte. Sie wollte alles mitnehmen, was sie im Moment konnte, aber in Wahrheit hoffte Sophia, dass es noch genug Zeit gäbe, damit sie das nicht tun musste. Sie hoffte, es gäbe noch ein Dutzend mehr Nächte wie diese, Hunderte davon.

Ein Leben lang.

Sie fühlte das Gewicht seines Armes, der sich im Schlaf über ihren legte und in dem Moment fühlte Sophia, als hätte sie alles, was sie je gewollt hatte.

KAPITEL VIERZEHN

Der Morgen kam und als er kam, war Kate sich nicht sicher, ob sie schon einmal so hart in ihrem Leben gearbeitet hatte. Nicht so wie an einem der Räder oder Aufgaben im Waisenhaus. Der merkwürdigste Teil daran war, dass sie glücklicher war, als je zuvor. Sie war froh diese Arbeit zu tun, auf Metall zu schlagen und den Balg zu betätigen.

Es half auch, dass Thomas ein geduldiger Lehrer war. Wo man sie im Waisenhaus dafür geschlagen hatte, korrigierte er Kate, indem er ihr Wege zeigte, wie sie Dinge tun musste und sie daran erinnerte, wenn sie es vergaß.

“Wir müssen das Metall mehr herausziehen”, sagte er. “Mit einem Sensenblatt, es muss dünn sein und scharf. Es muss geschnitten werden und nicht zusammengepresst.”

Kate nickte und half dabei den Knüppel an der Stelle zu halten, während er darauf schlug, dann pumpte er den Blasebalg, um die Flammen auf die korrekte Temperatur zu bekommen. Sie musste noch so viel lernen, wenn es um die Schmiede ging, so viele kleine Feinheiten, die weit über das einfache Metall erhitzen und darauf schlagen hinausgingen. Alleine heute hatte sie viel über die Kunst gelernt, wie man Metall in der Schmiede zusammenschweißt und über die dünne Schicht, die sich mit zu viel Arbeit auf Eisen bildete und wie man den Unterschied zwischen gutem und schlechtem Eisen beurteilte.

„Ich möchte die hintere Hälfte der Klinge mit Ton bedecken, wenn wir sie verhärten“, sagte Thomas, „weil ...?“

„Weil das heißt, es kühlt schneller ab als die Schneide?“ riet Kate.

„Sehr gut“, sagte Thomas. „Das bedeutet, dass die Schneide härter ist, während der Rest weniger spröde ist. Du machst das gut, Kate.“

Kate war sich nicht sicher, ob sie jemals eine Ermutigung zuvor gehört hatte. In ihrem Leben hatte es bis jetzt nur Bestrafung gegeben, wenn sie etwas Falsches getan hatte.

Einige Lehren waren einfacher als andere. Metallarbeit erforderte Geduld, die Kate noch nicht aufgebaut hatte. Sie wollte immer das Nächste tun, auch wenn manchmal das Einzige was sie tun konnte, war, zu warten, bis das Metall sich aufgeheizt oder abgekühlt hatte.

"Es gibt Dinge, die man nicht beschleunigen kann", sagte Thomas. "Du hast Zeit Kate. Genieße dein Leben, wisch die Momente nicht weg."

Kate gab sich Mühe, aber es war dennoch nicht einfach. Jetzt, wo sie etwas gefunden hatte, was ihr Spaß machte, wollte sie keinen Moment verschwenden. Es *gab* jedoch viele vergeudete Momente, die sie meist damit verbrachte in der Schmiede oder im Schuppen in der Nähe nach Dingen zu suchen, die sie brauchten. Trotz Thomas offensichtlichem Talent als Schmied war Ordnung klar keins ganz davon.

"Ich gehe mal und hole uns Mittagessen", sagte Thomas. "Winifred hat Brot gebacken. Versuche nicht irgendwas zu schmieden, während ich weg bin."

Er ging zum Haus und Kate wurde nervös unter dem Gewicht seiner Anweisung. Wenn er ihr nicht gesagt hätte, dass sie das nicht tun sollte, dann wäre sie *wahrscheinlich* aufgesprungen und hätte an einem Messer oder an einem Abschnitt von Schmiedeeisen gearbeitet. Wahrscheinlich ein Messer, denn Kate konnte die Nützlichkeit dabei sehen, auf eine Art, die man bei einer dekorativen Halterung oder eine Torstange nicht sehen konnte.

Sie konnte nicht stillstehen, konnte nicht ausruhen, trotz der Hitze und der Nähe zur Schmiede. Da sie nichts Besseres zu tun hatte, begann Kate die Dinge zu ordnen. Die Zangen schienen keinen Sinn in einem Durcheinander von Schmiedeeisen zu machen, also hing Kate sie an einen Haken. Die Metallteile machten keinen Sinn in einem groben Haufen, der keinen Unterschied zwischen Messing und Eisen, harten und milden Stahl machte.

Kate begann alles durchzusehen, arrangierte es in ordentliche Haufen. Sie legte die Werkzeuge an Orte, die Sinn zu machen schien, basierend darauf, wo Thomas sie wahrscheinlich brauchen würde. Von der Schmiede ging sie hinüber in den Schuppen, mit seinen Fässern und seinen Haufen. Sie ordnete alles an seinen Platz und versuchte ein wenig Ordnung in das ganze Chaos zu bringen.

Es dauerte eine Weile, aber Kate konnte sehen, wie sie es angehen sollte. Sie sah sich selbst, wie sie durch den Schuppen und die Schmiede ging und die Dinge mitnahm, die sie brauchte. Dann legte sie die Dinge einfach dorthin, wo sie sein sollten, damit alles funktionierte. Sie wischte den Boden, räumte die Metallteile weg, die dort hingefallen waren und den Sand, der aus Guss in Messing und Bronze verschüttet worden war.

“Du siehst aus, als wärst du beschäftigt gewesen”, sagte Thomas, als er zurückkam.

In dem Moment kroch Angst in Kates Herz. Was, wenn sie es falsch gemacht hatte? Was, wenn er sie dafür bestrafen würde? Was, wenn er ihr sagen würde, sie sollte gehen und sie sich wieder auf den Straßen von Ashton zurechtfinden musste? Sie war sich nicht sicher, ob sie das noch einmal konnte, nicht so schnell, nachdem sie einen Ort gefunden hatte, an dem sie sicher war.

“Sie sind doch nicht böse oder?”, fragte Kate.

“Böse?”, sagte Thomas mit einem Lachen. “Ich wollte diesen Laden seit Jahren aufräumen. Winifred sagt mir das jedes Mal, aber man hat hier und da zu tun … naja, ich bin eben nie dazu gekommen. Aber es sieht aus, als wenn du hier gute Arbeit geleistet hast.”

Thomas überreichte ihr ein halbes Brot, das mit Käse und Schinken gefüllt war. Es war mehr Essen, als Kate vom Waisenhaus gewöhnt war und sicherlich auch mehr, als sie geschafft hätte auf den Straßen zu stehlen. Sie wollte glauben, dass es eine Zeit in ihrer Kindheit gegeben hatte, in der sie gut gefüttert und umsorgt wurde, aber in Wirklichkeit konnte Kate sich daran nicht erinnern. Es war schwer zu glauben, dass das alles nur für sie war.

Trotzdem aß Kate, denn sie würde Essen nicht verkommen lassen. Besonders nicht, nachdem sie fast verhungert war, nach so langem Arbeiten in der Schmiede. Sie aß das Brot so schnell, dass Thomas eine Augenbraue hochzog.

“Ich habe nicht bemerkt, dass du so hungrig bist oder wir hätten vielleicht eher aufhören sollen.”

Kate wischte sich über den Mund, erkannte, dass sie vielleicht nicht so zivilisiert aussah, aber es war ihr egal. Darüber würde sich vielleicht ihre Schwester Sorgen machen, aber das war nichts, über das sie sich Sorgen machte.

Sie schaute sich um und hoffte insgeheim, dass Sophia ebenfalls so etwas Gutes wie sie gefunden hatte. Kate war sich nicht sicher, ob dies hier für immer anhalten würde, weil sie sich nicht vorstellen konnte, dass irgendwas für immer dauerte, aber wenn es so wäre, würde es ihr nichts ausmachen. Das war nah an perfekt, mehr als sie zu hoffen gewagt hatte.

Als sie mit ihrem Mittagessen fertig war, schien es, dass Thomas noch eine weitere Lehre für sie hatte.

“Du willst mehr über Waffen wissen, als über alles andere oder?”, fragte er.

Kate nickte.

“Bevor du sie schmieden kannst, musst du die Unterschiede zwischen ihnen kennen. Komm mal mit.”

Er ging voran in den Schuppen und führte Kate hinein. Dank ihres Aufräumens, brauchte er nicht lange, um zu finden, was er suchte. Kate war ein wenig stolz darauf.

“Es gibt nicht nur Schwerter und Dolche und Äxte”, sagte er und hob Klingenrohlinge und ein paar Holzrohlinge hoch, die offensichtlich als Vorlagen dienten. “Ein Rapier ist kein breites Schwert. Ein unvorbereiteter Klingenfänger ist kein Stiletto. Du musst die Unterschiede im Gleichgewicht und im Gewicht lernen, die Art wie sie genutzt werden sollen und die Stellen wo sie stark sein sollen.“

“Ich will all das lernen”, versicherte Kate ihm. Sie wollte nichts mehr als das.

Thomas nickte. “Ich weiß. Deswegen will ich, dass du den Rest des Tages damit verbringst, Klingen zu probieren und eine schnitzt, von der du glaubst, dass sie am besten passen würde. Wenn du damit fertig bist, werden wir schauen, was du richtig gemacht hast und woran du noch arbeiten musst.”

“Warum schnitzen?”, fragte Kate. “Warum nicht einfach schmieden?”

Thomas sah sie erwartungsvoll an. “Du kennst die Antwort bereits Kate.”

“Weil Holz sich einfacher bewegt als Stahl”, antwortete Kate.

“Genau.” Er übergab ihr ein Schnitzmesser. “Also an die Arbeit und dann schauen wir was du geschafft hast. Wenn es gut genug ist, dann lasse ich es dich auch schmieden.”

Diese Aussicht erfreute Kate mehr als alles andere. Sie würde gute Arbeit leisten. Sie konnte sich nicht an ihren Vater erinnern, aber in dem Moment fühlte Thomas sich wie einer für sie an.

Sie würde ihn stolz machen.

***

Kate verbrachte den Rest des Tages damit, zu lernen, dass Holz sich nicht so einfach bewegte, wie sie gedacht hatte. Es bewegte sich auf jeden Fall nicht auf die gleiche Art wie Stahl und die Fähigkeiten, die sie von Thomas gelernt hatte, waren nicht so nützlich, wenn es darum ging, ihre Holzwaffen zu schnitzen.

Holz floss nicht wie Wasser, wenn man es heizte. Holz beugte sich nicht auf dieselbe Art. Es streckt sich nicht in neue Formen. Alles was man machen konnte, war daran zu formen, mehr Material wegzunehmen und zu sehen, was übrig bleibt. Daran musste man sich gewöhnen und Kate bedachte jeden Schlag auf das Messer, als sie eine Waffe konstruierte, die für sie perfekt schien.

In der Ecke des Hofs wieherte ihr gestohlenes Pferd. Für Kate hörte es sich ein wenig zu sehr nach Belustigung an.

“Für dich ist es einfach”, sagte sie. “Niemand hat dir schon einmal gesagt, dass du ein Schwert entwerfen sollst.”

Es sollte natürlich schmal und leicht sein, denn sie war nicht so groß oder so stark wie ein Junge. Aber es brauchte dennoch Stärke am Griff hin, sodass Kate damit parieren konnte, ohne dass es schnappte. Es würde einen Griff brauchen, der ihre Hand schützte, während es immer noch leicht genug sein musste, die korrekte Balance zu halten. Es sollte auch nicht zu kurz sein, denn Kate wollte nicht größere Gegner mit dem zusätzlichen Nachteil einer Klinge bekämpfen, die kürzer war als ihre.

Sie schnitzte und schätzte, formte und formte um, bis sie endlich eine Klinge hatte, von der sie dachte, dass sie gut genug wäre. Es erinnerte sie mehr an ein Rapier, als an andere Arten von Klingen, nur mit den zartesten Kurven daran, um es möglichst wirksam schneiden zu lassen. Es war die Art von Waffe die hätte entstehen können, wenn ein Säbel dazu entworfen wurde, um damit Duelle zu kämpfen, anstatt vom Pferderücken aus zu hacken.

Kate hob es hoch und der Griff fühlte sich gut in ihrer Hand an, perfekt geformt für ihre Finger. Das Gewicht des Schwerts war genau so, wie sie es sich vorgestellt hatte, leicht genug, sodass es so leicht fiel, wie das Atmen, als sie damit durch die Luft schnitt.

Sie versuchte sich Feinde vorzustellen und griff sie an, übte Stöße und Schnitte, parierte und band. In ihren Gedanken kämpfte sie gegen die Jungs vom Waisenhaus und die Feinde aus Dutzend Ländern. Sie schlug zu und sprang zurück, schütze sich gegen imaginäre Schläge.

Kate konnte den Drang nach Rache in sich spüren. Sie sah all die Leute vor sich, die sie mit dem Schwert niederschlagen würde, von den Jungen die sie attackiert hatten, bis zu den maskierten Nonnen, die sie und die anderen praktisch zu Gefangenen gemacht hatten. Wenn sie die Chance hätte, würde sie sie alle niedermetzeln, einer nach dem anderen.

Inmitten des Ganzen erwischte sie sich selbst dabei, wie sie von einer anderen Zeit träumte. Von ihrer Schwester, die sie hochhob und durch ein Haus lief, in dem es Feinde gab, die sie nicht zuordnen konnte. Kate erinnerte sich flüchtig.

Sie stolperte und trat auf den Rasen des kleinen Vorgartens der Schmiede.

"Gehts dir gut?", rief eine Stimme und Kate sprang hoch, peinlich berührt und sah sich feindselig um, ob jemand sie fallen gesehen hatte. Fast instinktiv hielt sie ihr Schwert hoch auf den Eindringling gerichtet.

"Ich bin froh, dass das keine echte Klinge ist", sagte er.

Er war größer als Kate, mit blondem Haar, auf die Art kurz geschnitten, damit es nicht in sein Gesicht fiel. Er konnte nicht viel älter als Kate sein, sein Körper begann gerade erst, sich mit den Muskeln zu füllen, die er haben würde, wenn er älter wäre. Im Moment war er schlank und ein wenig drahtig, was Kate an ihm gefiel.

Er trug die Uniform eines der Söldnerfirmen, mit einem grauen Surcot, der offensichtlich nach einem Kampf genäht worden war. Kate war sich nicht sicher, ob sie besorgt sein sollte oder nicht.

Sie war sich nicht sicher, was sie für ihn fühlte, den im Moment schien ihr Herz zu versuchen noch ein Dutzend weiterer Dinge zu fühlen. Zum ersten Mal in ihrem Leben fühlte Kate sich nervös bei der Anwesenheit eines Mannes.

"Du *siehst* nicht so aus, als wärst du hier, um meinem Vater zu bestehlen", sagte der Junge.

"Nein, bin ich nicht", sagte Kate. "Das ist … Ich meine … Ich bin Kate."

Was war los mit ihr? Das war eher die Art, die Kate von ihrer Schwester erwartet hatte, bei der Anwesenheit eines netten Mannes.

Und nur die Tatsache, dass sie daran dachte, dass der Mann gut aussah, sagte alle Arten von Dingen aus, bei denen Kate sich nicht sicher war, dass sie das denken sollte.

Die Nonnen im Haus der Herrenlosen hatten nicht einmal versucht ihren Schützlingen etwas über Liebe oder Heirat oder alles, was damit zu tun hatte, beizubringen. Die Annahme war gewesen, dass wenn die Mädchen bei einem Mann endeten, dann, weil sie dafür gekauft worden waren und nichts weiteres.

"Ich bin Will", sagte er und hielt ihr eine Hand hin. Kate schaffte es gerade noch nicht ihr Holzschwert fallen zu lassen, während sie ihm die Hand gab.

"Ich dachte, dass du einer dieser Söldnerfirmen beigetreten bist", sagte Kate. "Ich meine offensichtlich bist du das. Du trägst eine Uniform."

Wie hatte sie sich in so etwas Dummes verwandelt? Kate wusste es nicht und sie mochte es nicht. Sie konnte die Gedanken des Jungen sehen und die waren auch nicht hilfreich.

Ich mag sie. Sie ist irgendwie ... empfindlich.

“Ich bin beigetreten”, sagte Will, “aber wir sind hierher zum Üben zurückgekommen und um nach mehr Rekruten zu suchen. Der Krieg auf der anderen Seite des Sees wird ernster. Es ist nett dich zu treffen Kate. Hilfst du meinem Vater?”

Sie nickte. “Er lässt mich hier wohnen, während ich ihm in der Schmiede helfe. Ich lerne von ihm.”

Sie sah Will dabei lächeln.

“Das freut mich zu hören”, sagte er. “Ich habe mir Sorgen gemacht, als ich mich gemeldet habe. Ich dachte, er könnte das alles alleine nicht schaffen. Ich sollte jetzt reingehen, aber … ich bin froh, dass du hier bist, Kate.”

“Ich freue mich auch, dass du hier bist”, sagte Kate und verfluchte sich selbst dafür, so etwas zu sagen. Wer sagte solche Dinge? Gott sei Dank war Will bereits auf dem Weg ins Haus.

Kate schaute ihm zu und versuchte nicht, sich selbst gegenüber zuzugeben, wie sehr ihr das gefiel oder was sie dabei fühlte.

Sie mochte ihn.

KAPITEL FÜNFZEHN

Am Licht gemessen war es später als beabsichtigt, als Sophia aufwachte und sie brauchte einen Moment, um sich zu erinnern, dass sie sich nicht auf den Straßen oder in einem der harten Betten des Haus der Herrenlosen befand.

Der Anblick von Sebastian neben ihr erinnerte Sophia genau daran, wo sie war und für einen Moment spannte sie sich an, bei dem Ausmaß der Enttäuschung, die sie letzte Nacht unternommen hatte. Wenn sie einen Funken Anstand hatte, würde sie sich wegschleichen und nie wieder kommen.

Das Problem war, dass sie das nicht wollte. Im Moment fühlte Sophia sich besser, als an jedem anderen Punkt in ihrem Leben. Die Nacht zuvor war alles gewesen, was sie sich erhoffen hatte können und noch mehr. Es war süß und leidenschaftlich gewesen. Es war liebevoll gewesen und der Teil zumindest war für Sophia mehr als überraschend gewesen.

Instinktiv strich sie mit ihren Fingern über Sebastians Wangen, einfach nur um das Gefühl zu genießen, dass sie ihn anfassen konnte. Sophia fühlte sich, als wenn sie jeden Zentimeter seiner Haut letzte Nacht kennengelernt hatte, aber trotzdem wollte sie ihn wieder anfassen. Sie wollte sicher sein, dass er echt war. Das reichte aus, um Sebastians Augen aufgehen zu lassen.

"Es war also nicht nur alles ein schöner Traum", murmelte er.

Sophia küsste ihn dafür. Naja nicht nur deswegen, sie wollte es auch. Sie wollte noch viel mehr tun, aber Sebastian zog sie zurück.

"Habe ich", gerade noch rechtzeitig erinnerte sich an den Akzent, der jetzt zu ihr gehörte. "Habe ich etwas falsch gemacht?", fragte Sophia.

"Nein, auf keinen Fall", versicherte Sebastian und sofort konnte Sophia seine Gedanken spüren, als er sie ansah. Sie erwartete Begehren, aber stattdessen war es noch mehr als das. Sie konnte Liebe fühlen.

"Ich muss nur einmal auf die Uhr schauen."

Sophia schaute zu, wie er auf eine Uhr in der Ecke des Raumes schaute, die Zeiger zeigten klar an, wie lange sie geschlafen hatten.

"Meine Güte", sagte Sebastian, "ist es schon so spät?"

Die Diener wollten mich nicht wecken. Offensichtlich haben sie sich gedacht, was passiert ist.

Sophia erhaschte diesen vereinzelten Gedanken und berührte seinen Arm. "Ich hoffe, ich habe Ihnen keine Schwierigkeiten gemacht? Ich hoffe, du… bereust die letzte Nacht nicht?"

Sebastian schüttelte seinen Kopf. "Definitiv nicht. Glaub das nicht. Es ist einfach, dass ich heute in den Wahlbezirken sein sollte, um Milizen zu besichtigen. Ich wünschte, ich müsste das nicht machen, aber …"

"Aber du hast Aufgaben, die du erfüllen musst", sagte Sophia. Sie wusste von letzter Nacht, wie viel Aufgaben einen Teil von Sebastians Leben darstellten. "Das ist in Ordnung, Sebastian. Ich verstehe, dass du gehen musst."

"Ich hasse es, diese Dinge zu tun", sagte Sebastian. "Wenn es nicht die Vorbereitung für den Krieg ist, ist es das Jagen. Ich hoffe immer noch das Rupert das alles tun wird, aber unsere Mutter besteht darauf."

Er küsste sie erneut, ehe er aufstand und sich anzog und Sophia genoss es, ihm dabei zuzusehen. Sie hätte nie gedacht, dass sie einfach so jede kleine Bewegung genießen konnte, die jemand machte, einfach alles daran. Er zog sich heute einfach an, in einer dunklen Tunika und einer Hose, die mit Silberstickereien verarbeitet waren, darüber ein Hemd mit hellen Leinen. Die Silberknöpfe an seinem Gürtel und Schuhe schienen nur noch heller deswegen. Genauso wie seine Augen.

Es war völlig anders von dem, was er auf dem Ball getragen hatte, aber trotzdem –

"Oh", sagte Sophia und biss sich auf ihre Lippe. "Mir ist gerade eingefallen, dass alles was *ich* anzuziehen habe, mein Ballkleid ist."

Sebastian lächelte dabei. "Da habe ich schon drüber nachgedacht. Es ist nicht viel, aber …"

Er nahm ein Kleid von einer Kleidungsstange. Es hatte nicht den Schein und Glanz des Ballkleids, das Sophia gestohlen hatte, aber es war immer noch schöner als alles andere, was sie je besessen hatte. Es war ein Tiefdunkles, weiches grün, dass wie ein moosiger Teppich auf einem Waldboden schien und ein Teil von Sophia wollte aus dem Bett hüpfen und es anprobieren, egal ob Sebastian noch da war oder nicht.

Sie konnte sich gerade noch rechtzeitig davon abhalten, als sie sich an das Mal auf ihrer Wade erinnerte, das aussagte, was sie für die Welt war. Vielleicht hatte das Make-up von letzter Nacht gehalten, aber Sophia konnte das Risiko nicht eingehen.

“Es ist alles in Ordnung”, sagte Sebastian. “Es ist normal sich beim Tageslicht ein wenig zu schämen. Du kannst es anziehen, wenn ich weg bin.”

“Es ist wunderschön, Sebastian”, antwortete Sophia. “Weit aus schöner, als ich verdient habe.”

Es ist nicht einmal ein Zehntel so schön, wie sie ist. Gute Güte fühlt sich so Liebe an?

“Du verdienst noch viel mehr”, sagte Sebastian zu ihr. Er beugte sich nach vorne, um ihr einen Kuss auf die Lippen zu drücken. “Beweg dich frei im Palast. Die Diener werden dich nicht belästigen. Du musst mir versprechen, dass du noch hier bist, wenn ich zurückkomme?”

“Hast du Angst, dass ich mich in Nebel verwandel und wegfliege?”, fragte Sophia.

“Sie sagen, dass es in alten Zeiten Frauen gab, die sich als Geister oder Illusionen entpuppten”, sagte Sebastian. “Du bist so wunderschön, ich konnte es fast nicht glauben.”

Sophia sah ihn gehen und wünschte sich die ganze Zeit, dass er nicht gehen müsste. Sie stand auf und wusch sich mit Wasser aus einem Wasserkrug und zog das Kleid an, dass Sebastian ihr mitgebracht hatte. Dazu gehörten weiche, braune Hausschuhe und ein Lichtkamm, der über das Haar gesteckt wurde, um in der Sonne zu schimmern.

Sophia glitt hinein und begann sich dann zu fragen, was sie noch machen sollte. Auf den Straßen wäre sie rausgegangen und hätte nach etwas zu Essen gesucht. Im Waisenhaus würde sie jetzt ihre Aufgaben verrichten.

Sie ging in die anderen Räume von Sebastians Suite und schaute sich die Stellen an, wo ihre Kleider gestern Nacht gefallen waren. Sophia legte sie ordentlich weg, sie wollte es nicht riskieren, die paar wertvollen Dinge, die sie hatte zu verlieren. Sie sah, das ein Diener Würstchen, Käse und Brot in der anderen Kammer hinterlassen hatte und nahm sich ein paar Minuten Zeit, um zu frühstücken.

Danach sah sie sich den Rest der Suite an, nahm eine Sammlung von konservierten Eierschalen in sich auf, die wahrscheinlich aus Übersee stammten und eine gemalte Karte des Königreichs, das aussah, als wenn es vor dem Bürkerkrieg gemalt worden war, denn es zeigte immer noch einige der freien Städte als abhängige Orte.

Sophia konnte dennoch nicht lange an einer Stelle bleiben. Sie wollte nicht einfach alleine herumsitzen und darauf warten, dass Sebastian zurückkam. Sie wollte so viel wie möglich vom Palast sehen und wirklich das Leben erleben, in das sie sich irgendwie hereingebracht hatte.

Sie trat aus Sebastians Wohnung innerhalb des Palastes, erwartete halb, dass jemand sich sofort auf sie stürzen würde, um ihr zu sagen, dass sie gehen oder wieder zurück in Sebastians Zimmer gehen sollte.

Nichts von dem passierte und Sophia konnte sich ganz einfach im Palast bewegen.

Sie nutzte dennoch ihr Talent, um sich von Menschen fernzuhalten, sie wollte nicht dabei erwischt werden, wie sie das Falsche tat oder dass man ihr sagte, sie gehöre hier nicht hin. Sie vermied Orte, die viele Gedanken darin hatten, sie hielt sich an leere Räume und Korridore, die sich kilometerweit in der Art von Winkeln erstreckten, die nur aus dem Jahrhunderte alten Bau und Wiederaufbau kommen konnte.

Sophia musste zugeben, dass es wunderschön hier war. Es schien keine Wände ohne Gemälde zugeben oder eine Mauer, eine Nische ohne entweder mit einer Statue oder einer dekorierten Vase mit Blumen gefüllt. Die Fenster hatten alle Bleiverglasungen, normalerweise mit Glasmalereien, die verschiedene Farben des Lichts über die Marmorböden warfen, als wären dort die Farben eines Künstlers umgeworfen worden. Draußen konnte Sophia Gärten von atemberaubender Schönheit sehen, die Wildheit des Pflanzenlebens gezähmt in formalen Reihen von Kräutern und Blumen, niedrigen Bäumen und Büschen. Sie konnte ein formales Labyrinth da draußen sehen, die Büsche waren höher, als Sophia groß war. Sie begann mehr zielgerichtet zu laufen und entschied sich, dass es angenehmer wäre, nach draußen zu gehen und die Gärten zu genießen.

Das einzige was sie davon abhielt, war der Anblick einer Doppeltür mit einem Schild darüber, dass die Anwesenheit einer Bücherei erklärte.

Sophia war noch nie in einer Bücherei gewesen. Die Nonnen der maskierten Göttin behaupteten, dass es eine im Waisenhaus gab, aber die einzigen Bücher, die Sophia gesehen hatte, waren das *Buch der Maske*, die Gebetsbücher, Abhandlungen, die nach ihrem Auftrag gedruckt wurden und ein paar kurze Arbeiten an Themen, die sie zu unterrichten behaupteten. Irgendwie hatte Sophia eine Ahnung, dass diese Bücherei anders sein würde.

Sie drückte an den Türen, eher hoffnungsvoll als in Erwartung, nahm an, dass dies so kostbar wäre, dass sie es verschließen und sie auch nie hineinlassen würden.

Stattdessen schwang die gut geölte Eichentür auf und ließ sie in einen Raum, der anders war, als sie sich je vorgestellt hatte und noch viel mehr. Es stand auf zwei Ebenen, mit einer Regalebene, die von einem Zwischengeschoss gekrönt wurde, das noch mehr enthielt.

Jedes Regal enthielt Bücher über ledergebundene Bücher in allen Formen und Größen, zusammengestopft, sodass Sophia kaum glauben konnte, dass es tatsächlich so viele an einem Ort gab. Ein großer Tisch stand inmitten des Raumes, während Ecken Stühle bereithielten, die so bequem aussahen, dass Sophia sich am liebsten in einen hineingekuschelt und geschlafen hätte, wenn sie nicht so aufgeregt gewesen wäre.

Stattdessen ging sie im Zimmer herum, zog zufällig Bücher heraus und sah sich die Inhalte an. Sie fand Bücher für alles von Botanik über Architektur, von Geschichte über die Geografie des weit verstreuten Landes. Es gab sogar Bücher, die Märchen enthielten, die anscheinend nur für die Unterhaltung erfunden worden waren, wie Theaterstücke, aber aufgeschrieben. Sophia hatte eine vage Ahnung, dass die maskierten Nonnen keinem davon zugestimmt hätten.

Das war wahrscheinlich der Hauptgrund, warum sie eines von ihnen auswählte, sie setzte sich auf einen der Stühle und las ein Märchen von zwei Rittern, die sich bekämpften, bis eine lange tote Liebhaberin zurück aus dem Grab kam, um ihnen zu sagen, wen sie am liebsten mochte. Sophia verlor sich in den Worten, versuchte einen Sinn in den Orten zu finden, über die gesprochen wurde und ihr kam schließlich der Gedanke, dass jemand sich nur mit Papier und Tinte in eine andere Welt versetzen konnte.

Vielleicht war sie ein wenig zu vertieft, denn sie hörte die Gedanken der sich nähernden Mädchengruppe nicht, erst als es zu spät war. Als diese Gedanken ihr sagten, wer genau sich näherte, kauerte Sophia sich noch tiefer in den Stuhl, hoffte, dass das Buch das sie hielt als ausreichende Verdeckung dienen würde, sodass man sie nicht sah.

“Ich sage doch”, sagte Milady d’Angelica zu einer ihrer Freundinnen, “jemand hat mich letzte Nacht unter Drogen gesetzt.”

“Das hört sich schrecklich an”, sagte ein weiteres Mädchen zu ihr, während ihre Gedanken Sophia die ganze Zeit sagten, dass sie das Dilemma des anderen Mädchens genoss.

“Wer hätte so etwas tun können?”, fragte eine Dritte, obwohl *ihre* Gedanken sagten, dass sie genau wusste, was ihre Freundin mit dem Prinzen geplant hatte und sie annahm, dass es nur ein Fehler gewesen war.

"Ich weiß nicht", sagte Angelica, "aber ich weiß das … *du*. Was machst du hier?"

Sophia erkannte, dass das andere Mädchen zu ihr sprach, also stand sie auf und legte das Buch vorsichtig zur Seite.

"Möchtest du mir etwas sagen?", fragte Sophia und nahm sich einen Moment Zeit, sich die Mädchen anzuschauen. Heute sah Angelica immer noch wunderschön aus, in einem Reitoutfit, dass sie vielleicht dazu auserkoren hatte, mit Sebastian das Versäumte nachzuholen, wenn sie nicht ein wenig blass aussehen würde, der Nebenwirkung ihrer Vergiftung. Von ihren beiden Begleiterinnen war eine klein und plump, mit mittelbraunem Haar, während die andere fast schwarzes Haar hatte, das ihr bis zur Hüfte fiel und sie war ein wenig größer als Sophia.

"Warum sollte ich *dir* etwas zu sagen haben?", fragte das andere Mädchen, aber sie redete trotzdem weiter. "Du hast letzte Nacht etwas genommen, das mir gehören sollte. Weißt du, wer ich bin?"

"Lady d'Angelica", antwortete Sophia prompt. "Es tut mir leid, aber ich kenne deinen Vornamen nicht. Ich habe gehört, dass deine Freundinnen dich sowieso Angelica nennen, sollen wir also dabei bleiben?"

Es war wahrscheinlich dumm so einen Ton zu gebrauchen, aber Sophia hatte gesehen, wie dieses Mädchen sich mit Menschen umgab, die sie als weniger wichtig betrachtete. Sophia konnte es sich nicht leisten sich zurückzuziehen, denn dann würde sie schwach genug erscheinen, um sich weiter ausnutzen zu lassen. Das Waisenhaus hatte ihr immerhin diese Lektion beigebracht.

"Du glaubst, wir sind *Freundinnen*", schoss Angelica zurück.

"Ich bin mir sicher, dass wir gute Freundinnen sein können", antwortete Sophia und hielt ihr eine Hand hin. "Sophia von Meinhalt."

Angelica ignorierte ihre ausgestreckte Hand.

"Eine Fremde, die gerade rechtzeitig für den Ball auftaucht", sagte Angelica. "Und die behauptet, aus den Handelsstaaten zu kommen. Glaubst du nicht, ich hätte es gewusst, wenn so jemand in die Stadt kommt? Mein Vater hat Interessenanlagen dort und ich habe deinen Namen noch nie gehört."

Sophia zwang sich selbst, zu lächeln. "Vielleicht hast du nie richtig zugehört."

"Vielleicht nicht", sagte Angelica und ihre Augen verengten sich. "Aber ich werde es herausfinden. Glaubst du, ich brauche lange, um alles über dich herauszufinden?"

Ich werde einen Brief schreiben an ..... ich weiß nicht an wen, aber ich werde es herausfinden.

Ihre Gedanken hörte sich nicht so sicher an wie der Rest von ihr, aber dennoch erstarrte Sophia bei der Androhung. Sie zwang sich, nachzudenken.

"Und nur weil du keine Aufzeichnungen in einer zerstörten Stadt finden kannst, willst du mich anzeigen?", fragte sie. "Warum Angelica, wenn ich gewusst hätte, dass du so eifersüchtig bist, hätte ich mich dir schon früher vorgestellt."

"Ich bin nicht eifersüchtig", zischte Angelica, aber Sophia konnte es von ihren Gedanken wie Rauch emporsteigen spüren. "Ich will einfach nur Prinz Sebastian vor einer Goldgräber Abenteuerin schützen."

Er gehört mir!

Die Stärke dessen ließ Sophia einen Schritt zurückmachen. "Tja, das ist sehr nett von dir", sagte sie.

"Ich werde es ihm ausrichten, wenn er zurückkommt. Ich bin sicher, er braucht Schutz von der Art Person, die zum Beispiel versuchen würde, ihn zu vergiften, um ihn ins Bett zu bekommen."

Angelica wurde rot und selbst sie konnte nichts tun, um dabei gut auszusehen.

"Ich werde herausfinden, wer du bist", versprach sie. "Ich werde dich zerstören, sodass du dich nur noch an der Straße verkaufen kannst."

Sophia zwang sich von der Bücherei zurückzutreten, auch wenn das ein Ort war, an dem sie eigentlich den Rest des Tages hatte verbringen wollen.

Sie versuchte nicht zu zittern, während sie hinausging.

Probleme, so spürte sie, kamen auf sie zu – und diese Palastwände fühlten sich nicht länger sicher an.

KAPITEL SECHZEHN

Kate konnte sich nicht erinnern, wann sie sich das letzte Mal als Teil einer Familie gefühlt hatte. Nein, das stimmte nicht, denn sie hatte ihre Schwester und *diese* Verbindung war wie eine beständige Beruhigung im Hinterkopf. Sie hatte auch vage Bilder und Blitze von Dingen vor dem Waisenhaus. Ein lächelndes Gesicht, das sie ansah. Ein Zimmer, in dem alles ein wenig größer schien, als die winzige Form eines Kindes.

Sie hatte dennoch nie *diese* Situation gehabt: Einfach an einem Tisch mit der Familie sitzen und Eintopf und Brot essen, sie fühlte sich, als wenn sie zu den anderen Menschen am Tisch passte. Thomas und Will lachten. Sogar Winifred schien glücklicher als vorher, als Kate angekommen war, aber das war nur zu erwarten gewesen. Sie war als Diebin gekommen; sie blieb als jemand, der in der Schmiede half.

Es half wahrscheinlich, dass Will auch da war. Seine Anwesenheit schien alles besser zu machen, entspannte seine Mutter und machte seinen Vater glücklich, der ihn in Sicherheit wusste. Kate gefiel es, ihn einfach anzuschauen und glaubte, dass sie deswegen ein peinlich berührt wegschaute.

"Wirst du länger hier bleiben?", fragte seine Mutter.

Kate sah Will seinen Kopf schütteln.

"Du weißt, dass das so nicht funktioniert, Mutter", sagte er. "Die freien Unternehmen sitzen nicht ewig dort. Die Kriege über dem Knife See werden schlimmer. Die Havers fielen nacheinander den Disestablishers und den True Empire-Kontingenten zu. Lord Marls Kompanie wurde bezahlt, um einen Aufstand im Serralt-Tal zu proben, und man stellte fest, dass sie eine Banditenfirma gegründet hatten, um jeden zu berauben, den sie finden konnten.

"Das hört sich gefährlich an", sagte Winifred und Kate konnte die Sorge in ihrer Stimme hören. Kate machte ihr keine Vorwürfe. Sie wollte ihren Sohn beschützen.

Kate wollte mehr über die Aufregung eines Soldatenlebens wissen.

"Wie ist es den, Teil einer der Kompanien zu sein?", fragte Kate. "Ist es anders, als ein normaler Soldat zu sein?

Will zuckte die Achseln.

“Es ist nicht so anders. Es gibt nur so viele Wege, wie eine Armee funktionieren kann”, sagte Will. Er hörte sich ein wenig an, als wenn er versuchte, sich selbst zu überzeugen. “Obwohl das stehende Heer des Königreichs nicht so groß ist. Es hat sich einfach immer nur auf die Loyalität der Kompaniechefs verlassen und die Fähigkeit, deren Leistungen zu kaufen.

Das hörte sich für Kate nicht so nach einer guten Vereinbarung an.

“Was passiert, wenn jemand mehr bietet?”, fragte sie.

Thomas beantwortete das. “Dann wird die Hälfte deiner Armee sich inmitten eines Konflikts in zwei teilen, aber die Vorfahren der Witwe waren immer in der Lage ihre Feinde zu überbieten und es ist besser als das, was in den Bürgerkriegen passiert ist.”

“Mit einer großen Zentralarmee die Menschen schlachtet”, sagte Will. “Ich glaube nicht, dass die Versammlung der Adligen das noch erlauben wird, auch wenn Prinz Rupert die Armee ein wenig aufgebaut hat.”

Kate sah Winifred ihren Kopf schütteln.

“Genug geredet über Kriege und Gewalt und Morde”, sagte sie. “Ich fühle mich nicht sicher, zu wissen, dass du bald wieder da draußen bist, bei all diesen Grausamkeiten, Will.”

“Es ist sicher genug, Mutter”, sagte er und griff nach ihrer Hand. “Der Großteil des Kriegs ist wo anders. Die Kompanien vermeiden sich gegenseitig, wenn sie können und Lord Cranston ist immer vorsichtig, wenn es darum geht, wo er seine Männer einsetzt.”

Kate war nicht ganz so glücklich darüber. “Ich habe auf ein wenig Abenteuergeschichten gehofft.”

“Ich bin mir nicht sicher, ob ich viele davon habe”, antwortete Will. Er sah ihre Enttäuschung. “Aber ich habe ein paar. Ich werde dir ein paar erzählen, wenn meine Mutter sich nicht deswegen Sorgen macht.”

“Ich mache mir immer Sorgen, wenn du in den Kampf ziehst”, sagte Winifred.

Sie aßen weiter und alles, was Kate wollte, war Ausreden zu erfinden, um Will noch mehr über sein Leben auszufragen.

Merkwürdigerweise schien er genauso interessiert an ihr.

“Also du hilfst meinem Vater erst seit seinem Tag?”, fragte er.

Kate nickte. “Ich … bin gestern Nacht gekommen.”

“Sie ist eine Diebin”, korrigierte Winifred. “Sie wollte uns alles stehlen.”

Kate saß ganz still, als die andere Frau das sagte. Sie konnte sehen, dass Wills Mutter sie immer noch nicht ganz mochte und sie nahm an, das hatte viel mit dem Grund zu tun, warum sie in der Schmiede aufgetaucht war. Sie konnte trotzdem nicht aufhören zu fühlen, dass es vielleicht auch mit anderen Dingen zu tun hatte: mit dem Talent, das sie hatte und mit dem Abzeichen der Herrenlosen auf ihrer Wade.

"Nicht alles", sagte Thomas und hatte offensichtlich Kates Unbehagen aufgenommen. "Und sie hat seitdem hart gearbeitet, Winifred."

"Ja, das nehme ich an."

Kate konnte genug von den Gedanken der Frau aufschnappen, um zu wissen, dass es nicht so sehr Abneigung war, sondern eher Misstrauen. Sie war sich nicht sicher, was Kate als Nächstes tun würde und es half nicht, dass Winifred denjenigen mit ihren Talenten nicht so sehr traute, wie ihr Ehemann. Kate zog sich zurück, wollte sich nicht aufdrängen, wo sie nicht erwünscht war.

"Das hört sich zu interessant an, als das man diese Geschichte ignorieren könnte", sagte Will. "Kate, du musst mehr davon erzählen. Vielleicht … können wir später zusammen in die Stadt gehen?"

Auch ohne dass sie Winifreds Gedanken las, konnte Kate den Schock dabei auf ihrem Gesicht sehen.

"Will, ich glaube nicht, dass das –"

"Ich bin mir sicher, dass das in Ordnung geht", sagte Thomas. "Ihr beide solltet miteinander ausgehen."

Im Moment gab es nichts, was Kate mehr wollte.

***

Natürlich war es nicht so einfach die Schmiede zu verlassen. Kate musste Thomas ihre Arbeit am Schwert zeigen, musste kleine Anpassungen vornehmen, da er vorschlug, dass die Angel aus dickerem Metall sein sollte und die Taper an der Kante weniger quadratisch.

Dann gab es Aufgaben, die Winifred plötzlich für sie gefunden hatte, vom Aufräumen des Hofs, bis hin zum Gemüse schälen im Haus. Es schien offensichtlich für Kate, was sie versuchte: Sie versuchte so viel Zeit herauszuschinden, dass sie nicht mehr mit ihrem Sohn in die Stadt gehen konnte.

Kate drückte sich schließlich vor den Aufgaben, indem sie sich hinausschlich, als sie nicht hinsah, sondern nur Thomas. Er nickte ihr zu, was wie eine Erlaubnis aussah. Das war gut, denn Kate wollte nicht das Risiko eingehen, ihn zu verärgern.

Will wartete im Hof auf sie und Kate konnte die Aufregung in ihm sehen.

“Bist du bereit?”, fragte er. “Willst du dich zuerst waschen oder –“

“Warum?”, entgegnete Kate. “Sehe ich nicht gut genug aus, um auszugehen?”

“Du siehst wunderbar aus”, sagte Will und das war merkwürdig, denn Kate war nicht an Komplimente gewöhnt. Sophia war diejenige, der Menschen Komplimente machten, nicht sie.

“Gut”, sagte sie. “Außerdem glaube ich, wird deine Mutter mich für immer hier behalten, wenn wir jetzt nicht gehen.”

“Dann gehen wir wohl besser”, sagte Will mit einem Lachen und schaute zurück auf das Haus. Er griff nach Kates Hand und zu Kates eigener Überraschung, ließ sie das zu.

Sie gingen in Richtung Stadt und es war klar, dass Will den Weg kannte, Wege, die Kate nicht kannte. Er führte sie über breite Straßen, als die Sonne zu sinken begann und Kate bemerkte, wie sie Menschen beobachtete, die durch die Straßen drängten, während sie liefen. Die meisten waren einfach nur Menschen auf ihrem Weg nach Hause, aber es gab auch Straßenunterhalter: ein Mann lief auf Stelzen, die größer waren als Kates Kopf; ein Wrestler Pärchen kämpften darum sich gegenseitig in eine sandgefüllte Grube zu werfen.

“Wo gehen wir hin?”, fragte Kate.

“Ich dachte, wir können in eines der Theater gehen”, sagte Will. “Das Old King’s Players bringt eine Version von *The Tale of Cressa*.”

Kate wollte nicht zugeben, dass sie weder von dem Stück noch von den Schauspielern gehört hatte, denn sie nahm an, dass es etwas war, dass jeder, der nicht im Haus der Herrenlosen aufgewachsen war, kennen würde. Stattdessen ging sie neben Will während er sie den Weg zu einem großen, runden schuppenähnlichen Gebäude führte, das von außen mit knalligen Szenen angemalt war. Es hatten sich bereits Menschen dort versammelt, die darauf warteten von den Schauspielern hineingelassen zu werden, die an der Tür standen, um einen Penny Eintritt einzusammeln.

Will zahlte für sie beide und Kate fand sich selbst in der Mitte einer Menge wieder, so eng, dass sie kaum atmen konnte.

“Gehts dir gut?”, fragte Will.

Kate nickte. “Ich war halt noch nie in einem Theater. Es ist hier sehr voll.

Es dauerte nicht lange, bis das Stück begann und Kate verlor sich in einer Geschichte eines Mädchens vom Ende der Curl Halbinsel, die die ganze Insel bereiste, auf der Suche eines Jungen, dessen Liebe verloren gegangen war.

Kate konnte sich nicht vorstellen so weit für einen Jungen zu gehen, aber sie fand sich verzaubert von dem Spektakel davon. Das Old Kings Players hatte offensichtlich herausgefunden, dass das Publikum Aktion, Musik, Feuerwerk und plötzliche Auftritte wollte. Sie spielten, auch wenn sie hier und da eine Pause machten für längere Reden, die ein Versuch zu sein schienen, das ganze Ding noch besser zu machen. Kate lachte laut bei manchen komischen Momenten und schaute während den Kämpfen auf der Bühne genau hin.

Sie merkte auch, dass sie die ganze Zeit Williams Hand hielt, sie wollte ihn nicht gehen lassen oder riskieren, den Kontakt zu verlieren. Sie wusste nicht, ob sie die Länge des Curls für ihn bereisen sollte, aber sie würde sich auf jeden Fall ihren Weg durch ein volles Theater kämpfen müssen, wenn sie ihn verlor.

Als sie mit dem Rest der Menge wieder auf der Straße standen, fühlte Kate sich atemlos von dem Theater. Sie fühlte sich lebendig und wach.

"Wir sollten wahrscheinlich nach Hause gehen", sagte Will, obwohl seine Gedanken nicht damit übereinstimmten.

Ich will noch nicht.

"Gleich", sagte Kate und wiederholte seine Gedanken. "Im Moment …. können wir einfach ein wenig spazieren gehen?"

Will schien davon überrascht, als wenn er erwartet hätte, dass sie so schnell wie möglich zurück hätte gehen wollen, aber er nickte freudig. Er begann voranzugehen.

"Auf jeden Fall. Wir können entlang der Gartenreihe hochgehen."

Kate wusste nicht, was das war und war angenehm überrascht, als Will sie eine Reihe von Straßen entlangführte bis zu einer Leiter, die hoch auf die Dächer führte. Für einen Moment dachte Kate an ihr Versteck, dass sie und ihre Schwester gefunden hatten, geduckt hinter einem Schornstein, wo niemand sie finden konnte, um ihnen wehzutun.

"Du willst da hoch?

"Vertrau mir", sagte Will.

Zu ihrer Überraschung tat Kate das und für gewöhnlich hätte sie niemanden so einfach vertraut. Sie begann zu klettern und erst, als sie die Spitze erreicht hatten, sah sie, was da war. Eine Reihe von Bäumen befand sich unmöglicherweise auf dem Dach, in einem Garten, der sich über mehrere Häuser zu strecken schien.

"Das ist wunderbar", sagte Kate. "Es ist wie ein Stück Land inmitten der Stadt."

Es war mehr als das; es war etwas Hoffnungsvolles und Trotzendes, das direkt gegen den überwältigend Druck der Stadt stand, in einem einzigen Akt des Wachstums und der Begrünung.

Will nickte. "Sie sagen, dass ein reicher Mann es als einen Ort zum Nachdenken gepflanzt hat und nachdem er gestorben war, haben die Menschen einfach weitergemacht." Sie begannen, um die kleine Anzahl an Bäumen herumzulaufen, wo hängende Laternen Mondmotten anzogen. "Du hast wahrscheinlich nicht viel von der Stadt zu sehen bekommen, wenn du in einem Waisenhaus aufgewachsen bist."

Kate erstarrte einen Moment, denn sie wusste, dass sie Will nichts davon erzählt hatte. Vielleicht hatte seine Mutter es ihm erzählt, in der Hoffnung ihn davon zu überzeugen, nicht mit ihr auszugehen. Sie wusste, dass Winifred sie nicht direkt hasste. Sie war nur über den Einfluss besorgt, den Kates Anwesenheit eventuell haben würde.

"Nein. Die Tür war offen, aber das war wie ein Hohn. Man konnte gehen, aber man wusste immer, dass es nichts gab, wo man hingehen konnte. Und wenn du gingst und zurückkamst …"

Kate wollte nicht über die Bestrafungen nachdenken, die sie dafür bekommen hatte. Das Haus der Herrenlossen war schlimm zu seinen besten Zeiten gewesen, aber dies waren Dinge, die die Mädchen gebrochen und starr hinterließen.

"Das hört sich schrecklich an", sagte Will. Kate wollte kein Mitleid, sie wollte niemand sein, der das brauchte. Dennoch schien es einen Unterschied zu machen, da es von Will kam, anstatt von jemand anderem.

"Das war es", stimmte Kate zu. "Sie wussten, dass sie uns verkaufen würden, also verbringen sie unsere Leben damit, uns zu kleine gehörige Dinge zu machen, die gerade noch genug Fähigkeiten haben, um einem Reichen einen Wein zu bringen oder um als Lehrling zu arbeiten." Kate machte eine Pause, legte ihre Hand auf einen Baum. "Das macht aber nichts mehr. Ich bin nicht mehr da."

"Bist du nicht", sagte Will. "Und ich bin froh, dass du hier bist."

Kate lächelte dabei. "Was ist mit dir?", fragte sie. "Ich nehme an, der Krieg ist nicht so langweilig und sicher, wie du vor deiner Mutter erzählt hast."

Tatsächlich nahm sie an, dass es alles andere, als sicher war. Sie wollte die Wahrheit davon hören, die Kriege und die kleineren Verpflichtungen, die Orte an denen Will gewesen war. Sie wollte alles hören, was er ihr zu sagen hatte.

"Nicht wirklich", sagte Will mit einem Lächeln. "Lord Cranston hält uns meisten aus den Verpflichtungen heraus, aber wenn du kämpfen musst, ist es beängstigend. Es gibt überall Gewalt. Und selbst wenn du nicht kämpfst, das Essen ist furchtbar, das Risiko an Krankheiten …"

"Du machst, das es sich so heroisch anhört", sagte Kate mit einem Lachen.

Will schüttelte seinen Kopf. "Das ist es nicht. Wenn der Krieg über den Knife See kommt, werden die Menschen das herausfinden."

Kate hoffte, dass das nicht passierte, aber gleichzeitig, wünschte sich ein Teil von ihr das auch, denn das wäre eine Chance zu kämpfen. Sie wollte kämpfen. Sie würde die ganze Welt bekämpfen, wenn sie musste. Die Gewalt dabei machte nichts. Es würde auch Siege geben.

"Die Hälfte der Zeit sind die Kämpfe einfach Revanchen für andere Kämpfe vor allzu langer Zeit oder noch länger", sagte Will.

"Rache ist sinnlos."

Kate war sich nicht so sicher. "Es gibt ein paar Menschen, an denen ich mich gerne rächen würde."

"Das ist nicht gut, Kate", sagte Will. "Du übst Rache und dann wollen sie Rache, bis nichts mehr übrig ist." Er machte einen Moment Pause, dann lachte er. "Wie ist das hier so schnell so trostlos geworden. Wir sollten hier eine gute Zeit haben."

Kate streckte ihre Hände aus, um seinen Arm zu berühren, sie wünschte sich, sie hatte den Mut dafür, mehr als das zu tun. Sie mochte Will.

"Ich habe eine gute Zeit", sagte sie. "Und ich denke, du hörst dich sehr mutig an, mit deinem Regiment. Ich würde es gerne sehen."

Will lächelte dabei. "Ich glaube, es wird nicht so verwegen, wie du glaubst."

Kate vermutete, dass es alles war, worauf sie hoffte und noch mehr.

"Auch dann", sagte Kate.

Als Will nickte, hätte sie nicht glücklicher sein können. "Okay", sagte er. "Aber am Morgen. Sie sehen eindrucksvoller bei Tageslicht aus."

Kate konnte kaum noch warten.

KAPITEL SIEBZEHN

Sophia wanderte durch den Palast, und während sie das tat, war es unmöglich nicht daran zu denken, wie viel Glück sie gehabt hatte. Sie war aus dem Nichts aufgetaucht und jetzt … jetzt schien es, als wenn dies hier von jetzt an ihr *Leben* war. Sie hatte den Ort gefunden, nachdem sie gesucht hatte und es war alles, was sie sich erhofft hatte. Der Palast war wunderschön.

Sophia wollte hier bleiben. Noch mehr, sie wollte hier mit Sebastian bleiben. Sie erwischte sich, wie sie auf das Gemälde eines lange toten Reichen starrte, während sie erwog, was sie tun konnte, um sicherzugehen, dass Sebastian sie nicht darum bat, zu gehen. Es war offensichtlich, dass er sie mochte, aber woher wusste Sophia, dass das ernst gemeint war? Sie war glücklich in dem Moment, aber es fühlte sich so zerbrechlich wie Eierschale an. Sie wollte nicht, dass irgendetwas das ruinierte.

Sophia ging weiter, sie wusste nicht so recht, wo sie als Nächstes hingehen sollte. Sie wollte nicht zurück zu Sebastians Zimmer gehen, denn das würde sich anfühlen, als wenn Angelica und ihre Freundinnen sie dorthingetrieben hätten, um sich zu verstecken oder als wenn sie sich dort versteckte, um einfach darauf zu warten, dass Sebastian sie rettete. Sie wollte nicht zurück zur Bücherei gehen, weil dort die Chance zu groß war, dass sie vielleicht noch da wären.

Stattdessen ging sie zu einer Galerie, wo die Menschen umhergingen und sich die Gemälde anschauten und dann ging sie in Richtung der Dienstquartiere, in einem Versuch den Grundriss des Ortes zu erkunden. Sie ging zu einem Glas Solarium, wo zarte Pflanzen in größerer Hitze wachsen sollten und sie verbrachte ein wenig Zeit in einer Ecke, an der scheinbar niemand vorbeikam.

An dieser Stelle sagte Sophia sich selbst, dass sie dumm war. Sie hatte zumindest eine Freundin im Palast, immerhin.

Sie brauchte ein wenig, bis sie Cora fand, sie ging vom Ballzimmer aus, bis sie den Ort gefunden hatte, wo die Dienerinnen ihr Geschäft mit Make-Up und Parfüms machten.

“Meine Dame”, sagte Cora mit einem Lächeln, als Sophia sich näherte. “Setzten Sie sich doch. Ich werde Ihnen ein wenig die Wangen pudern.”

“Cora, du musst mich nicht so nennen”, sagte Sophia.

Cora nickte. “Muss ich und du musst dich daran gewöhnen. Von dem, was ich höre von den Dingen zwischen dir und Prinz Sebastian, wirst du wohl eine Weile hier bleiben. Du musst dich daran erinnern, wer du bist.”

“Wer ich vorgebe zu sein, meinst du?”, sagte Sophia. Sophia von Meinhalt fühlte sich genauso wie die Maske an, die sie auf dem Ball getragen hatte.

Cora drückte sie auf den Stuhl. “Das kannst du hier nicht sagen. Du weißt nicht, wer zuhört. Von jetzt an bist du Sophia von Meinhalt.”

Was passiert mit uns, wenn die Witwe herausfindet, dass ihr Sohn ausgetrickst wurde, ich weiß es nicht.

Sophia hörte den Gedanken klar. Sie nahm an, sie konnte den Gedanken verstehen, dass es vielleicht Spione gab oder Diener, die einfach mehr hörten, als sie sollten. Immerhin verbrachte sie ihr Leben damit, mehr zu überhören, als sie sollte von den Gedanken der Menschen. Sie konnte die Gefahr auch verstehen. Niemand wurde gern veräppelt und die Witwe würde reagieren, um ihren Sohn zu schützen, oder nicht?

“Okay”, sagte Sophia. “Aber ich kann trotzdem hier herkommen und dich sehen, oder? Auch eine reiche Dame muss ihr Make-Up gemacht bekommen.”

“Das stimmt”, stimmte Cora zu und begann Sophias Gesichtszüge mit einem Pulver zu bestäuben, das ihren natürlich blassen Teint in etwas Leuchtendes und Makelloses verwandelte. “Und während sie das tut, kann sie mir erzählen, wie die Dinge mit einem bestimmten Prinzen laufen.”

“Wunderbar”, sagte Sophia, unfähig sich selbst zu helfen. “Er ist … perfekt, Cora.”

Cora bürstete ihre Lippen mit einem Hauch von Rouge. “Er ist nicht der Mann, den ich vorgeschlagen habe.”

War sie wütend deswegen? Nein, erkannte Sophia mit einem Blick auf die Gedanken ihrer neuen Freundinnen, sie war besorgt. Besorgt, über all die Dinge, die falsch laufen könnten, da Sophia sich einen Prinzen ausgesucht hatte, anstatt eines langweiligen, kleinen Adligen.

“Ich habe das nicht geplant”, sagte Sophia. Sie wollte, dass Cora das verstand. Sie wollte nicht, dass sie glaubte, dass sie einfach beschlossen hatte, ihren Rat zu ignorieren.

“Es ist einfach … es macht es mehr gefährlich, wenn es falsch läuft”, sagte Cora. “Du weißt, dass Gerüchte im Palast schnell aufkommen, oder?”

Sophia hatte sich das gedacht, schon allein davon, wie viel Angelica über sie gehört hatte. “Was für Gerüchte?”

“Das du es geschafft hast Milady d’Angelica beiseitezuschieben, um das Herz des Prinzen zu erobern. Das du unglaublich schön und aus dem Nichts aufgetaucht bist. Dass du vor dem Krieg auf der anderen Seite des Flusses geflüchtet bist und du gefährliche Feinde dort hast. Ich schwöre dir, die Hälfte der Diener reden jetzt darüber, wie wunderschön du bist oder wie wunderbar du tanzt.

Sophia schüttelte dabei ihren Kopf. “Ich habe es gerade so beim Tanzen geschafft, nicht über meine Füße zu fallen.”

Das brachte die Dienerin zum Lachen. “Glaubst du, das bedeutet etwas? Die Menschen sehen nur, was sie sehen wollen.”

Das war natürlich der Grund, warum Sophia in der Lage gewesen war, überhaupt erfolgreich zu sein. Der ganze Grund warum sie einen Platz am Hof finden konnte, war, weil die Menschen das mysteriöse Mädchen vor dem Konflikt fliehend sehen wollten, anstelle der Realität.

“Es ist nur …”, begann Cora. “Sei einfach vorsichtig. Es gibt bereits Menschen, die herausfinden wollen, wer genau du bist. Ich habe gehört, dass Milady d’Angelica Fragen stellt und sie ist nicht die Einzige. Die Reichen hassen es, wenn sie nicht alles wissen, was es zu wissen gibt.”

Sophia konnte das verstehen. “Ich werde versuchen vorsichtig zu sein.”

Sie ging und vermutete, dass sie noch besser aussah, als beim Ball. Es war schwer zu glauben, dass sie im Palast herumspazierte, ohne dass jemand sie infrage stellte.

Vielleicht lag es an ihrer Verwunderung darüber, dass sie den Gedanken um sich herum nicht so viel Aufmerksamkeit schenkte, wie sie tun sollte oder vielleicht hatte sie sich an den Gedanken gewöhnt, dass niemand sie stören würde, wenn sie an ihnen vorbeiging.

So oder so, sie bog um eine Ecke und erstarrte, als sie plötzlich Rupert gegenüberstand, dem Erben des Königreiches und Sebastians älterer Bruder.

Er war nicht so strahlend gekleidet wie für die Party, aber nahe dran. Es gab viel Goldbrokat auf einem roten Samt-Outfit, durchsetzt mit cremefarbener Seide. Wie Sebastian war er ein gut aussehender junger Mann, wenn auch mit Selbstvertrauen oder sogar Arroganz und mit einer Haltung, die sagte, dass Prinz Rupert sich dessen bewusst war. Sophia sah, wie seine Augen über sie glitten, in einer Kombination von Überraschung, Amüsiertheit und ... Bewunderung.

„Ihre Hoheit“, sagte Sophia mit einem hastigen Knicks. Sie musste sich an die Etikette erinnern, auch wenn sie genau sehen konnte, was für eine Person Rupert war.

“Und Sie sind Sophia, oder?” Er machte sich nicht die Mühe, die Lüge zu verwenden, die ihr Nachname war. Bei jedem anderen hätte Sophia es als Freundlichkeit aufgenommen. Bei ihm konnte sie sehen, dass er einfach nicht das Bedürfnis verspürte, sich auch nur so viel Respekt zu leisten. Sie war einfach nur ein weiteres Mädchen unter vielen, sogar wenn sie mit seinem Bruder zusammen war.

„Ja, Ihre Hoheit“, sagte Sophia. „Sophia von Meinhalt.“

Er nahm ihre Hand und zog sie aus ihrem Knicks heraus, mit allem Anmut, den Sophia von einem Kronprinzen erwartet hätte. Er ließ ihre Hand nicht los, hielt sie auf eine Art, die vielleicht höflich und romantisch für alle schien, die es sahen, die sich aber in Wirklichkeit für Sophia anfühlte, als wenn er sie festhielt, sie beanspruchte, wie ein Mann der den Arm eines Diebes griff.

“Ich habe Sie gestern auf dem Ball gesehen”, sagte er. “Sie haben mit meinem Bruder getanzt. Sie hätten zu mir kommen sollen. Wir hätten tanzen können.”

Ein Blick auf seine Gedanken sagten Sophia, das Tanzen nicht in seinen Gedanken war.

“Sie schienen gut beschäftigt mit anderen Partnerinnen”, sagte Sophia mit einem empfindlichen Lachen.

Rupert sah ihr direkt in die Augen. “Ich bin jetzt nicht mehr beschäftigt und ich würde gerne genau herausfinden, was Sebastian so an Ihnen gefesselt hat. Vielleicht können wir irgendwo hingehen.”

Sophia musste nicht fragen, was er beabsichtigte zu tun, sobald sie dort ankamen. Sie konnte es in seinen Gedanken so klar sehen, als wenn jemand es gemalt hätte. Sie war dankbar für das Puder, das Cora ihr ins Gesicht gepudert hatte, denn es versteckte, dass sie rot wurde.

“Ihre Hoheit, ich kann nicht. Ihr Bruder –“

“Ist nicht hier”, unterbrach Rupert.

Sie ist nur eine Hure. Warum macht es ihr etwas aus?

“Ihre Hoheit”, begann Sophia und versuchte einen Weg zu finden, hier rauszukommen, ohne den Thronfolger zu beleidigen. Sie konnte sehen, wie Prinz Rupert sie sah: als etwas das er benutzen wollte, weil sein Bruder es getan hatte. Als ein Preis den er beanspruchte, einfach weil er der Ältere war. Er fand sie wunderschön, aber Sophia bezweifelte, dass er sie als echte Person sah.

“Ich bin mir sicher, Sie finden meinen Bruder süß und einfühlsam”, sagte Rupert. Erneut fing Sophia Bilder von ihm auf, die sie dazu brachten, sich zurückzuziehen zu wollen. “Und langweilig. Ich glaube, Sie und ich werden nicht so langweilig sein, wenn wir –“

“Sophia?”

Sophia war noch nie so dankbar für etwas gewesen, als für das Geräusch von Sebastians Stimme in dem Moment. Sie schaffte es, sich von Ruperts Griff zu befreien, als er um die Ecke kam, und eilte ihm entgegen.

“Sebastian”, sagte sie mit Freude, die davon kam, dass sie nicht mehr von Rupert festgehalten wurde und die noch zur Freude Sebastian zu sehen hinzukam. “Du bist wieder da! Ich hoffe, dein Tag war gut?”

“Wie ich meinen Bruder kenne”, sagte Rupert, als wenn nichts passiert wäre, “hat er sich die ganze Zeit zu Tode gelangweilt. Sebastian, Mutter möchte, dass wir mit ihr in einer Stunde zu Abend essen. Nimm Sophia mit. Ich bin mir sicher, dass Mutter sie lieben wird. Sie scheint entzückend zu sein.”

Sophia bekam noch einen letzten Einblick in die Dinge, die er über sie dachte, ehe er ging. Es war genug für sie, um sich an Sebastians Arm zu hängen und zu wünschen, dass sie die Dinge die sie gesehen hatte, aus ihrem Gedächtnis verbannen konnte.

“Ich bin froh, dass du hier bist”, sagte Sophia und lehnte sich an ihn.

“Ich hoffe, Rupert war nicht zu überwältigend”, antwortete Sebastian. Sophia nahm die Sorge bei dem Satz wahr. Es gab Mädchen vor Sophia, die Rupert Sebastian entrissen hatte, wenn sie erkannt hatten, dass er derjenige war, der extravaganter war. Das sie jetzt nicht hier waren, sagte nur, wie schnell er sie wieder vergaß.

“Nein, das ist in Ordnung.”

Ein Teil von ihr wollte Sebastian genau erzählen, was passiert war, aber was konnte sie schon sagen?

Das sie Ruperts Gedanken gelesen hatte und wusste, was er wollte?

“Wir haben noch ein wenig Zeit vor dem Abendessen”, sagte Sebastian. “Möchtest du gerne einen Spaziergang um das Labyrinth machen?”

Sophia nickte. Alles, solange es draußen war und mit Sebastian. Sie ging mit ihm in den Garten, wo Lampen Blumen beleuchteten, die sich im Dunklen geöffnet hatten, blass und silbrig.

“Das sind Mitternachtsorchideen”, sagte Sebastian, der offensichtlich Sophias Starren bemerkt hatte. “Sie öffnen sich, um die Motten anzulocken, die im Tageslicht nicht herauskommen, so müssen sie nicht um die Aufmerksamkeit von Schmetterlingen mit anderen Blumen kämpfen.”

“Sie spüren, dass sie keine Schmetterlinge anziehen können?”, fragte Sophia. “Aber sie sind wunderschön.”

Sebastian berührte ihren Arm und der Kontakt war ausreichend genug, um eine Gänsehaut auf Sophias Haut zu senden.

“Manchmal kommen die schönsten Dinge zu unerwarteten Zeiten.”

Sie gingen weiter in das Labyrinth hinein. Sophia bekam das Gefühl, dass Sebastian den Weg dort kannte, den er bog mit Selbstvertrauen um die Ecken, auch wenn sie keinen Sinn darin fand.

“Das scheint wie ein Ort, an dem man sich ganz gut verlaufen kann”, sagte Sophia. “Kommst du deswegen so gerne hier her?”

“Teilweise ja”, sagte Sebastian. “Aber es heißt auch, dass wir ein wenig Privatsphäre haben.”

Sophia nutzte das aus und lehnte sich zu ihm herüber, um ihn zu küssen. Sie konnte kaum glauben, dass sie frei war, das einfach mit Sebastian zu tun. Das und fast alles, was sie wollte. Noch mehr, sie konnte nicht glauben, dass sie so jemanden wie ihn gefunden hatte.

Sie hatte es aber und Sophia hielt ihn nahe bei sich, als sie durch das Labyrinth gingen.

“Es gibt eine Sonnenuhr in der Mitte”, sagte Sebastian. “Und eine Pergola mit einer Liege darin.”

“Das gefällt mir”, sagte Sophia mit einem Lächeln. Ein Ort, an dem sie zusammensitzen konnten.

Potenziell ein Ort für sie, wo sie mehr als nur sitzen konnten. Sophia hatte noch nie so viel für jemanden gefühlt.”Solange du den Weg kennst.”

“Das tue ich.”

Sie gingen weiter an den engmaschigen Ausdehnungen des formalen Labyrinths vorbei. Es war beruhigend zu wissen, dass er den Weg hier raus wusste, aber selbst wenn, sie fand sich selbst in Erinnerungen gefangen: wie sie lange, enge Korridore herabgelaufen war, laufend, versteckend, hoffend, dass sie niemand fand. Von Flammen, an den Ecken von Dingen leckend, sodass sie die Hitze fühlen und die Bitterkeit des Rauches schmecken konnte. Wie sie ihrer Schwester sagte ruhig zu sein, denn das kleinste Geräusch könnte –

„Sophia?“, fragte Sebastian in sanftem Ton.

Sophia kam wieder zu sich, schaute ihn an und legte ihre Arme um ihn. „Tut mir leid, ich war einen Moment nicht bei mir.“

„Geht es dir gut?“, fragte Sebastian. „Wenn es dir nicht gut geht, kann ich meine Mutter vielleicht überreden, dass es okay ist, wenn du nicht zum Abendessen kommst.“

Sophia konnte sehen, dass das dennoch keine Option war. Was die Witwe wollte, so schien es, bekam die Witwe auch.

„Nein, das ist in Ordnung“, sagte sie. “Ich möchte die Dinge mit deiner Mutter nicht erschweren.”

Und trotzdem hatte sie das flaue Gefühl, dass die Dinge mit seiner Mutter sowieso sehr schwierig sein würden.

***

Sophia stand mit Sebastian vor den Türen eines kleinen Esszimmers und wartete darauf, dass sein Diener sie ankündigte. Sie versuchte so gut wie möglich, sich ihre Nervosität nicht anmerken zu lassen, aber ihre zitternde Hand in seiner sagte das Gegenteil.

“Es ist alles in Ordnung”, sagte Sebastian. “Meine Mutter ist kein Monster.”

Das war leichter für ihn zu sagen, als für sie zu glauben. Die Witwe hatte das Königreich eigenständig geführt, seit ihr Mann gestorben war, sie hatte es geschafft, nicht von der Vereinigung der Reichen oder der Kirche der maskierten Göttin überwältigt zu werden. Sie hatte Parzellen und wirtschaftliche Probleme durchgestanden, Überseekriege und Drohungen der Rebellion in den nahen Kolonien. Wenn sie ihr gegenüberstand, so war sich Sophia sicher, würde sie ihre Enttäuschung sofort zeigen.

“Prinz Sebastian und Sophia von Meinhalt”, gab ein Diener bekannt und öffnete die Tür zum Esszimmer, das recht klein für den Standard des Palastes schien. Das sollte heißen, dass es kleiner, als ein ganzes Gebäude irgendwo anders war.

Es gab einen Tisch und ungefähr ein halbes Dutzend Menschen saßen darum herum, alle in einer Art Hofpracht gekleidet, die dennoch einen Schritt weniger förmlich war, als es für ein offizielles Bankett hätte sein können. Sophia erkannte Prinz Rupert, aber niemand von den anderen.

Sie fand sich selbst in einer verblüffenden Runde von Vorstellungen wieder, die offensichtlich dazu da war, um es ihr leichter zu machen, was ihr aber nur einmal mehr vor Augen führte, wie sehr sie keine Ahnung von alldem hatte.

Eine Frau in silbergrauem Schleier wurde als Justina vorgestellt, die Hohepriesterin der maskierten Göttin. Ein Mann mit Koteletten und ergrauendem Haar war ein Admiral. Die anderen waren eine Baroness, eine Grafschaftspräsidentin und die Frau des Präsidenten. Es schien keinen besonderen Grund für diese Sammlung an Gästen zu geben, außer es war das, was die Witwe wollte.

Vielleicht waren dies Freunde aus ihrer Jugend oder Menschen zu ihren Gunsten, die zufällig zu Besuch waren.

Das Einzige, dass Sophia noch nervöser machte, war, als die Witwe selbst hereinkam.

Die Witwe Queen Mary des Haus Flamberg war keine große Frau und das Alter hatte seine Spuren in ihrem Haar und Blässe hinterlassen, aber es gab eine eisige Härte an ihrer Haltung, die sagte, dass sie nichts umhauen würde. Sie trug seit dem Tod ihres Mannes Trauerkleidung. Sie stand am Kopf des Tisches und machte eine Geste zu den anderen.

"Setzten Sie sich", sagte sie.

Sophia tat wie geheißen und hoffte, dass die Anwesenheit der anderen es ihr möglich machte, sich ein wenig zu verstecken, sie war nur ein weiterer Gast unter all den anderen hier. Als die Diener Taube und Moorhuhn brachten, fühlte Sophia diese stahlartigen Augen auf sich ruhen.

"Sebastian, du musst mir deinen Gast vorstellen, Liebling."

"Sicherlich Mutter. Das ist Sophia von Meinhalt. Sophia das ist meine Mutter, Mary von Flamberg.

"Ihre Majestät", sagte Sophia und knickste so gut sie konnte.

"Ah, Meinhalt", sagte die Witwe. "So eine traurige Sache. Sagen Sie mir, was ist Ihre Meinung über die Kriege die den Kontinent befallen?"

Sophia konnte genug von ihren Gedanken sehen, um zu wissen, dass das ein Test war, aber nicht genug, um zu wissen, was die Antwort sein könnte. Am Ende griff sie nach der Antwort von Sebastians Gedanken, hoffend, dass er seine Mutter gut genug kannte, dass das eine gute Wahl war.

"Meine Sorge ist, dass sie nicht nur dort bleiben."

"Eine Sorge, die wir sicherlich alle haben", antwortete die Witwe. Sophia konnte nicht sagen, ob sie den Test der älteren Frau bestanden hatte oder nicht. "Obwohl es scheint, dass mein Sohn dankbar ist, dass zumindest *einige* Dinge über den Knife See gekommen sind. Sie müssen uns etwas über sich erzählen."

Sophia gab sich große Mühe den Mangel an Wissen als Bescheidenheit oder Zurückhaltung zu verbergen. "Ich bin hier hergekommen, ehe die Stadt gefallen ist, Ihre Majestät. Ich glaube, da habe ich Glück gehabt."

"Die Göttin gibt ihre Geschenke", murmelte die Hohepriesterin.

"Tatsächlich", sagte die Witwe. "Obwohl ich meine mich zu erinnern, dass Sie gesagt haben sie gibt uns schwere Geschenke, sowie manchmal auch angenehme, Justina."

Mehr Fragen folgten. War sie gerne auf dem See im Winter dort eisgelaufen? Was hielt sie von den verschiedenen Ansichten des Krieges? Sophia gab sich Mühe, aber ihr Talent konnte ihr nur bis zu einem bestimmten Maße helfen und nur so weit sie etwas über Meinhalt wusste. Sie hätte mehr Zeit damit verbringen sollen, etwas darüber in der Bücherei zu lesen. Am Ende tat sie das Einzige was sie konnte und suchte nach Ablenkung.

"Admiral, ich wollte immer wissen wie es ist eine ganze Navy Bewegungen im Auge zu behalten. Wie schaffen Sie das alles?"

"Karten, meine Liebe", sagte er. "Meistens Karten."

Er hatte das wohl als Witz beabsichtigt, also lachte Sophia mit ihm. Er begann eine Diskussion über die verschiedenen Methoden, wie man Seekarten kombiniert. Prinz Rupert unterbrach, behauptete, dass wahrscheinlich niemand darüber etwas wissen wollte, und begann stattdessen übers Jagen zu reden. Sophia machte das nichts aus, solange sie die Diskussion von sich fernhalten konnte.

Die Augen der anderen lagen nicht auf ihr, meistens zumindest, aber es gab Ausnahmen. Die Hohepriesterin warf ihr von Zeit zu Zeit einen merkwürdigen Blick zu und Sophia traute sich nicht ihre Gedanken zu lesen, um diese zu interpretieren. Sebastian schien zu schauen, wann immer Sophia ihn anschaute, sein Ausdruck war sanft mit Liebe oder hoffnungsvoll oder er wollte sichergehen, dass es ihr gut ging. Rupert schaute sie mehr als einmal mit einem hungrigen Blick an, der sagte, dass das was vorhin zwischen ihnen passiert war, noch nicht erledigt war. Das war genug, um Sophia näher an Sebastian rücken und ihn nicht gehen zu lassen.

Und die Witwe betrachtete sie als ebenbürtig, als wenn sie versuchte klug aus Sophia zu werden oder in ihr Herz zu starren. Es gab etwas Unveränderliches, garantiert nichts Blinzelndes an dem Blick. Das machte ihr mehr Sorgen als der ganze Rest. Sie fühlte sich wie ein Exemplar, das zur Untersuchung unter Glas aufbewahrt wurde. In dem Moment fühlte sie sich wie eine Betrügerin und jeder Blick, jedes unangebrachte Wort, ließen sie es nur noch mehr fühlen. Wie lange konnte sie diese Täuschung aufrechterhalten?

Irgendwie schaffte sie es durch das Abendessen, tauschte höfliche Gespräche mit den anderen aus, während sie aßen, was wie ein ganzes Festessen aus sah. Sophia aß sparsam, und als die Zeit zum Gehen kam, war sie nur zu dankbar, dass sie aufstehen und gehen konnten.

Natürlich gab es immer noch die Verabschiedungen, einer nach dem anderen und Sophia fand sich Hände schüttelnd mit den anderen Gästen wieder, murmelte Verabschiedungen und Kommentare darüber, wie sehr sie den Abend genossen hatte. Sogar Ruperts Berührungen dauerten nicht länger als eine Sekunde oder länger als sie hätten sein sollen.

Die Witwe lächelte, als Sophia einen Knicks machen wollte, und nahm stattdessen ihre Hand.

"Es ist schön zu sehen, dass mein Sohn so ein angenehmes, intelligentes Mädchen gefunden hat, mit dem er seine Zeit verbringt", sagte sie und Sophia wäre unter anderen Umständen mit dem Kompliment zufrieden gewesen, aber sie konnte die Worte dahinter fühlen.

Ich werde herausfinden, wer das Mädchen ist. Die Frau für meinen Sohn muss passend sein und Mädchen erscheinen nicht einfach so auf der Bildfläche.

Sophia widerstand dem Drang, aus dem Zimmer zu rennen. Sie war dankbar, als Sebastian ihren Arm nahm und sie wegführte.

"Das ist besser gelaufen, als ich erwartet habe", sagte er als sie gingen. "Ich glaube, meine Mutter mag dich."

Sophia lächelte zurück. "Ich hoffe doch."

Sie hoffte es, aber sie glaubte es nicht. Sie konnte spüren, wie die Pläne unter ihr sich auflösten, wie sie unter dem Gewicht des Argwohns der Witwe zerrissen. In dem Moment wollte Sophia nichts weiter, als weglaufen und nie wieder zurückkommen.

Nein. Sie konnte nicht einfach vor all dem wegrennen. Nicht jetzt, nach allem, was sie durchgemacht hatte, nachdem sie so hart gearbeitet hatte, an diesen Punkt zu gelangen, so viele Risiken auf sich genommen hatte.

Und nachdem sie sich in Sebastian verliebt hatte.

So sehr sie auch wollte, sie konnte nicht einfach wegrennen.

Dann erkannte sie plötzlich, was sie tun musste: sie musste mit ihrer Schwester Kate sprechen. Kate war praktisch. Kate würde einen Plan haben und wahrscheinlich einen Weg aus diesem ganzen Chaos wissen.

Sie würde auf die Straßen gehen und tun, was immer nötig war, um sie zu finden.

Kate, schickte sie. *Ich komme.*

KAPITEL ACHTZEHN

Kate konnte die Aufregung in sich spüren, als sie mit Will in Richtung der Außenbezirke von Ashton lief. Da, die Häuser machten Platz für noch mehr offene Fläche und Kate konnte das Grün der Wahlbezirke sehen, flach und offen und frei.

Eines Tages würde sie in die offene Fläche hinausgehen, aber nicht heute Morgen. An diesem Morgen war Kate mehr am Ort am Rande der Stadt interessiert, wo die grauen und blauen Fahnen von Wills Regiment standen.

"Bist du sicher, dass du meine Kompanie sehen willst?", fragte Will. Er schien überrascht von dem Gedanken, dass Kate irgendetwas davon interessant finden würde. "Es gibt Hunderte von anderen Dingen, die wir heute tun könnten."

Kate erwischte einen kurzen Einblick in seine Gedanken. Sie konnten ins Theater gehen oder zu einer der grünen Flächen in der Nähe der Stadt gehen. Sie konnten in einer der Tavernen essen gehen oder zu einem Ort gehen, wo Will einen Fiedler kannte, der spielen würde und die Menschen würden tanzen. All das hörte sich gut an, aber das war nicht, was Kate wollte.

"Ich will sehen, wie es aussieht", sagte Kate. "Wie soll ich die besten Waffen machen, wenn ich nichts über die Art weiß, wie Menschen sie nutzen werden?"

Das war ein gutes Argument, aber es war nicht die ganze Wahrheit. Die Wahrheit war, dass etwas, an dem Gedanken an eine der freien Kompanien die da waren, Kate vor Neugierde platzen ließen. Es gab Männer, die die Welt bereisten, Feinde bekämpften und exotische Orte besuchten. Sie wollte alles darüber wissen. Sie wollte es selbst sehen.

Sogar Will schien ein wenig nervös zu werden, als sie näherkamen und Kate konnte sehen, dass er sich Sorgen machte, was passierte, wenn sie dort auftauchten und wie die anderen Mitglieder seines Regimes auf Kate reagieren würden. Kate war entschlossen, das nicht an sich ranzulassen. Sie wollte das.

Sie erreichten endlich den Platz, wo das Regiment ihr Camp hatte, Zelte standen in ordentlichen Vierecken, für die Mitglieder, die keine Familie in der Stadt hatten, wo sie bleiben konnten oder für diejenigen, denen man nicht vertrauen konnte, dass sie auch zurückkamen. Kate nahm an, dass ein Teil davon dazu da war, die Soldaten am Rande der Stadt zu halten, sodass sie nicht zu viel Schaden anrichten.

Es gab Männer, die trainierten und arbeiteten, in der Hitze des Tages herumsaßen oder untereinander spielten. Kate sah neue Rekruten ohne so etwas wie Uniformen, die an einer Formation arbeiteten, während der Sergeant ihnen Befehle zuschrie. Es gab mehr erfahrene Männer, die an Schwertkämpfen und Bogenschießen, Musketenübungen und Ringen arbeiteten.

Es gab auch eine Schneide. Kate schnappte Sorgen auf, über den möglichen Krieg, die Männer trainierten noch härter, weil sie bereit sein wollten, falls die Gewalt kam. Zwei Männer, die mit stumpfen Stählen herumsprangen, schienen sich mit der Gewalt ihrer Bemühungen gegenseitig blaue Flecken zu hinterlassen.

„Ich weiß, das ist nicht viel“, sagte Will, „und es ist alle ein bisschen rau im Moment, aber –„

„Es ist perfekt“, sagte Kate.

Sie machte sich auf den Weg zum Lager, wo Schwerter und Piken, Armbrüste und Donnerbüchsen in ordentlichen Stapeln standen. Formen für Schrot standen neben Schärfsteinen für Messer und Hellebarden. Ein kahlköpfiger Quartiermeister sah sie argwöhnisch an, bis er sah, dass Will bei ihr war, dann ließ er sie sich zwischen den Waffen hindurchbewegen und die Arbeit bewundern.

„Suchst du nach Fehlern in den Klingen?“, fragte er, obwohl es offensichtlich war, dass er nicht daran glaubte, dass Kate eine Ahnung hatte, wo sie beginnen sollte.

“Naja die Kanten dieser Messerspitzen könnten ein wenig Arbeit gebrauchen”, sagte Kate, “und ich glaube, diese Axt hat sich ein wenig an den Kanten verzogen, als sie ausgehärtet ist.”

Jetzt sah sie der Quartiermeister überrascht an, was Kate ein wenig beleidigend empfand.

“Kate hat von meinem Vater gelernt, seit dem ich weg bin”, erklärte Will.

“Warum sollte ich mich nicht mit Schwertern auskennen?”, fragte Kate herausfordernd.

Sie lief weiter im Camp herum, nahm alles in sich auf, was dort passierte, von dem Eifer der Rekruten die daran arbeiteten, die Fähigkeiten des Kriegshandwerks von den vorsichtigen, energiesparenden Bewegungen der Veteranen zu lernen.

In dem Moment wusste Kate, dass dies noch näher an dem Leben war, das sie wollte, als die Schmiede. In der Schmiede machte sie Waffen und lernte darüber, aber diese Männer nutzten sie. Sie hatten ein Leben, bei dem sie reisten und kämpften, zusammenarbeiteten und von der Weltlichkeit der Stadt wegkamen.

Noch mehr, wenn es irgendeinen Weg gab, der Kate näher an Rache brachte, war es dieser.

“Würdest du gerne sparren?”, fragte Kate Will und nahm zwei der Holzübungsklingen auf.

Sie waren schwerer, als das, was sie entworfen hatte, der Eichengriff fühlte sich rau in ihrer Hand an.

“Bist du sicher?”, fragte er.

Als Antwort warf Kate ihm eins zu. Will fing es und brachte es in eine Schutzstellung. Kate machte ihm nach. Er schlug vorsichtig nach ihr und sie wehrte es ab und stieß ihn zurück. Sie gingen vor und zurück und Kate spürte, dass sie den Rhythmus fand, wehrte diese Schläge ab, die zu nahe an sie herankamen, während sie ihre eigene Schläge zurückschwang, damit Will parierte. Die Schwerter waren schwer, aber Kate schaffte es ihrs in Richtung der Angriffe zu halten, die in ihre Richtung kamen.

“Versucht du sie für die Teilnahme der Kompanie zu trainieren, Will?”, rief ein älterer Mann zu ihnen herüber. “Oder willst du sie nur beeindrucken?”

Kate machte einen Schritt zurück und fragte sich, wie das wohl wäre. Sie und Will könnten zusammen reisen, Seite an Seite kämpfen, an Orte reisen, von denen Kate noch nie etwas gehört hatte.

“Vielleicht will ich beitreten”, sagte Kate und legte ihre Fäuste an ihre Hüfte.

Der Veteran lachte, als wenn das der beste Witz wäre, den er den ganzen Tag gehört hatte.

“Du willst mitmachen? Oh, das ein guter Witz. Du hättest sie eher herbringen sollen Will. Wir können immer was Gutes zum Lachen gebrauchen.”

Kate spürte, wie ihre Hand sich um den Griff des Holzschwertes zog.

“Ich meine das ernst”, sagte sie.

“Habt ihr das gehört, Männer?”, rief der Veteran und es hörte sich immer noch so an, als wenn er einen guten Witz weiter erzählte. “Sie meint das ernst. Sie will Lord Cranstons Männern beitreten!”

Daraufhin folgte noch mehr Gelächter aus dem Camp und jetzt bildete sich ein Kreis Männer um Kate und Will. Sie hatten offensichtlich entschieden, dass es hier Unterhaltung gab.

Kate konnte die Sorge von Will bei alldem fühlen. Er wollte direkt weg. Er wollte Kate zurück zur Schmiede bringen, ehe noch etwas passierte. Kate stand stattdessen weiterhin da und sah sie an.

"Warum *sollte ich nicht* beitreten", forderte Kate. "Wenn ihr alle so besorgt seid, dass der Krieg kommt, braucht ihr dann nicht jeden, den ihr bekommen könnt?"

"Jeden *Mann*, den wir kriegen können", sagte der Veteran. "Das Regiment ist kein Ort für Mädchen. Besonders nicht die, die kaum alt genug sind, um sich von ihrer Mutter zu trennen."

Kate konnte fühlen, wie sich ihr Ausdruck verhärtete, während ihre Wut stieg. "Seien Sie ruhig. Sie wissen nichts über meine Mutter."

Sie sah, wie der Veteran mit der Schulter zuckte. "Oh, willst du es mit mir aufnehmen?" Mit deinem Holzschwert herumtänzeln, als wenn du eine Ahnung hast, was man damit macht? Will war noch nett zu dir, Mädchen. Willst du wissen, wie sich ein echter Kampf anfühlt?"

Kate konnte spüren, wie sie jetzt wütend wurde. "Ich weiß, wie ein Kampf sich anfühlt."

Sie bekam weiteres Gelächter von den versammelten Männern und es steckte ein wenig Grausamkeit dahinter. Kate erhaschte Gedanken an Kämpfe, von Momenten, in denen Männern sie mit Klingen bedroht hatten. Sie nahmen sie nicht ernst. Sogar Will sah eher danach aus, als wenn er Kate hier weghaben wollte, anstatt sie zu unterstützen.

"Ich glaube nicht, dass du das weißt", sagte der Veteran. Er gestikulierte in Richtung einer der jüngeren Rekruten, ein Junge, der mehr Fett als Muskeln hatte und auch größer als Kate war. "Du, komm raus mit einem Übungsschwert. Zeig dem kleinen Mädchen mal, warum sie nicht für den Krieg geeignet ist."

Der Junge kam nach vorne und sah nervös aus, als er ein Holzschwert nahm. Auch als er vor Kate stand, seinen Griff anpasste, während er seine Waffe hochob, als wenn er versuchte, sich zu erinnern, was er tun musste.

"Das ist keine gute Idee", sagte Will. "Warum sollen wir nicht einfach –"

"Du hast sie hier hergebracht", sagte der Veteran. "Jetzt erinner dich, wo du in dieser Firma stehst und geh zur Seite. Wenn das Mädchen kämpfen will, soll sie kämpfen."

Kate legte eine Hand auf Wills Schulter. "Das ist in Ordnung, Will."

Sie ging nach vorne, um ihrem Gegner in die Augen zu sehen, hob ihre Waffe hoch, auf die Art, wie bei ihrer Übung mit Will. Die

Männer um sie herum lachten oder machten Witzen untereinander oder machten Wetten darüber, wie lange sie wohl durchhalten würde.

"Die Kämpfe gehen so lange, bis einer von euch nachgibt", sagte der Veteran. "Du willst einer von uns sein Mädchen? Dann zeig uns, dass du nicht schwach bist. Los gehts!"

Ihre Fähigkeit gab ihr einige Warnungen über die ersten Angriffe, ließen sie zurück außer Reichweite zucken, sodass sie nur die Luft durchschnitten. Aber ihre Fähigkeiten waren kein perfekter Ratgeber und Kate musste sich dennoch auf ihre Reflexe und ihre Reaktionen verlassen, parierte instinktiv und versuchte ihr Schwert dem entgegenzustellen.

Als sie das tat, riss der Aufprall ihren Arm herunter. Der Rekrut, dem sie sich gegenübersah, musste vielleicht Gewicht verlieren, aber er schlug trotzdem mit aller Kraft, die seine Größe ihm gab. Kates Schwert zuckte mit jedem Schlag und sie wusste, dass dieser Junge ihr weh tun wollte. Er wollte den Männern beweisen, dass er einer von ihnen war; dass er dieselbe Stärke hatte, dieselbe Rücksichtslosigkeit. Kate gab unter seinen Angriffen nach.

Kate konnte sehen, wie sehr Will sich zurückgehalten hatte, als er mit ihr gekämpft hatte. Da war keiner von diesen unermüdlichen Einschlägen oder dieses Level an Aggression hinter den Schlägen gewesen.

Trotzdem presste Kate ihre Zähne zusammen, und versuchte zurückzukämpfen. Sie dachte, dass sie zumindest schneller als der Junge wäre, obwohl das Gewicht der Übungsklinge sogar das schwierig machte.

Kate schnitt und stieß, nur um herauszufinden, dass ihre Schläge mit genauso viel Gewalt blockiert wurden, wie in den vorherigen Angriffen des Jungen. Kate machte einen Schritt zurück, versuchte zu denken, herauszufinden, ob sie es schaffen könnte, an den Paraden des Jungen vorbeizukommen oder vielleicht einfach mit ihrer schmaleren Größe und Bewegungsfähigkeit, um ihn herumzugleiten konnte.

"Steh da nicht rum", schrie der Veteran. "Greif sie an! Mach sie fertig!"

Kate wollte sich darüber beschweren, dass der Junge von der Seite gecoacht wurde, aber da war keine Zeit zu. Der Junge griff sie an, drängte, presste seine Klinge gegen ihre, während er sich näher an sie herandrückte. So war kein Platz für Kate ihre Geschwindigkeit zu nutzen, während er seine volle Größe und Stärke zum Ausdruck bringen konnte.

Er schlug mit dem Griff des hölzernen Trainingsschwerts, der abgerundete Korb davon erwischte Kate am Kiefer. Sie spürte das Klatschen des Holzes mit einem dumpfen Knall den Knochen treffen und für einen Moment schien die Welt sich zu drehen. Der Junge schlug sie wieder und sie fiel auf ein Knie.

"Hör nicht auf", rief der Veteran. "Wenn ein Feind am Boden liegt, machst du ihn fertig."

Kate versuchte ihr Schwert zu heben, um den nächsten Schlag abzuwehren, aber der Einschlag davon war genug, um ihr die Waffe dieses Mal aus der Hand zu schlagen und sie in hohem Bogen auf das schlammige Gras zu werfen. Der Junge schlug sie einmal und dann noch einmal mit der Holzklinge. Er hielt sich nicht zurück, als wenn er damit Schwäche vor den anderen zeigen würde, wenn er es nicht tat. Stattdessen wurde sein Gesicht rot vor lauter Mühe, das Schwert zu schwingen, als wenn die Tatsache, das Kate immer noch da war, ihn nur noch wütender machte.

Kate war schon vorher geschlagen worden. Sie wusste, dass die Kunst dabei war, die Schläge abzufangen, niemals Schmerz zu zeigen, einfach nur zu akzeptieren, was man nicht ändern konnte. Sie konnte dennoch nicht nachgeben. Stattdessen warf sie sich nach vorne, versuchte den Jungen anzugreifen und den Kampf aufrechtzuerhalten.

Der Griff des Holzschwerts strich wieder über ihren Kiefer und sie fiel mit der ganzen Länge ins Gras. Der Junge zog das Schwert über ihre Schultern, dann ihren Rücken offensichtlich entschlossen, nicht aufzuhören, bis ihm das befohlen wurde.

Und dann war Will plötzlich da, riss ihm die Klinge ganz einfach aus der Hand. Kate nahm an, dass sie dankbar sein sollte, das er eingriff, aber in dem Moment fühlte es sich eher wie eine Demonstration für sie an, wie unfähig der Gegner war, der sie gerade geschlagen hatte. Will kam um ihr aufzuhelfen, aber Kate winkte seine Hilfe ab und stellte sich selbst wieder auf die Beine.

"Ich kann das schon", sagte sie.

"Was du nicht alles kannst", keifte der Veteran von der Seite. "Will, schaff dieses Mädchen aus dem Camp. Ich will sie nicht wieder sehen. Der einzige Ort für Frauen in der Armee ist als Frau und als Hure."

Kate wollte ihm ins Gesicht spucken, aber sie nahm an, dass würde ihr nur noch mehr Schläge einbringen und sie konnte kaum noch stehen von denen, die sie bekommen hatte. Dieses Mal ließ sie Will gewähren, als er ihren Arm nahm.

"Na los", sagte Will, "wir müssen hier raus, ehe die sich noch für etwas Schlimmeres entscheiden."

Kate nickte, ließ sich von ihm vom Übungsfeld helfen. Sie hatte sich noch nie so erniedrigt gefühlt wie jetzt. Sie hatte gedacht, dass sie kämpfen konnte, aber ein großer Junge hatte ausgereicht, um sie fertigzumachen.

Sie hätte seinen Namen auf die Liste gesetzt, von denen, die sie fertigmachen wollte, aber das war ein Problem an sich.

Wie konnte sie jemals auf Rache hoffen, wenn sie nicht einmal einen Kampf auf einem Übungsfeld gewinnen konnte?

Wie könnte sie das schaffen, wenn sie so schwach und so hilflos war?

KAPITEL NEUNZEHN

Sophia fühlte sich merkwürdig dabei, aus dem Schloss zu schlüpfen und in die Stadt zu gehen. Einer der Wächter an den Toren ging ihr hinterher und sie drehte sich um, starrte ihn an, wusste nicht, was er wollte.

Der Prinz kündigt uns den Posten, wenn irgendetwas passiert.

"Sie folgen mir, weil Sie glauben, das ist es, was Prinz Sebastian möchte?", fragte Sophia.

"Ja, meine Dame", antwortete der Wachmann.

Ein Teil von ihr wollte ihm sagen, dass das nichts war, was *sie* wollte, denn es gab Orte, wo sie heute hinmusste, die sie besser unbeobachtet aufsuchte. Sie tat es jedoch nicht, und nicht nur, weil es für eine Adlige verdächtig gewesen wäre, diesen Schutz abzulehnen.

Die Wahrheit war, dass Ashton ein gefährliches Pflaster *war*. Allein der Gedanke daran, dort hinzugehen, erfüllte Sophia mit einem Gefühl der Angst, vor all den Dingen, die passieren könnten. Sie hatte die dunkle Seite der Stadt in kurzer Zeit auf der Straße kennengelernt und noch schlimmer, sie wusste, dass es immer noch Jäger da draußen geben konnte.

"Sehr gut", sagte Sophia und versuchte zu überlegen, wie eine Adlige das sagen würde, "aber einiges davon ist … eine heikle Angelegenheit. Kann ich auf Ihre Diskretion zählen?"

"Natürlich meine Dame. Soll ich Ihre Tasche tragen?"

Sophia drückte den Ledersack fest an sich, den ihr ein Diener gebracht hatte. Der Inhalt könnte sie in Probleme bringen.

"Das ist schon in Ordnung", sagte sie. "Da ist ein Geschenk für Sebastian drin." Die Lüge kam ganz einfach. Es war das Einzige was Sophia einfiel, was sicherstellte, dass der Prinz nicht jedes Detail hören würde.

"Er wird nichts von mir hören", versprach der Wachmann.

Zuerst musste sie aber eine Nachricht senden.

Kate? Kannst du mich hören?

Sie bekam natürlich keine Antwort. Es war zu viel verlangt zu fragen, ob ihre Macht so reibungslos in der Stadt funktionieren würde wie in einem Raum. Trotzdem rief Sophia ein Bild von einem der Plätze unter dem Palast auf, in der Hoffnung, dass ihre Schwester es bekommen und kommen könnte.

Es war unmöglich zu wissen, ob Kate die Nachricht bekommen hatte, also machte sich Sophia an ihre *andere* Aufgaben in der Stadt. Sie fragte am Platz herum, war diskret, erwischte Gedanken, wo sie es brauchte, bis sie gefunden hatte, nach was sie suchte. Es war schwer, es mit der Anwesenheit des Wachmanns durchzuführen, der nur ein paar Schritte hinter ihr war, aber sie rechnete ihm an, dass er nichts kommentierte, oder versuchte sie davon abzubringen. Sie konnte in seinen Gedanken lesen warum.

Adlige machen komische Dinge. Das ist nicht mein Problem.

Als sie an der Pfandleihe ankam, gab Sophia sich Mühe, wie eine nervös aussehende, junge Adlige auszusehen. Das brauchte nicht viel Schauspielerei, nur ein paar Gedanken darüber, was passieren könnte, wenn die falschen Leute sie dort sahen. Es war schlimm genug, dass der Wachmann in der Nähe war und jeden ihrer Schritte beobachtete.

“Waren Sie hier auf mich”, befahl Sophia und ging in den Laden.

Drinnen betrachtete sie ein Mann in teurem Anzug, der offensichtlich schon mehrmals geflickt worden war, argwöhnisch.

“Was kann ich für Sie tun … meine Dame?”

“Es ist ein wenig heikel”, sagte Sophia.

“Diskretion ist meine Parole.”

“Ich bin ein wenig knapp bei Kasse seit dem letzten Ball und ich kann das Kleid offensichtlich nicht noch einmal tragen … wären Sie an so etwas interessiert?”

Es stellte sich heraus, dass er das war, obwohl er nicht einmal nahe dran war, bei dem was das Kleid wirklich wert waren. Trotzdem schien der kleine Haufen von Royals und Shillings, den er übergab, wie ein Vermögen zu sein. Zum ersten Mal erschien ihr der Diebstahl der Kleidung als das, was es war, denn jetzt konnte Sophia genau sehen, wie viel sie von Angelica und den anderen gestohlen hatte.

Trotzdem würde sie das Geld brauchen, wenn sie den Teil der adligen Sophia von Meinhalt spielen würde und sie konnte es sich nicht leisten, Kleider zu behalten, die vielleicht eines Tages wieder erkannt werden würden. Es war besser sicher zu sein und es loszuwerden.

Sie hatte das Geschäft gerade abgeschlossen, als sie durch das Ladenfenster schaute und eine familiäre Gestalt am Rand der Menge sah. Sophia sah, wie ihre Schwester sie anschaute, als wenn sie bereit wäre, beim ersten Anzeichen von Problemen wegzurennen.

Den Wachmann mit zunehmen, wenn sie Kate sah, war vielleicht keine gute Idee.

“Gibt es hier noch einen anderen Weg raus?”, fragte Sophia.

“Meine Dame ist *sehr* vorsichtig dabei, nicht gesehen zu werden”, sagte der Pfandleiher. “Sie müssen sich keine Sorgen machen. Es gibt einen Grund, warum ich mein Geschäft so nah an den Quartieren der Adligen habe.”

Er ließ sie aus einer Hintertür und Sophia schlich sich um die Stelle herum, wo der Wachmann stand. Sie konnte zwei Aalpasteten und Bier kaufen, während sie über den Platz zu ihrer Schwester lief. Sie fragte sich, wie die Dinge für Kate in den letzten Tagen gelaufen waren, und hoffte, dass sie Glück gehabt hatte. Sie hoffte einfach, dass die Dinge weniger kompliziert für sie waren, als für sie selbst.

In dem Moment sah Sophia ihre Schwester ihr auf dem Platz entgegenkommen, sofort als sie Kates Gesicht sah, wusste sie, dass die Dinge alles außer einfach für sie waren.

Es gab Blutergüsse und es schien, als wenn sie eine gespaltene Lippe hatte, die gerade erst anfing wehzutun. Einer ihrer Hände war verbunden, als wenn sie verbrannt wäre und sie bewegte sich ohne ihre normale Energie und Stärke. Sophia rannte zu ihr hin und schlang ihre Arme um Kate.

“Was ist mit dir passiert?”, fragte Sophia. “Gehts dir gut?”

“Es ist nichts”, sagte Kate und Sophia konnte die Entschlossenheit in ihrem Blick sehen, der bedeutete, das Kate versuchte mutig zu sein.

Du kannst die Dinge nicht vor mir verstecken, sandte Sophia und so nah dran war es nicht wie eine blinde Versendung durch die Stadt. *Was ist passiert?*

“Alles mögliche”, sagte Kate. Sie nahm eines der Aalstücke, als Sophia ihr sie anbot. “Teilweise bin ich deswegen gekommen. Thomas hat mich nach alledem aus der Schmiede entlassen.”

“Hat er das getan?”, fragte Sophia. Sie wusste nicht, was sie jemandem antun könnte, der ihre Schwester so verletzt hatte, aber sie würde etwas finden.

“Was?”, fragte Kate. “Nein! Das ist … es ist peinlich. Ich habe versucht, eine der freien Kompanien beizutreten.”

“Du hast versucht einem Regiment beizutreten?”, sagte Sophia. “Und sie haben dich dafür *geschlagen*? Kommen daher die ganzen Verletzungen?”

“Nicht alle”, gab Kate zu. “Ich habe mich verbrannt, als ich ungeschickt in der Schmiede war. Oh und einige Lastkahnarbeiter haben mich von einem Kahn geworfen, als ich versucht habe, die Stadt zu verlassen.”

Das war das Letzte, was Sophia hören wollte. Sie wollte, dass ihre Schwester *glücklich* war.

“Oh Kate, warum konntest du nicht in Sicherheit bleiben? Das Mädchen, das gerne in der Bücherei sitzt und liest?”

“Das bin ich, schon vergessen?”, entgegnete Kate. “Ich habe uns dorthingebracht.”

Sophia hatte vergessen, dass die Bücherei der erste Ort war, in dem sie nach Zuflucht gesucht hatten, als sie weggelaufen waren.

Es schien so lange her, auch wenn es nur ein paar Tage waren.

“Du würdest die Bücherei in dem Palast lieben”, sagte Sophia. “Sie haben mehr Bücher, als man je lesen kann.”

“Dann gefällt es dir dort bestimmt”, sagte Kate. “Ich kann nicht glauben, dass du es hineingeschafft hast.”

“Es war nicht einfach”, versicherte Sophia ihr. “Ich musste mich auf einen Ball schleichen.”

Sophia begann ihr die Geschichte zu erzählen und sie sah, wie sich die Augen ihrer Schwester als Antwort weiteten.

“Du hast einen *Prinzen* verführt?”, fragte Kate völlig ungläubig.

“Ich glaube … wir haben uns gegenseitig verführt”, sagte Sophia. Sie wollte das, was sie mit Sebastian hatte nicht als eine Art einfache Manipulation sehen, die einige Adlige mit denen ausübten, die mehr Geld hatten.

“Er ist wunderbar, Kate.”

“Und es geht dir offensichtlich gut”, sagte Kate mit einer Geste auf Sophias reiche Klamotten.

“Ja ich …” zögerte Sophia und schüttele dann ihren Kopf. “Es ist hier auch gefährlich. Es gibt bereits Menschen die Fragen stellen und sich wundern, wer ich bin. Sie schlagen mich vielleicht nicht, aber es gibt Mädchen, die … die sauer sind, weil Sebastian mich gewählt hat. Sie werden es nicht vergessen.

Kate legte eine Hand auf ihren Arm. “Es hört sich an, als wenn wir beide vorsichtig sein müssten. Bist du sicher, dass du das Richtige tust?”

“Bist du?”, entgegnete Sophia. Sie konnte Kate nicht die Wahrheit sehen lassen: dass sie nicht sicher war. Es gab einen Teil in ihr, der vor all dem weglaufen wollte, ehe es total schief lief. Sie hatte ein wenig Geld. Sie und Kate konnten ein Boot auf dem Fluss nehmen und aus der Stadt fahren.

Außer … sie war sich nicht sicher, ob sie Sebastian so einfach verlassen konnte.

"Ich musste das tun", sagte Kate. "Diese Prellungen sind nichts. Ich *werde* lernen zu kämpfen. Ich werde dort *hingehen*, wo ich mich auf *niemanden* verlassen muss."

Für Sophia hörte sich das an, als wenn sie versuchte, sich selbst zu überzeugen, aber Sophia sagte nichts. Sie wusste, wie es war, an Dinge glauben zu wollen, dass alles gut wäre, auch wenn es so viele Dinge gab, die falsch laufen konnten.

"Und", sagte Kate, "da gibt es einen Jungen. Sein Name ist Will."

Ihre Schwester hörte sich jetzt hoffnungsvoll an. Sophia kannte den Ton, weil sie ihn in ihrer eigenen Stimme gehört hatte, als sie über Sebastian gesprochen hatte.

"Erzähl mir von Will", sagte Sophia mit einem Lächeln.

"Er ist wunderbar", sagte Kate. "Es war sein Regiment, in das ich wollte und –"

"Und du hast versucht ihn zu beeindrucken?", fragte Sophia.

Kate sah ein wenig beschämt aus. "Ein wenig."

Sophia legte einen Arm um ihre Schwester. "Kate, du solltest solche Dinge nicht tun, die dich verletzten könnten."

"Du auch nicht", entgegnete Kate. "Es hört sich wirklich gefährlich an im Palast. "Sie machte einen Moment Pause. "Wir können immer noch weglaufen. Komm mit mir. Wir können einfach gehen und die Stadt verlassen und irgendetwas anderes finden."

Sophia wünschte, sie könnte das. Sie wollte nichts mehr als nach ihrer Schwester gucken und sichergehen, dass ihr niemand weiteren Schaden zufügte.

"Ich kann nicht", sagte sie stattdessen, auch wenn es wehtat, das zu tun. "Ich muss das tun. Ich muss zurückgehen."

Kate umarmte sie. "Bist du sicher?"

Sophia war sich nicht sicher, aber sie konnte ihre Schwester das nicht sehen lassen.

"Du kannst dich auf mich verlassen", sagte sie stattdessen. "Wenn ich höre, dass du mich rufst, werde ich kommen."

"Ich auch", versprach Kate. "Wo immer du bist, wo immer du hingehst. Ich komme, wenn du mich brauchst. Ich stürme den Palast, wenn es sein muss."

Sie hätte das wahrscheinlich wirklich getan und nur der Gedanke daran, ließ Sophia lächeln.

"In der Zwischenzeit nehm das", sagte Sophia und drückte die meisten Münzen, die sie für das Kleid bekommen hatte in die Hand ihrer Schwester. “Und Kate? Vielleicht versuchst du mehr Zeit in Büchereien zu verbringen, als geschlagen zu werden?”

Sie sah ihre Schwester nicken.

“Vielleicht, werde ich das”, sagte Kate. “Vielleicht mach ich das.”

***

Kate ging zurück durch die Stadt, hielt wie immer Ausschau nach jedem, der ihr vielleicht Böses wollte. Der Kampf auf dem Übungsplatz hatte ihr gezeigt, dass es immer jemanden gab, der sie verletzten wollte. Wo immer sie hinging, würde jemand beweisen wollen, dass er stärker oder das sie wertlos war.

Sie hätte Sophia fast gefragt, ob sie ihr helfen würde aus dem herauszukommen, in dem sie gefangen war, hätte fast ihre große Schwester gefragt, sie wie ein hilfloses Kind aus der Gefahrenzone zu nehmen. Wenn sie nicht gesehen hätte, wie heikel die Dinge auch für Sophia waren, hätte Kate es vielleicht sogar getan.

Oder vielleicht nicht. Nicht ehe sie gelernt hätte zu kämpfen. Nicht ehe sie ihre Rache gehabt hatte. Ihre Schwester hatte ihr immerhin ein paar Hinweise gegeben, wie sie das tun sollte.

Sie war nicht mehr in der Penny Bücherei gewesen seit sie und Sophia vom Haus der Herrenlosen weggelaufen waren. Sogar jetzt, wo sie sich dem alten Gebäude näherte, fühlte sie sich wie in einem dummen Film, was wenn jemand sie beobachtete, darauf wartete, dass sie das tat? Kate konnte nur darauf vertrauen, dass sogar die maskierten Nonnen nicht so rachsüchtig wären. Sie hatten mehr Mädchen als sie, die sie quälen konnte.

Sie schlich sich hinein und war sich sicher, dass Geoffrey an dem Tisch sitzen würde und auf alle ein Auge haben würde, die eintraten. Als Kate sich näherte, konnte sie seine Überraschung sehen.

“Kate, sie haben dich nicht erwischt. Ich … Ich bin froh. Und es tut mir leid, dass ich dich nicht verstecken konnte.”

Kate sagte ihm nicht, dass sie ihm vergeben hatte. Sie war nicht daran gewöhnt zu vergeben. Trotzdem winkte sie ab und nahm einen Penny von dem Geld, das Sophia ihr gegeben hatte.

“Ich will die Bücherei nutzen. Werden Sie die Wachmänner rufen, während ich das tue?”

“Nein, natürlich nicht. Und du musst auch nichts zahlen. Ich schulde dir das, zumindest.”

Er schuldete ihr mehr als das, aber im Moment wollte Kate das ignorieren. Es gab Dinge, die sie wissen musste und Geoffrey hatte immer eine gute Ahnung, wo er die Dinge in der chaotischen Organisation der Penny Bücherei finden konnte.

"Wo kann ich Bücher übers Kämpfen finden, Geoffrey?", fragte Kate. "*Gibt* es dafür Bücher?"

Geoffrey breitete seine Hände aus. "Die gibt es. Wir haben Märchen von großen Kriegern aus der Vergangenheit und Handbücher über die moderne Kriegsführung mit Piken und Musketen. Es gibt sogar ein paar Bücher die von dem Schwertmeister des Kontinents geschrieben wurden."

Kate begann mit denen, weil sie vielversprechend schienen, dennoch waren sie die enttäuschendsten Bücher, die sie je gelesen hatte. Eines enthielt Seite für Seite Bilder, aber es gab keine Worte der Beschreibung dazu und sie schienen in einer eher zufälligen Reihenfolge zu sein.

Ein weiteres war in einer Sprache aus den Ländern hinter dem Knife See geschrieben und auch ohne die Wörter zu kennen, konnte Kate sehen, dass es eher darum ging, wie viel der Autor wusste, anstelle Dinge zu lehren. Es war ein Weg, seine Fähigkeiten zu verkünden oder vielleicht einen Posten als Fechtmeister zu sichern, nicht etwas, von dem man lernen konnte.

Sie begann die Bücher zu lesen, die sich auf die Märchen von großen Kriegern in der Vergangenheit konzentrieren: Renaud von Bevan, der Isländer McIlty. Kate konnte schon am Anfang sehen, dass es einfach nur Sammlungen von Volksmärchen waren und sogar die Stellen, in denen darüber gesprochen wurde, wie sie ihre Stärke erlangten, schien nichts, worauf Kate hoffen konnte. Jeden Tag ein Kalb auf den Schultern herumtragen, bis es ganz ausgewachsen war? Jeden Mann, den sie traf, bekämpfen, bis sich alle von ihr fernhielten? Sie hörten sich unmöglich an.

Das nächste Buch schien auch nicht viel besser. Es war ein schlankes, seltsames Buch, das wie ein halbes Schwert aussah, ein halb fantastischer Bericht über das Leben eines Schwertkämpfers namens Argent. Es schien zuerst vielversprechend, denn seine Arbeit sagte, dass er aus Ashton kam, aber es gab Fragmente, die reine Fiktion zu sein schien. Es gab sogar einen Bereich, in dem er behauptete, dass er ein Leben als ein fähiger, aber schwacher Schwertmann begonnen hatte, aber an Stärke gewonnen hatte, in dem er auf eine Lichtung im Süden der Stadt gegangen war und die Geister betrogen hatte, die er dort in einem Brunnen gefunden hatte. Es war vollständig mit einer Karte, welche die Stelle zeigte, an die er gegangen war sowie Wegweiser, die dort hinführten: eine Wegmarkierung, ein Satz an Steintreppen und noch mehr. Kate seufzte und legte das Buch härter auf den Tisch, als beabsichtigt.

“Achtung Kate”, warnte Geoffrey sie. “Du weißt es doch besser, dass man Bücher nicht beschädigt, die andere noch lesen wollen.”

“Ich sehe niemanden, der das hier lesen will”, gab Kate zurück. “Schwertmänner, die ihre Stärke aus magischen Quellen bekommen? Unschlagbare Schwertmeister, die aus dem Nichts erscheinen? Das ist Unsinn.

Sie sah Geoffrey einen Blick auf das Buch werfen. “Das ist die Argents Geschichte, oder? Ja … ja, du hast recht … das solltest du ignorieren.”

Ich will nicht, dass sie so endet wie er. Es ist besser, wenn sie glaubt, dass es eine Fabel ist.

“Geoffrey”, sagte Kate, “warum verschweigen Sie mir etwas? Dieser Argent war eine echte Person.”

“Nein, ich habe dir gerade gesagt…”

Echt und gefährlich.

“Geoffrey”, sagte Kate in warnendem Ton. “Sie haben mir nicht geholfen, als ich sie brauchte. Sie schulden mir etwas. Sagen Sie mir die Wahrheit.”

Geoffrey schien schwach zu werden und blickte nach unten.

“Argent war ein Schwertmann, als ich jung war”, sagte er. “Er war nicht sehr gut. Dann ist er aus der Stadt gegangen. Nicht für lange. Auf jeden Fall nicht lang genug, um so gut zu sein, wie er war, als er zurückgekommen ist. Er hat d’Aquisto und Newman besiegt. Einen nach dem anderen in Trainingsstunden! Als die Menschen ihn fragten, wie er das gemacht hat, redete er über eine Quelle südlich der Stadt und das war alles, was er je gesagt hat.”

“Sie sagen, es ist echt?”, fragte Kate. “Sie sagen, dass ich –“

“Nein, Kate”, sagte der Bibliothekar. “Das solltest du nicht tun. Weißt du, was mit Argent passiert ist? Er verschwand, auf der Höhe seiner Talente. Er bekämpfte jeden, den es zu bekämpfen gab, er schrieb sein Buch und dann *verschwand* er. Einige sagen, die maskierte Göttinnen Priesterin hat ihn genommen, aber andere …. Andere sagen, dass es jemand, *etwas* anderes war.”

Kate konnte die Angst spüren, die Geoffrey hatte. Es war ihm ernst damit, aber diese Ernsthaftigkeit, ließ sie seine Angst nicht teilen. Stattdessen machte es sie neugierig, denn es bedeutete, das es echt war. Diese Quelle existierte vielleicht.

“Versprich mir Kate”, sagte er. “Versprich mir, dass du nicht danach suchen wirst. Es ist gefährlich.”

“Ich verspreche es”, sagte Kate und hob ihre Hand, als wenn sie einen Eid schwören würde. Gleichzeitig dachte sie über die

Karte nach, die sie im Buch gesehen hatte, und versuchte sich an die Details darin zu erinnern.

Das schien ausreichend für Geoffrey. Kate hörte ihn erleichtert seufzen und dann ging er wieder zu seinen Büchern zurück, während Kate ihren nächsten Schritt in Erwägung zog.

Es war vermutlich gut, dass sie diejenige war, die die Gedanken des Bibliothekars lesen konnte und nicht anders rum. Es bedeutete, er konnte nicht sehen, was Kate für Absichten hatte.

Es bedeutete, er konnte die Lüge nicht sehen.

KAPITEL ZWANZIG

Sophia ging zum Palast zurück und schlich sich so leise wie möglich hinein, war aber nicht in der Lage die Blicke der Leute dort zu vermeiden. Sie sah Diener, die bei ihrem Anblick davon eilten, und fragte sich, wem sie wohl Bescheid sagten. Sie sah Angelica mit einem Ausdruck des Donners vom Balkon schauen.

Etwas war passiert und die Menschen bewegten sich zu schnell für Sophia, um deren Gedanken zu lesen und herauszufinden, was los war. Sie hatte vage Eindrücke von Gewalt und Anspannung, von Männern, die sich auf einen Konflikt vorbereiteten, dennoch, warum würde Angelica deswegen aufgeregt sein? Das machte keinen Sinn.

Für einen Moment war die Unsicherheit des ganzen schon fast ausreichend für Sophia, um sich umzudrehen und wieder in die Stadt zu rennen, denn etwas war falsch und in dem Moment war das einzige, an das Sophia denken konnte, dass sie vielleicht alles über sie herausgefunden hatten. Wenn sie es wussten, musste sie laufen, und zwar gleich.

Wenn das der Fall wäre, würde Angelica nicht triumphierend aussehen? Warum sollte sie nicht da sein, um anzugeben, wenn sie sah, dass Sophia bloßgestellt wurde. Der Gedanke war genug um Sophia weitergehen zu lassen, und nach Antworten zu suchen. Sie suchte nach *Sebastian.*

Sie musste nicht lange suchen, um ihn zu finden. Er wartete am Eingang seiner Zimmer auf sie, sah überraschend Soldatenhaft aus in einem königblauen Waffenrock, ein Korbschwert hing an seiner Hüfte. Er streckte seine Hand in Handschuhen Richtung Sophia aus und sie nahm sie.

“Sebastian? Ist etwas passiert?”

Sebastian nickte. “Viele Dinge. Erst einmal habe ich einen Tag für uns geplant.”

Er lächelte, als er das sagte und sagte nichts weiter. In seinen Gedanken erwischte Sophia viele Dinge. Da gab es … ein Boot?

Es gab tatsächlich ein Boot. Sebastian ging mit Sophia zu einem kleinen Zufluss des Flusses, der durch die Stadt floss, umgeben vom Palastgrundstück, mit Eisvögeln, die in Ashton in eines der seltenen, klaren Wasserflächen hinabstürzen. Es gab ein kleines Boot, das mit Drachen verziert war und vergoldet, bis es glänzte, mit einem Quartett von Blau livrierten Männern, die an den Rudern saßen und auf einer Couch auf einem kleinen Deck darüber.

Sebastian half ihr herauf und das Boot glitt sanft aus seiner Verankerung. Auf dem Gras des Flussufers stolzierten zwei goldene Fasane, während Sophia glaubte, in der Ferne Rehe zu sehen.

"Es ist wunderschön hier", sagte Sophia. "Noch schöner als der Rest des Flusses."

"Wir sind ziemlich weit stromaufwärts", sagte Sebastian. "Hier hat die Stadt es noch nicht zu sehr beeinflusst."

Sophia dachte, dass Ashton sich alles nehmen und es in etwas Hässliches wandeln konnte. Es hatte das offensichtlich oft genug mit Menschen gemacht, sie in Formen gepresst, gewillt alles von anderen zu nehmen. Irgendwie mittendrin war Sebastian anders. Er war nett und großzügig und perfekt.

Sie ruderten durch die Stadt zu einer weiteren Grünfläche, wo Weiden sich über das Wasser beugten und ein kleiner Steg zu einem Garten mit bunten Blüten führte, die hingegen wieder summende Bienen und hellfarbende Schmetterlinge anzogen. Eine Decke lag im Gras und ein Picknick war darauf ausgebreitet.

"Du hast all das für mich geplant?", fragte Sophia.

"All das und noch mehr", versicherte ihr Sebastian. Er zeigte auf eine Stelle, wo eine Staffelei aufgestellt war, direkt hinter der Picknickdecke und wo eine Frau in einem Künstlerkittel davor saß und bereits am Hintergrund der Gartenszene arbeitete.

"Wer ist das?", fragte Sophia.

"Das ist Laurette van Klet", sagte Sebastian. "Sie wird mal eine große Künstlerin sein, größer als Hollenbroek, sobald die Adligen um sie herum ihre Arbeit sehen. Ich könnte mir niemanden besseres vorstellen, um dich zu malen."

"*Mich* zu malen?", sagte Sophia. Sogar der Gedanke daran überraschte sie. Der Gedanke, dass jemand sie malen wollte, schien unreal, etwas Unmögliches. Die Gemälde, die sie im Palast gesehen hatte, waren von Prinzen und Königen, Queens und adligen Frauen. Es gab auch sinnbildliche Figuren, mythologische Szenen und Frauen von schönster Schönheit. Es gab keine Waisen, soweit Sophia wusste.

"Lassen Sie sich nicht von meiner Anwesenheit ablenken", sagte die Frau. "Ich habe keinen Nutzen für die verstaubte Formalität der Porträts anderer. Machen Sie einfach weiter."

Es war ein merkwürdiges Gefühl, befohlen zu bekommen Spaß zu haben, so wie ein General vielleicht seine Truppen in den Krieg befahl. Trotzdem versuchte es Sophia, legte sich auf die Picknick-

Decke, während Sebastian sich nah zu ihr setzte und ihr ein Wachtelei anbot.

Es war so schön, dort in der Sonne zu liegen, an süßem Fleisch und Kuchen zu knabbern und Sebastian zu küssen und einfach diesen abgeschiedenen Platz zu genießen, an dem es schien, dass der Rest der Welt ihn nicht berühren konnte.

Sophia hielt sich nah an Sebastian und es war leicht, sich in seiner Anwesenheit zu verlieren, und trotz der Künstlerin, die ein wenig weiter weg saß und trotz der Ruderer, die sie hier hergebracht hatten, fühlte sie sich, als wenn sie alleine auf der Welt wären.

Dann brachten die Ruderer Instrumente vom Boot und begannen zu spielen, auf der Harfe, Flöte, Tambour und Laute. Die schiere Unstimmigkeit davon ließ Sophia lachen.

"Da!", rief Laurette laut. "ich will dein Gesicht so einfangen."

Zu Sophias Überraschung, bat sie Sophia nicht die Position zu halten. Sie legte einfach ihre Fingerspitzen an ihre Schläfen, als wenn sie versuchte den Moment in ihr Gedächtnis einzubrennen.

"Das ist ihre Gabe", sagte Sebastian. "Sie kann sich an einen Moment erinnern und ihn perfekt malen."

"Warum sollte man es anders malen?", fragte die Künstler und schien überrascht von dem Gedanken.

Sophia konnte sehen, wie sie sie anschaute, wie sie auf der Seite lag, bis dahin, wo ihr Kleid ein wenig ihre Waden freigab. Von dem Standard der biederen Porträts, die sie im Palast gesehen hatte, wäre dieses vermutlich das Revolutionärste oder zumindest das Schockierendste.

Sophia blieb so liegen und es war ein merkwürdiges Gefühl, zu wissen, dass jemand jede Bewegung beobachtete, die man machte. Was würde Sebastians Mutter von dem Porträt halten? Würde die Witwe dann glauben, dass sie eine noch weniger passende Partie für ihren Sohn war, als nach dem Abendessen an diesem einen Abend?

"All das hier", sagte Sophia. "Ich bekomme das Gefühl, dass du versuchst, mich schwer zu beeindrucken, Sebastian."

"Sollte ich nicht?", entgegnete er. "Ich würde dir die Welt zu Füßen legen, wenn du mich lässt."

Das war einer der Dinge, die sich zu romantisch anhörten, aber wahr waren, aber Sophia konnte sehen, dass Sebastian es meinte, genauso wie er es sagte. Er würde ihr wortwörtlich alles geben: er wollte ihr alles geben.

Er schien mit den tollsten Leckereien, die die Palastküche produzierte, zu beginnen. Es gab Scheiben von gebratenem Wildbret auf Schwarzbrot, süße Torten, die Beeren aus den

Palastgärten enthielten, gekrönt mit Safran, der auf einem Handelsschiff hereingekommen sein musste. Es gab sogar einen Kuchen, der Gänse, Enten und Wachteln in sich trug.

"All das", Sophia schüttelte ihren Kopf. "Es ist genug, dass du hier bei mir bist." Sie war noch überraschter zu merken, dass *sie* das ebenfalls genauso meinte. Sie war mit der Absicht in den Palast bekommen, sich ein besseres Leben zu sichern, aber in dem Moment wäre es ihr egal gewesen, wenn sie nur einen Sack anhätte, solange Sebastian bei ihr war. "Du musst dich nicht noch um anderes kümmern."

"Das ist so süß, dass du das sagst", sagte Sebastian. "Aber ich will, das alles perfekt für dich ist."

Es war perfekt. Seit sie im Palast angekommen war, war es gewesen, als wenn sie in einen Traum liefe und das war keiner der Träume, die sie nachts plagten, mit halben Erinnerungen an ein Haus in Flammen und wie sie mit ihrer Schwester durch einen Korridor gerannt war. Das war stattdessen die Art Traum, der in seiner Schönheit unmöglich war, der Dinge bot, von denen Sophia angenommen hatte, dass sie bei Tagesanbruch verschwanden.

Dennoch war sie hier mit einem Prinzen der Erblinie, aß das beste Fingerfood, wurde von fähigsten Musikern besungen und wurde gemalt. Wenn jemand ihr noch vor ein paar Wochen gesagt hätte, dass dies passieren würde, hätte Sophia angenommen, dass es ein Witz wäre und ein grausamer dazu.

Sie hätte angenommen, dass es nur ein weiterer Weg war, um ihre Ausbildung schlimmer zu machen mit dem Versprechen, dass es nicht dazu kommen würde.

"Ist etwas nicht in Ordnung?", fragte Sebastian und griff nach ihr.

Sophia nahm seine Hände und küsste sie beide. "Nur Erinnerungen an die Vergangenheit."

"Ich will, dass heute nichts schief geht. Ich will, dass alles perfekt ist ehe ich ..."

Sophia legte ihren Kopf auf die Seite. "Ehe du was, Sebastian?"

Sie sah die Antwort, ehe er es sagte und sie wurde bereits blass bei den Worten, die sie aus seinen Gedanken nahm, ehe er ihr sie sagte.

"Du hast gehört, dass der Krieg schlimmer wird?", sagte Sebastian. Er schüttelte seinen Kopf. "Was sage ich? Du hast selbst gesehen, wie schlimm die Dinge geworden sind, mit all den verschiedenen Seiten, den Kleinkriegen."

“Aber sie sind nicht hier”, sagte Sophia. Sie wünschte sich, sie könnte mehr als das tun. Sie wünschte sich, sie könnte ihm all die Kriege, die Drohungen und die Sorgen nehmen.

“Noch nicht”, sagte Sebastian, “aber die Kriege sind wie kleine Strömungen, die in den Fluss fließen und der Fluss fließt in unsere Richtung. Als es noch ein Dutzend Seiten gab, die sich gegenseitig bekämpften, war es einfach das zu ignorieren und auf einer Insel zu leben hilft eine Weile, aber jetzt, mit all dem hier … es gibt solche, die glauben, dass wir schwach sind.”

“Und jetzt hoffst du, ihnen zu zeigen, dass du es nicht bist”, sagte Sophia. “Und du hoffst, dass sie nicht zurückschlagen.”

Es lag mehr Bitterkeit darin als beabsichtigt. Sie hatte aus erster Hand gesehen, was Gewalt anrichten konnte, auch wenn sie nicht in einem Krieg gewesen war. Noch mehr, sie merkte, dass sie sich Sorgen um Sebastian machte. Sie wollte nicht, dass er sich dem Risiko aussetzte, verletzt zu werden.

“Es ist notwendig”, sagte Sebastian. “Noch schlimmer, es ist nichts, bei dem ich viel Wahl habe. Meine Mutter hat entschieden, dass ich mehr wie ein echter Prinz aussehen muss.”

Sophia hätte gelacht, wenn es nicht so ernst gewesen wäre. Sebastian würde in den Krieg ziehen, wo es weder Garantien noch Sicherheit gab. Wo alles passieren konnte.

“Mehr wie Rupert meinst du? Vertraue mir; im Vergleich zu ihm, im Vergleich zu *jedem* bist du der perfekte Prinz.”

“Ich wünschte, es wärst nur du, die die Entscheidung trifft”, sagte Sebastian. “Dann könnte ich hier bei dir bleiben. Aber wie es nun einmal ist, sagt meine Mutter, dass ich aussehen muss, wie ein Prinz der Vereinigung der Reichen. Deswegen habe ich ein Amt bekommen. Ich werde ein Offizier in der königlichen Kavallerie sein.”

„Bemühst du dich, so schneidig wie möglich zu sein?“, fragte Sophia, aber sogar, als sie es fragte, spürte sie ihr Herz sinken.

Noch mehr sie fand sich selbst ein wenig Argwohn aufbauen. Es hatte schon Kriege auf dem Kontinent gegeben, solange Sophia sich erinnern konnte, aber erst jetzt schickte Sebastians Mutter ihn los, um daran teilzunehmen? War es wirklich der Aufbau der Gewalt oder suchte die Witwe nur nach einem Weg, ihren Sohn von dem Mädchen zu trennen, das er gerade erst kennengelernt hatte? Sophia wusste, dass Sebastians Mutter ihr nicht traute.

Oder vielleicht war Rupert es gewesen. Vielleicht hatte der ältere Bruder die richtigen Dinge in die Ohren seiner Mutter geflüstert, wie man aus Sebastian einen Mann machte oder das er gesehen werden musste, dass er sich gut im Krieg behauptete.

Sophia hatte die Eifersucht gesehen, als die beiden zusammen gewesen waren. Sie hatte auch gesehen, was er von ihr wollte. War dies nur ein Weg sie zu isolieren?

Sophia wollte nicht weiter darüber nachdenken, was das bedeutete. Es gab ein Risiko für Sebastian, das Risiko das mit dem Krieg kam … aber auch das praktischere Problem, dass er nicht da sein würde. Bestenfalls würde er sie im Palast auf ihn warten lassen. Schlimmstenfalls würde man sie bitten zu gehen, sobald sein Schutz weg war. Sie könnten sie auf eine Weise ausstoßen, die für einen echten Adligen eine kleine Beleidigung, aber für sie verheerend wäre.

"Hab keine Angst Sophia", sagte Sebastian. "Ich bin mir sicher, ich werde in keiner Gefahr sein und ich werde auch nicht zulassen, dass dir etwas passiert. Deswegen habe ich all das hier gemacht. Ich wollte sichergehen."

Sophia zuckte leicht zusammen. "Sichergehen?"

"Das du Ja sagen wirst."

Sophias Herz lag ihr auf der Zunge, als Sebastian aufstand und zu dem Platz ging, wo ihr Boot festgemacht war. Er hatte etwas in seiner Hand, und als Sophia die Schmuckbox dort sah, traute sie sich kaum zu atmen. Sie konnte sich nur eins denken, das Sebastian tun könnte und das all das, was heute passiert war, erklären würde. Etwas das auch erklären würde, warum Angelica im Palast so wütend ausgesehen hatte.

Als Sebastian auf ein Knie ging, stand Sophia überrascht auf, aber das machte es nur noch leichter für ihn ihre Hand zu nehmen, er hielt sie in seiner, während er die Schachtel öffnete.

Der Ring im Inneren schien weißgolden, mit Diamanten, die von der anderen Seite der Erde stammen mussten und tief lila Saphire, die schon fast selten geworden waren. Das Band war eine Verstrickung von Strängen, geflochten in etwas Zartes und Elegantes. Es war die Art von Ring, an dem ein Meisterjuwelier wahrscheinlich tagelang gearbeitet hatte und es hatte ein Gefühl von Alter, das darauf hinwies, dass es wahrscheinlich schon lange vor den Bürgerkriegen ein königliches Erbstück gewesen war.

„Sophia“, sagte Sebastian. „Ich wollte mir Zeit nehmen, ehe ich das hier tue, aber in Wahrheit weiß ich bereits, was ich will, wenn es um dich geht und ich ... ich will das tun, ehe ich gehen muss. Ich will, dass du meine Frau wirst.“

"Du fragst mich, ob ich dich heiraten will?", fragte Sophia.

Sebastian nickte.

Es gab nur eine Antwort dafür. Es überwältigte jeden Einwand, an dem Sophia vielleicht gedacht hatte, jede Sorge, die sie vielleicht darüber hatte, wie andere Menschen reagieren würden. Sie zog Sebastian in ihre Arme, hielt ihn eng an sich gedrückt, während sie ihn küsste.

"Ja, Sebastian! Ja ich werde dich heiraten."

KAPITEL EINUNDZWANZIG

Kate schlug sich fast drei Mal auf die Hand am nächsten Tag, weil sie so abgelenkt war. Sie schaute immer wieder auf die Stelle, wo ihr gestohlenes Pferd angebunden war und zufrieden am Gras und altem Hafer knabberte. Das erste Mal, als es passiert war, hatte Thomas gelacht und ihr gesagt, sie sollte besser aufpassen. Das zweite Mal zuckte er zusammen.

Dieses Mal hielt er inmitten des Schmiedens eines Satzes von Hufeisen inne und ließ die Flammen sich wieder auf ein orangefarbenes Glühen zurückbilden.

"Nein, hören Sie nicht wegen mir auf", sagte Kate. "Wenn Sie aufhören, mit dem Metall zu arbeiten, wird es –"

"Ich weiß, was passiert", sagte Thomas. "Aber ich würde eher die Bemühungen verschwenden, als dass du dir alle Knöchel brichst, nur weil du einen Hammer blind schwingst."

Kate wollte das auch nicht, aber sie war gewillt das Risiko einzugehen, wenn die Alternative war, den Schmied im Stich zu lassen. Sie wollte seine Arbeit nicht ruinieren, nur weil sie damit beschäftigt war, von Brunnen zu träumen, die Fähigkeiten mit dem Schwert garantierten.

"Was ist los?", fragte Thomas. "Ist Will da draußen und lenkt dich ab?" Er ging hinüber zum Fenster. "Das Pferd? Denkst du daran uns zu verlassen, Kate?"

Es lag ein wenig Enttäuschung darin und Kate konnte das verstehen. Thomas hatte ihr so viel gegeben und dann kam sie und passte nicht auf bei der Arbeit, die er ihr gab.

"Das ist es nicht", sagte Kate. "Es ist nur … Sie haben gehört, was auf dem Trainingsplatz passiert ist?"

Sie sah, wie Thomas nickte und dachte sich, dass er die Details von Will gehört hatte. Entweder das oder einer der Soldaten hatte darüber gesprochen, als er hier war, um eine Delle aus einem Grip oder einem Helm zu bekommen.

"Es gibt einen Ort, wo ich das Kämpfen lernen kann", sagte sie.

"Du reitest einfach davon und kommst nicht zurück?", fragte Thomas.

“Ich werde zurückkommen”, sagte Kate. “Ich will trotzdem noch hier sein.”

Sie war überrascht, als sie merkte, dass das stimmte. Das war das erste Mal, dass sie etwas wie ein echtes Zuhause hatte; das erste Mal, dass sie Menschen hatte, die sich um sie zu sorgen schien. Sogar Winifred schien das auf ihre Art zu tun. Es war einfach die Art, wie sie sich solche Sorgen um das Wohlergehen ihres Sohns und ihres Mannes machte. Das war der erste Ort an dem Kate spürte, dass sie etwas Nützliches tat.

Dann war da Will. Kate war sich nicht sicher, was da mit Will war, noch nicht. Sie hatte nie die Gelegenheit gehabt, von Jungen etwas Anderes außer Schikane und Bedrohungen zu erleben, jetzt war einer hier und er gefiel ihr. Er gefiel ihr sogar sehr.

“Dann hört es sich an, als wenn du gehen solltest”, sagte Thomas. “Ehe deine Unaufmerksamkeit bedeutet, dass du dir selbst wehtust.”

“Aber”, begann Kate. Sie hatte beabsichtigt, die Arbeit für heute zu beenden, mindestens.

Thomas schüttelte seinen Kopf. “Ich kann einen Tag ohne Lehrling sein. Oder zwei, wenn du es brauchst. Ab mit dir. Ich werde versuche diese Hufeisen zu retten.”

Kate brauchte keine zweite Einladung. Sie ging hinaus zu dem gestohlenen Pferd, schaute sich um, bis sie das Sattel-und Zaumzeug gefunden hatte, und begann dann mit dem Aufsatteln. Sie war fast fertig, als sie Will aus dem Haus kommen sah.

“Kate? Du gehst doch nicht oder?”

Er hörte sich besorgt an, dass sie vielleicht ging, vielleicht besorgt, dass sie gehen wollte, nachdem was bei seinem Regiment passiert war.

“Ich gehe nicht für immer”, sagte Kate und lächelte bei dem Gedanken, dass Jungen vielleicht so etwas sagten, wenn sie in den Krieg zogen. “Es ist einfach … es gibt Dinge, die erledigt werden müssen. Ich muss stärker werden.”

“Warum?”, fragte Will. “Du bist hier sicher. Ich kann dich beschützen.”

Kate schüttelte ihren Kopf. Das war nicht gut genug. Sie wollte nicht nur sicher sein, wenn Will da war, um sie zu beschützen. Sie wollte sich nicht auf jemand anderen verlassen, um sich sicher zu fühlen, nicht einmal auf ihn. Sie wollte selbst stark sein und jetzt gab es einen Weg.

“Ich könnte mit dir mitkommen”, schlug Will vor.

“Ich glaube, ich muss das alleine machen”, sagte Kate, denn alles andere hätte bedeutet, dass sie genau hätte erklären müssen, was sie beabsichtigte. Auch nach all dem, was Geoffrey gesagt hatte, konnte sie es immer noch schwer glauben, dass es einen magischen Brunnen gab, der sie unschlagbar machen würde. Will das zu erklären, wäre noch schlimmer.

“Versuch wenigstens auf dich aufzupassen”, sagte Will und kam näher an sie heran. Nah genug, dass Kate für einen Moment dachte, dass er sie küssen würde. Er tat es aber nicht und Kate fühlte einen Hauch Enttäuschung dabei.

Vielleicht wenn sie wieder zurückkam.

“Das werde ich”, sagte Kate. “Und ich bin bald zurück, du wirst schon sehen.”

Das wäre sie. Mit der Stärke, die sie aus dem Brunnen erhielt, wäre sie in der Lage alles zu tun, was sie wollte.

***

Der Ritt zum Wald hatte länger gedauert, als Kate erwartet hatte. Ihr Pferd war stark und schnell, aber Kate war keine gute Reiterin, um es in vollem Galopp nach Süden zu schicken. Stattdessen ritt sie auf festem Grund, hielt sich zu Beginn an den breiten, gepflasterten Straßen und ritt dann auf Pfaden weiter, als die Bäume in Sicht kamen.

Sie versuchte, sich an die Karte aus dem Buch zu erinnern. Die markierte Stelle war sehr genau gewesen, aber sie hatte die Karte nur kurz sehen können. Da war etwas über Wegzeichen und einer Treppe gewesen. Kate hoffte einfach, dass diese offensichtlich wären.

Sie waren es. Sie fand das Erste von ihnen, noch ehe sie den Wald erreichte. Es war eine Ansammlung von Steinen, die mit der Zeit und vom Wetter glatt geworden waren. Kates Finger fuhren einem Zeichen nach, das ein Brunnen sein konnte oder der Rachen eines großen Biestes. Es gab einen Pfeilschnitt im Stein, der zu einem kleineren Pfad führte. Kate nahm ihn.

Langsam begann das Laub sich um Kate zu sammeln und schließlich musste Kate absteigen und das Pferd führen. Sie wollte es nicht zurücklassen, aber der Pfad war eng genug, dass sie das vielleicht musste, wenn das so weiterging.

Sie fing den Anblick von bearbeitetem Stein auf dem Pfad auf und das war so ein Kontrast zu den herumhängenden Zweigen, das sie anhielt und es sich näher anschaute. Kate wischte ein wenig mit ihrem Fuß darüber und sah, dass darunter ein Steinblock wie eine Stufe war. Ein weiterer war darüber und ein weiterer, in einer Reihe von Steinstufen, die die ganze Zeit versteckt und voller Moos gewesen waren.

Kate band ihr Pferd fest, nahm ein Messer aus ihrer Satteltasche und das Holzschwert, dass sie gemacht hatte, um das Schnitzen von Klingen zu üben. Sie nutzte die Holzklinge, um ein wenig von dem verstreuten Laub vor ihr wegzuwischen und schnitt mit dem Messer, wann immer sie eine scharfe Klinge brauchte.

Ihre Aktion legte mehr Stein frei in Form eines weiteren Wegzeichens, das schon fast so groß war, wie sie selbst. Es hatte geschnitzte Symbole darauf, in den Schriften und Kringeln einer Sprache, die nichts mit dem Königreich zu tun hatten. Es gab auch noch etwas anderes: Ein Bild eines Brunnens.

Kate stockte der Atem dabei und sie lief schnell die restlichen Stufen hoch, in der Hoffnung dass all dies Wirklichkeit war. Sie war sich sicher gewesen, dass das einfach nur eine Geschichte gewesen war und dass sie diesen Brunnen niemals finden würde, auch wenn es ihn gäbe. Jetzt schien es, als wenn sie nur einen kurzen Schritt entfernt wäre.

Kates Füße glitten aus und sie stolperte, als sie die Steintreppen hochging, Moos gab unter ihr nach, während Dornen die fest schienen, als sie danach griff, es doch nicht waren. Sie lehnte sich am Ende auf ihr Übungsschwert, wie jemand der mit einem Gehstock lief, und nutzte es, um den Boden vor sich zu testen während sie die kaputten Stufen hochging. Jede schien dazu entworfen zu sein, sie herauszufordern, während sie weiter ging.

"Ich hoffe, der Brunnen ist das wert", sagte Kate, während sie kletterte.

Obwohl es nicht so weit war, war das Klettern schwer genug und sie brauchte lange Minuten, bis sie endlich oben war. Als sie endlich oben war, gab es einen weiteren kurzen Pfad durch dichte Bäume, die das Tageslicht nicht hineinließen und die Welt in etwas Merkwürdiges und Unbekanntes verwandelten. Sie verwickelten sich zu einer Art Laubbogen und Kate ging hindurch auf eine offene Fläche auf der anderen Seite.

Hier gab es keine Bäume, nur weitere alte Steine, wie die auf denen sie hier hoch geklettert war. Es stand in den Ruinen von etwas, das weit älter schien, mit Wandfragmenten, die wie Zähne aus dem Rasen ragten und zerbrochene Säulen, die wie Finger ins Gras zu greifen schienen. Alles davon waren verfallene Relikten aus einer früheren Zeit, vor den Bürgerkriegen, vielleicht sogar vor dem Königreich.

Der Brunnen lag mittendrin und ein Blick darauf ließ Kates Herz sinken.

Zu einer anderen Zeit wäre das vielleicht beeindruckend gewesen. Er war breit und dunkel, geschnitten aus einheimischen Stein, sodass es eher wie eine natürliche Extrusion in der Landschaft aussah, als von Hand gebaut. Es war eine breite Muschelform, mit einer Statue in der Mitte, die vielleicht mal eine Frau gewesen war, aber die jetzt so mit Moos bedeckt war, dass es schwer zu sagen war.

Die Quelle floss nicht mehr.

Diese Tatsache sagte Kate jetzt, wie nutzlos ihre Reise gewesen war. Zerbröckelndes Mauerwerk war nicht vielversprechend, aber letztlich bedeutete es nichts. Sie war wegen eines Brunnens gekommen. Sie hatte angenommen, dass es vielleicht etwas Besonderes an dem Wasser hier gab, etwas Magisches.

Jetzt gab es kein Wasser, es fühlte sich an, als wenn sie sich von dem was Geoffrey ihr gesagt hatte, hatte tragen lassen. Es fühlte sich dumm an ihre Zeit hier zu verbringen, anstatt in der Schmiede, wo sie das Schwert herstellen konnte, das im Moment nur Holz war.

Kate lehnte sich gegen den Brunnen, schloss ihre Augen und hielt die Tränen zurück. Sie war so dumm gewesen, hier herzukommen. Dumm, zu glauben, dass sie jemals so stark wie die Jungen aus Wills Regiment sein würde. Es war ein leerer Traum gewesen.

“Warum würde ein Brunnen einen auch starkmachen?”, fragte Kate den Wald um sich herum.

“Brunnen können das nicht”, sagte eine Frauenstimme. “Aber wenn Menschen nach Brunnen suchen, dann ist es einfach für mich, sie zu finden.”

Kate riss die Augen auf und stand auf, hielt ihr Holzübungsschwert vor sich. Eine Frau stand dort, sie trug eine Kapuzenrobe aus tiefstem Grün. Sie hatte dunkles Haar, in das sich Efeu verheddert hatte und Augen in Laubgrün, die zu den Pflanzen um sie herum zu passen schienen. Sie war älter als Kate, vielleicht dreißig, aber sie könnte sogar noch älter sein.

“Ich wurde schon mit so vielen Dingen vorher bedroht”, sagte die Frau. Sie schubste Kates Übungsklinge sanft beiseite. “Niemals mit einem Stock.”

“Ich—“ Kate senkte die Waffe. “Es tut mir leid, Sie haben mich überrascht.”

“Aber du bist an diesen Ort gekommen”, sagte sie. “Du bist hierhergekommen, um nach Hilfe zu suchen oder sonst wärst du nicht hier.”

“Ich habe einfach nicht erwartet…”, begann Kate. Sie erkannte, dass sie sich wie eine Idiotin anhören musste. “Wer *sind* Sie?”

Instinktiv suchte Kate nach den Gedanken der anderen Frau, aber alles, was sie fand war etwas, dass sich so fest wie eine Mauer anfühlte. Ihr Versuch dadurch zu dringen glitt einfach ab und Kate starrte die andere Frau schockiert an.

“Ich bin jemand den man nicht so einfach lesen kann, mit einer Gabe wie deiner”, antwortete sie, dennoch schien sie nicht wütend über Kates Eindringen zu sein. Wenn überhaupt schien sie froh darüber, eine Reaktion, die Kate nicht erwartet hatte. “Und jetzt fragst du dich, ob wir vielleicht gleich sind. Wir sind nicht gleich, Mädchen. Meins ist eine viel dunklere Version von deinen Kräften. Und viel verzweigter. Eine, vor der du dich in acht nehmen solltest, da zu tief reinzuschauen.”

Kate fühlte plötzlich ein Aufblitzen der Gedanken der Frau, als wenn sie ihr geschickt worden waren und sie hob unfreiwillig ihre Hände zu ihren Ohren und quietschte. Es war so dunkel, so schrecklich, ein Schleier von Horrorbildern, alle bewegten sich so schnell, aber hinterließen einen Eindruck von unglaublichem Horror.

Endlich hörte es auf.

Kate nahm ihre Hände von ihren Ohren, atmete schwer und starrte die Frau mit weit aufgerissenen Augen an. Noch nie in ihrem Leben war jemand so in ihren Geist eingedrungen. Sie hatte die ganze Zeit angenommen, dass sie immun war. Das der Geist von niemand anderem so stark war wie ihrer.

Sie sah die Frau an –wenn es das war, was sie war – sah an ihr hoch und runter mit neuer Angst und neuem Respekt. Vielleicht hätte sie nicht hier herkommen sollen.

Die Frau grinste als Antwort, ein hässliches, eindringliches Grinsen.

“Wer sind Sie?”, fragte Kate erneut.

Die Frau war lange Zeit still. Dann endlich sprach sie.

“Nenn mich Siobhan”, sagte sie. “Aber Namen sind nur Etiketten für die Schwachen. Du bist aus einem Grund hergekommen. Frag nach dem, das du haben willst und ich sag dir den Preis.”

Kate blinzelte.

“Das verstehe ich nicht”, sagte Kate.

Die Frau runzelte die Stirn, und Kate konnte die Missbilligung dort erraten. “Verschwende meine Zeit nicht, Mädchen. Du bist aus einem Grund hier hergekommen. Du hast nach etwas gesucht. Was ist es?”

Kate schluckte, aber weigerte sich, sich von Siobhans Ton einschüchtern zu lassen. Sie würde stark sein.

Die andere Frau stand dort für ein paar Herzschläge lang still. Kate konnte jeden Einzelnen gegen die Innenseite ihrer Brust pochen spüren. Was würde sie tun, wenn die andere Frau Nein sagte? Was würde sie tun, wenn Siobhan ihr sagte, dass es unmöglich war und Kate ihre Zeit verschwendete?

"Du hast ein Talent und ich könnte dir zeigen, wie du das ausbaust. Ich könnte dir zeigen, wie du auf Arten kämpfen kannst, die nichts mit der groben Stärke von Männern zutun haben. Ich könnte dir zeigen, wie du deine Kräfte auf eine Art nutzen kannst, die du dir gar nicht vorstellen kannst."

Sie ließ es so einfach klingen, obwohl Kate ihr ganzes Leben lang gehört hatte, dass es Dinge gab, die zu teuflisch waren, als das man darüber sprach. Es gab einen Grund, warum Kate und Sophia versteckt hatten, was sie tun konnten.

"Du musst keine Angst mehr davor haben, wer du bist", fuhr Siobhan fort. "Du kannst stark sein. Du kannst *frei* sein. Meine Art kann deiner helfen, wenn du mich lässt."

Ein Teil von Kate wollte ja sagen, aber sie wusste es besser. Die Menschen waren selten so großzügig.

"Und was würden *Sie* dafür wollen?", fragte Kate.

Siobhan schien zufrieden. "Zwei Dinge als Gegenleistung."

"*Zwei* Dinge?", wiederholte Kate.

"Du bittest mich um eine große Sache", antwortete die Frau. "Zwei Dinge sind da wohl nicht zu viel verlangt."

Sie ließ es schon fast spielerisch klingen, als wenn das Ganze nur ein Spiel wäre. Etwas an dem Lachen, das folgte, schien schon fast nicht mehr menschlich. Es schien, als wenn der Wald selbst lachte.

"Welche Dinge?", fragte Kate trotzdem.

"Gehörigkeit und alles zu lernen, was ich dir beibringen will."

Das hörte sich nicht so anders als die Vereinbarung mit Thomas an. Es klang in vielerlei Hinsicht nicht so anders, als die beste Art von Arrangement, die aus ihrem Vertrag hervorgegangen sein mochte.

"Und die zweite Sache?", fragte Kate.

Die andere Frau trat in den Brunnen und für einen Moment schimmerte es. Kate sah ein Bild davon, hell und neu, gefüllt mit Wasser. Die Statue darüber glänzte und für Kates Geschmack sah es der Hexe dort zu ähnlich.

Eine lange Stille folgte. Dann:

"Einen Gefallen."

Kate legte den Kopf auf die Seite. "*Was* für einen Gefallen?"

Siobhan lachte wieder dieses befremdete Lachen. Sie schien das Ganze zu sehr zu genießen. "Das habe ich noch nicht entschieden. Aber du wirst es tun, was immer es ist."

Das war ein viel größerer Gefallen. Kate war sich nicht sicher, ob sie das vertragen konnte.

Sie schüttelte ihren Kopf. Es war zu viel. Das war viel zu viel. Sie spürte die Dunkelheit der Frau und sie fühlte, dass, was für immer ein Gefallen das war, es schrecklich sein würde. Es wäre, als würde sie ihre Seele verkaufen.

Sie entfernte sich vom Brunnen, einen Schritt nach dem anderen.

"Nein", sagte sie, überrascht ihre eigenen Wörter zu hören, überrascht sich selbst das Einzige ablehnen zu hören, was sie immer gewollt hatte.

Die Frau grinste als Antwort, als wenn sie wüsste, dass Kate keine Wahl hätte.

Kate wich zurück und sobald sie die Treppen erreichte, lief sie los, stolpernd. Siobhans fieses Gelächter folgte ihr dabei.

"Ich werde hier sein, wenn du deine Meinung änderst."

KAPITEL ZWEIUNDZWANZIG

Sophia konnte nicht glauben, das Sebastian sie gefragt hatte, ob sie ihn heiraten wollte. Sie hatte kaum die Zeit, sich an die Tatsache zu gewöhnen, dass sie einen Platz im Palast als seine Freundin gefunden hatte und jetzt plötzlich saß dieser Ring an ihrem Finger. Sie konnte kaum glauben, wie sich die Dinge so schnell entwickelt hatten und das sie jetzt heiratete. Es fühlte sich an, als wenn sie von einem Strom gezogen wurde, so schnell, dass es keinen Weg gab zu wissen, was in der Zwischenzeit passierte.

Sophia hatte nicht gewusst, dass die Planung einer Hochzeit so viel beinhaltete. Sie hatte gewusst, dass es nicht nur eine Frage wäre, einen Priester zu finden, wenn es um Königlichkeit ging, aber es gab Komplexitäten, die sie nie in Betracht gezogen hatte. Es gab Feste zu organisieren, Bekanntmachungen zu veröffentlichen. Es musste sogar Erlaubnis eingeholt werden, denn die Witwe und die Vereinigung der Reichen mussten ihren Segen geben, ehe die Hochzeit des Prinzen stattfinden konnte. Das Letztere war laut den Bediensteten, die sie fragte, nur noch eine Formalität. Das war eine Angelegenheit, bei der die Adligen das machen würde, was immer die Herrscherin sagte.

Sebastians Mutter zur Zustimmung zu bewegen, hörte sich alles andere als eine Formalität an. Sie war freundlich genug während des Abendessen gewesen, als Sophia sie getroffen hatte, aber Sophia war nicht dumm, zu glauben, dass die Herrscherin glücklich darüber wäre, dass einer ihrer Söhne jemand heiratete die keine Verbindungen festigen oder neues Land bringen konnte. Im Moment war Sophia umgeben von einem kleinen Zirkel von Helfern, mit einem Angestellten, der die Etikette durchging, Erlaubnis einholte, eine Schneiderin, die an einem Entwurf für ein Hochzeitskleid arbeitete und der Palastkoch, der darüber sprach, ob man eher Schwan oder Gans essen sollte.

"Das ist natürlich Tradition *hier*, aber ich dachte, vielleicht kann ich eine Auswahl an Delikatessen aus Ihrem Zuhause anbieten."

Ihre Namen flackerten durch die Gedanken des Kochs und Sophia nahm ein paar auf und winkte das Thema dann ab.

"Ich bin mir sicher, Sie werden es wunderbar machen, egal was Sie wählen", sagte Sophia. Sie wünschte sich, dass Cora da wäre, um ihr zu helfen und sie durch all das hier durchzuführen.

Sie wünschte sich, dass Sebastian hier wäre, und dass er nicht in Vorbereitungen für die Armee und die Rolle die er dort haben würde, steckte. Sophia spürte, dass sie alleine nicht viel ausrichten könnte und bei ihm zu sein … naja, das war der Sinn von alledem, oder? Was war der *Sinn* zu heiraten, wenn ihr Ehemann in spe nicht da war?

Wenn sie das nur tun würde, um ein gutes Leben zu haben, wäre es egal gewesen. Sie hätte eine Traumhochzeit entwerfen können, ohne die fast unnötige Anwesenheit des Ehemanns. Sophia konnte sich Angelica glücklich vor einem von Sebastians Zimmer sitzend vorstellen, die Diener herumscheuchend, wie sie es für ihre Position als seine Frau geplant hatte.

Sophia wollte Sebastian. Noch mehr, sie liebte ihn. Sie fühlte ein schmerzvolle Bedürfnis, wann immer er nicht da war und die Welt schien sich zu erhellen, wann immer er da war. Jetzt schien es, als wenn sie inmitten der Hochzeitsvorbereitungen feststeckte, ohne die Gelegenheit ihren Ehemann in spe zu sehen.

Dann war er da und Sophia stand auf, um ihre Arme um ihn zu legen. Sie war schockiert, als er einen Schritt zurückmachte.

"Sebastian?"

"Komm mit mir Sophia", sagte er.

"Was ist denn los?", fragte Sophia. Sie versuchte Antworten von Sebastians Gedanken zu lesen, aber im Moment waren diese ein verwirrtes Chaos, gefüllt mit Schmerz und Verwirrung. Da war zu viel drin, um sich auf eins zu konzentrieren. "Ist etwas passiert? Sebastian, was ist los?"

"Ich hoffte, du kannst mir das sagen", sagte Sebastian in einem Ton der Sophias Blut zu Eis gefrieren lies. Etwas war schief gelaufen. Die Mädchen im Schloss hatten ein Gerücht über sie erfunden oder seine Mutter hatte die Hochzeit abgelehnt. Vielleicht hatte der Laden, in dem sie das Kleid verkauft hatte, Sebastian über seine neue Braut aufgeklärt. Es gab so viele Dinge, die falsch gelaufen sein konnten bei ihrem Plan, sodass es immer schien, als wenn er nur an einem seidenen Faden hing.

Sophia wusste nicht, was falsch gelaufen war, also folgte sie Sebastian durch den Palast, ging von den Hauptquartieren zu den Gästezimmern, ging in eins, wo alles normal erschien, außer dem Wachmann der vor der Tür stand.

"Vielen Dank", sagte Sebastian zu dem Mann. "Sie können jetzt gehen."

“Ja, Ihre Hoheit”, sagte der Mann. Er ging, aber seine Anwesenheit ließ Sophia wundern, was hier los war.

Als Sebastian die Tür öffnete, hatte sie die Antwort. Das Zimmer war als Künstlerstudio eingerichtet, die meisten Möbel waren beiseitegeschoben worden, um Platz für die Leinwände und zum Arbeiten zu schaffen. Sophia musste nicht fragen, wessen Zimmer das war: es war offensichtlich das von Laurette van Klet, die Künstlerin die Sebastian mitgebracht hatte, um ein Porträt von Sophia zu kreieren. Die Skizzen von Sophia sagten viel aus. Sogar die Anfänge des Bildes in der Mitte, in Öl gearbeitet. Es war noch nicht annähernd fertig und Sophia vermutete, dass es selbst ein Vorbereitungsstück für eine größere Arbeit war, aber es war immer noch schöner, als sie gedacht hatte, es zeigte sie, als wenn sie in einem Garten säße, informell und noch schöner als sie annahm, dass sie im echten Leben war.

“Und?”, fragte Sebastian.

“Und, es ist schön”, sagte Sophia. “Aber ich verstehe nicht –“

“Hier”, sagte Sebastian und zeigte auf eine Stelle im Gemälde. Eine Stelle, an der Sophias Kleid hochgerutscht war in der lässigen Freude des Tages, und ein Stück ihrer Wade freigab und auch das Mal, das dort wie eine Anschuldigung saß.

Sie hatte es für den Ball mit Make-up bedeckt. Seitdem hatte sie das in Abständen immer wieder gemacht, aber heute nicht. Sie hatte es vergessen. Hatte sie es für ihre Fahrt auf dem Fluss auch vergessen? Die Wahrheit war, dass sie es nicht wusste, aber der Beweis war direkt vor ihr. Die einzige Frage war, was sie jetzt damit machen sollte.

“Ich verstehe nicht”, war alles, was sie sagen konnte.

Sebastian schüttelte ihren Kopf. “Lüg mich nicht an Sophia. Laurette malt, was sie sieht. Nur was sie sieht”. Er griff nach ihr, und obwohl Sophia zurückwich, erwischte er sie an den Schultern. “Einige der Frauen im Palast haben ebenfalls geredet, sagten das mit dir etwas nicht stimmt. Ich dachte, sie waren nur eifersüchtig, aber was, wenn nicht?”

Sophia versuchte ihn aufzuhalten, als er den Saum ihres Kleides hochhob, wohl wissend, dass es vorbei war, wenn er das tat. Es gab nichts, was sie tun konnte und sofort war das Symbol der Leibeigenschaft, das auf ihrer Wade tätowiert war, zu sehen.

Sebastian starrte mehrere Sekunden darauf und trat dann zurück. Sophia konnte den Schock fühlen, der von ihm ausging, seine Gedanken kamen so schnell, dass es schwer war, die alle aufzugreifen. Sie sah zu, als er auf den Boden sank, inmitten der arrangierten Staffeleien, er sah aus, als wenn er versuchte, die Welt auszuschließen.

“Sebastian”, begann Sophia und wollte zu ihm hingehen, um ihn zu trösten, aber das würde nicht funktionieren, oder? Nicht, wenn sie diejenige war, die ihm wehtat.

Er schaute hoch und Sophia konnte das Glitzern von Tränen in seinen Augen sehen. Es war etwas, das sie nicht erwartet hatte und etwas, für das sie auf jeden Fall nie der Grund sein wollte.

“Warum?”, fragte er. “Warum hast du mich angelogen Sophia? Ist das überhaupt dein echter Name?”

“Ja”, versicherte Sophia ihm. Zum ersten Mal, seit sie ihn getroffen hatte, ließ sie den angenommenen Akzent fallen. “Nur nicht Meinhalt.”

“Nicht einmal deine Stimme ist echt?”, sagte Sebastian und er hörte sich jetzt verzweifelt an. “Wir kennen uns seit … wann? Höchstens ein paar Tage. Wir wissen nichts übereinander, oder? Wer *bist* du?”

Sophia schluckte bei der Frage. Es war eine, bei der sie nicht sicher war, ob sie selbst die Antwort kannte.

Sie versuchte eine Antwort zu geben, aber es war keine echte. Sie hatte sich dieselbe Frage immer und immer wieder gestellt ohne Antwort. Es tat dennoch weh, es von Sebastian zu hören.

Sie wollte ihm so dringend alles sagen. Über sich selbst, ihre Vergangenheit und noch mehr darüber, wie ehrlich sie ihn liebte. Darüber, wie, selbst wenn alles andere falsch war, ihre Liebe zu ihm echt war. Darüber, dass sie ihn nie verletzten wollte. Wie ihre Lügen, ihr Benehmen nicht einmal sie war.

Aber in dem Rausch ihrer Gefühle blieben ihr die Wörter im Hals stecken. Alles, was sie schaffte war:

“Ich wollte nicht, dass es so ist.”

Sebastian stand auf und ging zu der Leinwand. Wie ein plötzlicher Sturm, nahm er es, zerstörte es und riss es durch.

“Du hast mich ausgetrickst”, rief er. “Du hast mich ausgenutzt! Alles, was du wolltest war mein Wohlstand! Meine Stellung! Ich war dir immer egal!”

Sie fühlte einen Schmerz in ihrer Brust bei seinen Worten, bei der plötzlichen Gewalt des Ganzen, ihr Bild in Stücke zerrissen zu sehen. Es war ein passendes Bild davon, wie sie sich selbst fühlte, ihr Leben lag vor ihr in Stücke zerrissen.

Trotz ihrer Bemühungen begann sie zu weinen. Sie stand da und weinte wie ein kleines Mädchen, das keinen hatte, der sie tröstete.

Das schien Sebastian zu überraschen. Er hielt inne, bei dem was er tat und seine Wut ebbte ab. Er starrte sie an, als wenn es ihm leidtäte, als wenn er erkannte, dass er zu weit gegangen war.

Und trotzdem kam er nicht, um sie zu trösten.

Sie wollte so gern seine Gedanken lesen und dennoch waren die immer noch ein Durcheinander von gesteigerten Emotionen, widersprüchlichen Gefühlen, sie konnte nicht alle lesen.

“Ich weiß nicht, wo ich hingehen soll”, schluchzte Sophia unfreiwillig.

Sie bereute es sofort. Sie wollte seine Sympathie nicht mehr oder seine Hilfe.

Und dennoch stand er da, ruhig. Seine Wut und sein Schock schienen abzuebnen, sein Gesicht schien sich in etwas wie Mitleid zu verwandeln.

Sie wollte kein Mitleid. Und erst recht nicht von ihm.

Sie wollte Liebe. Wahre Liebe. Und sie erkannte in dem Moment, das selbst wenn sie das mit Sebastian gefunden hatte, dass sie es für immer verloren hatte.

Sophia machte einen Schritt zurück.

Sie wischte sich die fließenden Tränen ab und zog den Ring vom Finger, den er ihr gegeben hatte. Sie ließ ihn auf den Teppich fallen, den sie traute sich nicht Sebastian noch einmal anzufassen und sie konnte ihn auch nicht mitnehmen.

Sie wollte so verzweifelt sagen: *Ich will, dass du weißt, dass auch wenn das andere eine Lüge war, meine Liebe war es nicht.*

Aber in dem Moment stieg ein Schluchzen in ihrem Hals hoch, so groß, dass es ihre Sprache übertönte.

Alles was sie tun konnte, war sich umzudrehen und zu fliehen. Vor dem Schloss zu fliehen, vor dem Mann den sie liebte und vor diesem Leben, das ihr gerade noch zu Füßen gelegen hatte.

KAPITEL DREIUNDZWANZIG

Kate kehrte frustriert nach Ashton zurück, aber auch ein wenig beruhigt. Frust, weil sie nicht die Stärke erhalten hatte, nach der sie gesucht hatte. Beruhigt, weil es die Dinge auf viele Arten viel einfacher machte. Sie konnte das Angebot der Hexe nicht annehmen und so würde ihr Leben damit verlaufen, Thomas' Lehrling in der Schmiede zu sein und zu versuchen, alles über Klingen zu lernen, in dem sie sie durch die Luft schwang.

Das war nicht, was sie gewollt hatte, als sie in die Stadt gekommen war, aber es hatte das Potenzial für ein angenehmes Leben, besonders wenn Will da war. Vielleicht bekam man nicht immer, was man wollte im Leben, aber vielleicht waren auch die Alternativen ganz gut. Der Gedanke an Will, der in der Schmiede wartete, ließ Kate lächeln als sie zu den Außenbezirken der Stadt kam. Es würde nicht mehr lange dauern, bis sie zurück war.

Kate stieg ab und führte ihr Pferd die letzte Strecke zum Schmied. Sie war lange genug für den Tag geritten und ihre Beine schmerzten schon davon.

"Wenn wir zurückkommen", sagte sie zu dem Pferd, "hast du wieder ein ruhiges Leben und ich werde der beste Lehrling sein, den Thomas haben kann."

Er war definitiv ein besserer Lehrer, als die Alternative. Er war freundlich und geduldig und das entscheidende, war, das der Lehrling eines Schmiedes zu sein, kein Risiko barg einen Gefallen zuschulden, wie bei der Hexe mit unbekannten Gefallen. Es gab einige Dinge, die sie nicht tun könnte, nicht einmal für die Stärke, mit der sie sich rächen könnte. Das zu begreifen, brachte eine Art Frieden mit sich, als hätte eine Flamme, die in Kate alles verzehrt hatte, es gedämpft. Vielleicht war das auch eine gute Sache. Vielleicht war all das ein Zeichen, dass sie die Gewalt sein lassen sollte. Vielleicht –

"Da bist du!" rief eine Stimme. "Ich kenne dich!"

Und Kate kannte die Stimme. Das letzte Mal als sie sie gehört hatte, hatte der Besitzer sie zum Rand des Flusses getrieben, entschlossen sie zu Brei zu schlagen, bevor er sie zurück ins Waisenhaus brachte.

Tatsächlich, als sie schaute, war der größte Junge vom Hafen da, näherte sich ihr mit der Gewissheit von jemandem der wusste, dass Kate nirgendwo hingehen konnte. Er nahm sich Zeit und Kate wusste genug über die Taktiken von Schlägern, dass er ihr nur Zeit gab, damit sie Angst bekam.

Sie konnte von seinen Gedanken lesen, dass er sein Glück kaum fassen konnte, sie endlich gefunden zu haben, nachdem er sie so lange gesucht hatte.

Er sah nicht gut aus. Er hatte immer noch Prellungen von der Rauferei am Hafen, aber es gab noch frische Prellungen, die klar von Schlägen kamen. Wenn es jemand anderes gewesen wäre, hätte Kate vielleicht noch Mitgefühl gehabt. Aber so ging sie ihm aus dem Weg, fragte sich, ob sie auf das Pferd steigen und wegreiten sollte.

"Es macht keinen Sinn wegzulaufen", sagte er. "Ich suche dich seit Tagen, du kleine Hexe! Die anderen haben sich im Waisenhaus verkrochen und sagen, dass sie lieber an die Mine verkauft werden wollen, anstatt weiter zu suchen. Ich habe trotzdem weitergesucht."

"Gut für dich", sagte Kate. Sie suchte einen Weg zu ihrem Pferd zu kommen. Wenn sie reiten könnte, könnte sie so schnell wie möglich von diesem Idioten wegreiten, so wie damals am Fluss.

"Gut für mich, schlecht für dich", sagte der Junge. "Versuch *nicht* zu laufen. Glaubst du, ich weiß nicht, dass du für den Schmied arbeitest? Ich habe nach dir gesucht. Ich habe nach dir gefragt. Und jetzt ..."

Kate gab es auf, sich dem Pferd zu nähern, sie hielt sich fest, als der Junge näherkam.

"Und was jetzt?", fragte Kate. "Du hast dieses Mal keine Freunde dabei, die dir helfen."

"Glaubst du, ich brauche die? Um ein Mädchen zu Händeln? Ich habe dich gejagt, ich habe die Jäger selbst vermieden und jetzt will ich, dass du bettelst, dass ich dich zurückbringe."

Kate nahm die Übungsklinge aus ihrem Gürtel. Es war nur Holz, aber es war dennoch lang genug, um damit zu drohen.

"Denk darüber nach", sage Kate.

"Ich denke nach", sagte Junge. "Ich denke, wenn ich dich zurückbringe, dann lassen sie mich in eine der Jägergruppen. Ich werde meine Leibeigenschaft mit dem ersten Fang zahlen. Dann kann ich tun, was ich will."

Kate seufzte bei der ganzen Blödheit von allem. Sie wusste alles darüber, wie Pläne in der echten Welt funktionieren. "Du kannst *bereits* tun, was du willst. Hör zu, wie heißt du?"

“Zachariah”, sagte der Junge abwehrend, als wenn er einen Trick erwartete.

“Gut Zachariah, guck, wo du bist. Du bist nicht im Waisenhaus, oder? Du bist nicht mittendrin verkauft zu werden, du kannst gehen und tun, was du willst. Du hast die Jäger für einen oder zwei Tage vermieden, also warum nicht für immer? Es gibt nicht so viel von denen im Land, oder? Du kannst dich einfach umdrehen und gehen.”

Es schien so offensichtlich für sie. Keiner von ihnen war in Leibeigenschaft oder in Gefahr. Der Junge würde seinen Weg gehen und sie ihren und das Haus der Herrenlosen würde keine von ihnen mehr besitzen. Er konnte sein Leben da draußen gestalten, entweder eine Farm finden, wo er arbeiten konnte oder eher wahrscheinlicher, das Leben eines Diebes zu leben. War das nicht genug?

“Ich könnte”, sagte er. “Ich will aber nicht. Was ich *will*, ist dich blutig schlagen, nach den Wachmännern rufen und dann lachen, während sie dich zurückbringen. Wachmänner!”

Er rief so laut, dass Kate zusammenzuckte.

“Wachmänner! Hier ist eine Flüchtige!” Er schaute Kate spöttisch an. “Und wenn sie dich fangen, dann werden sie dich dazu bringen auch deine Schwester zuliefern. Vielleicht werde ich…”

“Hör auf über meine Schwester zu reden!”, schrie Kate, und schwang die Übungsklinge über seinem Kopf. Er zuckte zusammen und es traf seine Schulter und prallte ab.

“Ich werde dich zu Blei schlagen“, versprach er und griff sie an. Er krachte gegen Kate, und augenblicklich stürzten die beiden auf den Boden, der Schwung des Ansturms ließ sie beide zusammenstoßen.

Kate schlug ihn mit ihrer Holzklinge, aber der Junge erwischte es und drehte es ihr aus der Hand. Er schlug sie hart und in dem Moment war Kate wieder auf dem Trainingsplatz oder am Hafen. Sie schmeckte Blut auf dieselbe Art, fühlte es in ihrem Kopf klingen. Sie empfand dasselbe Gefühl völliger Hilflosigkeit, und sie *hasste* es.

“Ich werde es aussehen lassen, als wenn du von dem Pferd getreten worden bist”, sagte er. “Dann werde ich deine Schwester finden und ich werde euch beide zurückbringen.”

Kate griff nach ihrem Holzschwert, er schlug es ihr aus der Hand. Er schlug sie erneut, dann griff er es selbst und hob es hoch.

“Oh, möchtest du das?”, fragte er.

“Nein”, sagte sie und ihre Stimme hörte sich für sie selbst fremd an. “Ich will nur, dass du deine Hände voll hast”

Sie zog ihr Essmesser aus seiner Hülle und vergrub es mit einer Bewegung in seiner Brust.

Es war einfacher, als sie gedacht hatte. Das Messer war scharf und das Fleisch des Jungen war weich, es fühlte sich nicht so an, als wäre es so einfach, jemanden zu töten. Es sollte nicht so einfach sein, einfach ein Messer unter die Rippen von jemandem zu rammen, zuzuhören, wie er keuchte, als es das Herz erreichte.

Zachariah sah geschockt aus, bei dem plötzlichen Schmerz dabei. Er sah aus, als wenn er versuchte etwas zu sagen, vielleicht wieder die Wachmänner rufen würde, aber die Wörter kamen nicht. Stattdessen floss Blut aus der Seite seines Mundes und er sackte zusammen, sein Gewicht fiel auf Kate.

Das Schlimmste daran war, dass ihre Fähigkeit sie den Moment sehen ließ, als er starb, seine Gedanken gingen von Schmerz und Panik bis zu einer völligen Leere, als sein Geist entwich. Sie fühlte den Moment, als er starb und sie fühlte …

… ja was fühlte sie? Das war eine schwerere Frage, als Kate gedacht hatte. Das er es verdient hatte hauptsächlich. Dass sie unter seinem ganzen Gewicht weg musste, ehe es sie zerquetschte. Keine Reue. Noch nicht. Nicht die Panik, von der Kate sicher war, sie zu fühlen, weil sie gerade jemanden *umgebracht* hatte.

Stattdessen fühlte sie sich selbst schon fast merkwürdig ruhig dabei. Wie das Zentrum eines Sturms, als wenn der Rest der Welt nicht wirklich existieren würde. Kate drängte sich unter dem Gewicht des Jungen hervor, wischte ihr Messer sauber und sah dann, dass auch Blut auf ihrer Tunika war. Sie konnte dennoch nichts dagegen tun.

In der Entfernung signalisierten Pfiffe und Rufe die Annäherung von Wachmännern oder die Bewohner taten sich einfach zusammen, wenn jemand nach Hilfe rief. Das war es, was sie taten, wenn es Gefahren gab, oder? Sie schrien und alle, die dort lebten, kamen zusammen um die Diebe oder die Wölfe zu vertreiben oder um die Mörder zu hängen. Kate hörte, wie sie näherkamen und für eine lange Zeit, war alles, was sie tun konnte, da zu stehen und zu versuchen das zu verstehen.

Jetzt hatten Emotionen begonnen, sich durch den Schock zu winden. Sie hatte gerade jemanden umgebracht und der ganze Horror des Ganzen landete auf ihr wie ein Bleigewicht. Was auch immer der Grund war, wie auch immer die Situation war, sie hatte jemanden erstochen.

Wenn die Wachmänner sie suchten oder die größere Menge des Volks auf sie zukam, würde es einen Unterschied machen, dass er sie halb totschlagen wollte?

Kate bezweifelte das. Sie ging zurück zu ihrem Pferd, halb stolpernd vor lauter Emotionen und dem Schmerz der Schläge. Sie brauchte drei Versuche, um überhaupt aufzusteigen, zog sich schwerfällig in den Sattel und fiel fast dabei runter.

Sie wusste nicht, was sie mit Zachariahs Körper machen sollte, sie war sich nicht sicher, ob sie irgendwas tun *konnte*, wenn das schiere Todesgewicht von ihm so schwer war. Auf jeden Fall kam Ärger näher und es war keine Zeit mehr. Sie ließ ihn also mitten auf der Straße liegen und ritt in Richtung des Hufschmiedes.

Während Kate ritt, sank das ganze Gewicht des Ganzen, was sie gerade getan hatte, in ihr. Sie war eine der Leibeigenen, die vor ihrem Schicksal davon lief, die jemanden getötet hatte, als dieser versuchte hatte, sie zurückzuholen. Sie würden sie töten dafür und es wäre ein Wunder wenn sie sie nur dafür hängen würden, anstatt sie in einem Galgen verhungern zu lassen oder sie an einem Rad brechen.

Sie war schon fast beim Hufschmied angelangt, als sie erkannte: sie konnte nicht zurückgehen. Kate wusste nicht, ob sie jemand gesehen hatte, wie sie mit Zachariah gekämpft hatte. Sicherlich hatte jemand gehört, wie er gerufen hatte. Es würde nicht lange dauern, bis die Menschen herausfanden, dass sie diejenige war, die er gefunden hatte, besonders wenn er Fragen über sie gestellt hatte.

Wenn sie zurückginge, würde sie den Ärger direkt zu Thomas und Winifreds Tür bringen. Direkt zu Will. Was war die Strafe für Beihilfe zum Mord? Nur der Gedanke daran, dass Will etwas passieren konnte, machte Kate krank.

Er und Thomas waren draußen, als Kate zurückkam. Sie stieg nicht ab. Sie traute sich nicht, denn wenn sie abstieg, würden sie sie vielleicht überreden zu bleiben oder ihr sagen, dass sie sie schützen würden vor dem, was kam, wenn sie es gar nicht konnten. Niemand konnte das.

“Kate”, sagte Will mit einem Lächeln. “Du bist wieder da! Das ist gut, du kommst genau richtig, mein Vater und ich haben eine Überraschung für –“

“Will”, schnitt ihm sein Vater das Wort ab. Thomas hatte offenbar mehr gesehen, als sein Sohn. “Sei einen Moment ruhig. Etwas stimmt nicht.”

Kate saß da auf dem Pferd, starrte sie an und wusste nicht, was sie sagen sollte. Es schien falsch irgendetwas zu sagen, denn in dem Moment, indem sie das tat, würde sie eine Welle von Schmerz den einzigen Menschen bringen, die freundlich zu ihr gewesen waren.

“Kate?”, sagte Will. “was ist los? Warum ist da Blut auf deiner Tunika? Hat dich jemand angegriffen?”

Kate nickte. “Ein Junge vom Haus der Herrenlosen. Er wollte mich zurückbringen. Er hat mich angegriffen und –“ Es war schwer das zu sagen. Sie wollte nicht, dass Will oder Thomas dachten, sie wäre eine Art Monster.

“Und?”, fragte Thomas.

“Und ich habe ihn getötet”, sagte Kate. “Ich hatte keine Wahl.”

Stimmte das? Es hatte so ausgesehen, als wenn sie keine andere Möglichkeit gehabt hatte, als sie das Messer in ihn stach, aber die Wahrheit war, sie *wollte* Zachariah töten. Er hatte es verdient, nach all dem was er ihr angetan und alles, was er ihr angedroht hatte.

“Geh rein”, sagte Will. “Wir müssen dich verstecken.”

Thomas verstand es besser. “Sie werden sie finden, auch wenn wir sie verstecken, Will. Sie wissen, dass ich einen neuen Lehrling habe. Sie werden nicht lange brauchen.”

“Was sollen wir dann machen?”, fragte Will.

Kate beantwortete das. “Es gibt nur eins, was ich tun kann: ich muss gehen. Wenn ich aus der Stadt gehe, werde sie nicht für immer nach mir suchen, aber wenn ich hier bleibe, werden Sie sowohl euch als auch mir wehtun.”

“Nein”, sagte Will. “Wir können uns wehren. Wir können sie bekämpfen.”

Kate schüttelte ihren Kopf. “Können wir nicht. Nicht alle von ihnen. Sie würden dich nur auch umbringen, mit mir zusammen und dass will ich nicht Will. Ich muss gehen.”

Kate konnte den Schmerz und die Enttäuschung, die von Will ausging, wie aufsteigenden Rauch fühlen. Es passte zu dem, was sie in dem Moment fühlte, aber sie wusste, er verstand die Gefahren nicht, die kamen.

“Ich will nicht, dass du gehst”, sagte er.

“Und ich will nicht gehen”, antwortete Kate. “Aber ich muss. Es tut mir leid, Will. Thomas, danke, dass Sie mir ein Zuhause gegeben haben und ich wünschte, ich hätte mehr gelernt.”

“Du wärst ein guter Lehrling gewesen”, sagte Thomas. “Ich habe etwas für dich. Es sollte eine Überraschung sein. Will?”

Will antwortete einen Moment nicht, aber dann nickte er. Er ging zu einer Stelle, wo ein Tuch etwas abdeckte und zog es weg. Kate sah das Glitzern eines Schwertes. Noch mehr, es war ein Schwert, das sie erkannte, denn sie hatte die Holzversion davon auf ihrer Hüfte.

“Es war nicht genug Zeit, um mehr als dieses Grundschwert zu schmieden”, sagte Thomas. “Ich wollte es schärfen, der Griff und die Detailarbeit sollte Teil deiner Ausbildung sein, aber es ist stark und es ist leicht."

Er nahm es und übergab es Kate. Es war noch lange nicht fertig, aber es war trotzdem mehr als sie erwartet hatte. Es war lang und leicht, fühlte sich an als wäre es perfekt ausbalanciert, sobald sie ihren Griff darum legte. Es war wahrscheinlich die schönste Sache, die sie je besessen hatte.

"Ich habe mit meinem Vater daran gearbeitet", sagte Will. "Wir wollten es dir als Willkommensgeschenk geben. Jetzt … denke ich ist es ein Abschiedsgeschenk."

"Ich weiß nicht, was ich sagen soll", sagte sie. "Danke. Danke euch beiden so sehr."

Kate nahm es, legte es an seinen Platz neben dem Holzschwert, sodass beide an der Seite ihres Gürtels hingen. Sie spürte, dass sie etwas sagen müssten, etwas mehr als Danke.

Es gab so viel was sie sagen wollte, so viel was sie *tun* wollte, aber sie konnte immer noch die Rufe in der Entfernung hören, die eskalierten, als sie die Leiche gefunden hatte, die sie zurückgelassen hatte. Das machte klar, das nicht genug Zeit für alles andere war.

Sie lehnte sich ein wenig vom Sattel, küsste Will schnell und kurz und war sich nicht einmal sicher, ob sie das richtig machte. Es war nicht so, als wenn sie Zeit gehabt hätte, das Küssen zu üben. Sie setzte sich wieder gerade hin, noch ehe er etwas sagen konnte, obwohl es keinen Unterschied machte, da ihre Gabe ihr all die Dinge sagte, die er ihr sagen wollte. Sie zu hören tat weh, als wenn ihr jemand das Herz aus der Brust reissen würde, wenn sie sich jetzt umdrehte.

Kate tat es trotzdem. Sie gab ihrem Pferd ein Zeichen und ritt los, hörte auf die Rufe, die sich aufbauten, als noch mehr Leute nach ihr zu suchen begannen. Sie hatte keine Zeit darüber nachzudenken, wo sie hinging. Es gab nur ein Ort, wo sie *hinkonnte*, wenn sie überleben wollte.

Es schien, dass die Frau am Brunnen doch noch bekam, was sie wollte.

KAPITEL VIERUNDZWANZIG

Sophia lief auf den Straßen von Ashton und dieses Mal war es schlimmer als vorher. Das letzte Mal war sie gerade direkt aus dem Waisenhaus gekommen und dankbar, entkommen zu sein. Sie hatte auch ihre Schwester bei sich und zwischen ihnen beiden schien es, als wenn alles möglich wäre.

Jetzt aber tat der Verlust, der da war seit Sebastian ihr gesagt hatte, dass sie gehen musste, weh. Es machte nichts, dass er das genauso wenig wollte wie sie. Was wichtig war, war das er es gesagt hatte. Er hatte sie auf die Straße gesetzt, so wie sein Bruder es sicherlich getan hätte, nachdem er bekommen hätte, was er wollte. Er hatte gesagt es war, um Sophia zu schützen, aber war es nicht eher, um ihn selbst zu schützen? War er nicht wirklich darum besorgt, was passieren würde, wenn seine Mutter oder die Adligen herausfanden, dass er in sie verliebt war?

Sophia fühlte die Hitze der Tränen, die fielen, als sie lief und sie versuchte nicht einmal, sie zurückzuhalten.

Niemand schaute zu ihr, als sie auf den Kopfsteinpflasterstraßen von Ashtons wohlhabender Wohngegend lief. Niemand schaute auf ihr herzzereißendes Herumwandern. Niemand kümmerte sich genug, um zu ihr hinzuschauen.

Kate! Sandte sie zum millionsten Mal. *Wo bist du?!*

Und es kam wieder keine Antwort.

Zum ersten Mal in ihrem Leben fühlte Sophia sich wirklich alleine.

Auf der Straße zu sein war dieses Mal schlimmer, wegen allem, was sie schon fast gehabt hatte. Sophia hatte sich gefühlt, als wäre sie am Rande von allem gewesen, was sie wollte: ein sicheres Leben mit einem Mann, den sie liebte und der sie auch zu lieben schien; ein Platz unter den reichen Adligen der Erblinie; Akzeptanz, als etwas mehr als nur eine Waise, die nur zur Leibeigenschaft geeignet war, als was auch immer die Adligen sie wollten.

Sophia ging weiter, wollte nicht anhalten, wo jemand sie vielleicht sehen und erkennen würde. Es war peinlich genug, dass all das passierte, schon ohne darüber nachzudenken, was vielleicht passierte, wenn jemand vom Palast sie sah. Sie wollte nicht darüber nachdenken wie Milady d'Angelica angeben würde, wenn sie herausfand, dass Sophia gezwungen worden war, den Palast zu verlassen und die Hochzeit abgesagt wurde.

Sie wollte nicht darüber nachdenken, was passierte, wenn sie die Wahrheit herausfand. Was würde passieren, wenn das adlige Mädchen erkannte, dass sie ausgetrickst worden war, geschlagen für die Liebe des Prinzen von einem Mädchen, das nur ein Schuldknecht war?

Was würde Sebastian erzählen, was passiert war? Das sie in ihr angenommenes Land zurückgerufen worden war? Das es einen ungenannten Skandal gab? Würde Sebastian überhaupt was sagen? Vielleicht würde die Witwe bekannt geben, dass alles, was Sophia von Meinhalt betraf ihr Unzufriedenheit bescherte und das wäre es dann.

Was immer passierte, Sophia würde nicht zurückgehen können und das machte es noch schlimmer. Als sie das Waisenhaus zum ersten Mal verlassen hatte, hatte es einen Schimmer Hoffnung gegeben in ihrem Traum, einen Platz unter den Adligen zu finden. Jetzt hatte Sophia das Gefühl, als hätte sie die letzte Hoffnung verbraucht, mit nichts als der Aussicht auf ein schlimmeres Leben.

Zumindest würde sie heute Nacht nicht mit dem Rücken am Schornstein schlafen müssen. Sie hatte immer noch das Geld, das sie vom Verkauf ihres gestohlenen Kleids bekommen hatte. Sie könnte ... naja, wenn sie vorsichtig war, könnte sie viele Dinge kaufen, aber im Moment tat es noch zu weh über all die Dinge nachzudenken, die als Nächstes passieren würden. Sie wollte ein Zimmer für die Nacht, sodass sie schlafen und den Schmerz herausweinen konnte, aus Sebastians Leben gedrückt worden zu sein.

Hätte sie irgendwas anders machen können? Sophia stellte sich die Frage wieder und wieder, während sie sich umsah, sie suchte nach einem Gasthof, der vielleicht noch ein Zimmer freihatte. Es schien keine gute Antwort darauf zu geben. Sie hätte besser aufpassen müssen, um ihre Markierung zu verdecken, aber in Wahrheit, egal wie vorsichtig sie gewesen wäre, früher oder später hätte es jemand gesehen. Es war da, und bezeichnete sie unauslöschlich als etwas wenigeres; etwas, was man hasste. Sie hätte das Make-up ein anderes Mal vergessen oder der Regen hätte es abgewaschen und dann…

Naja, dann wäre es vielleicht nicht nur Sebastian gewesen, der es gesehen hätte. Vielleicht ein Dutzend Adliger die sie gegriffen hätten und ihr Leben für diese Beleidigung gefordert hätten, anstelle nur dem Mann, der sich um sie sorgte.

Sophia ging weiter, bis sie einen Gasthof entfernt vom Palast gefunden hatte. Sie wollte weit genug weg vom adligen Bezirk sein, sodass sie keiner der Adligen oder ihre Diener erkannte, aber sie wollte auch nicht bis in den schlimmsten Bezirk der Stadt gehen. Es gab einige Orte, an die sie nicht zurückkehren wollte, auch wenn es sie eine extra Münze oder vielleicht zwei gekostet hätte, dort zu bleiben.

Sie ging hinein und versuchte nicht zu sehr die Verletztheit zu zeigen, die durch ihr Herz schnitt und sie fühlen ließ, als wenn sie einfach weiterlaufen sollte, bis sie vor Erschöpfung umfiel. Der Gasthof war weit weg vom Luxus des Palastes, aber er schien sauber und die Leute, die dort blieben, schienen eher wie Kaufleute zu sein, die durch die Stadt zogen, als raue Hafenarbeiter oder Söldner.

Sophia fühlte sich hier nicht sicher, denn wo *könnte* sie sicher sein, wenn sie sogar im Palast in Gefahr gewesen war? Auch wenn es für heute Nacht gut wäre. Danach … naja, Sophia konnte nicht weiter denken. Vielleicht würde sie ihr Leben als Diebin leben, ihre Fähigkeit nutzen, um zu fühlen, wenn Menschen nicht hinsahen, bis man sie erwischte. Vielleicht würde sie versuchen ihre Schwester zu finden, auch wenn Sophia den Gedanken hasste, sie in Probleme zu bringen, was immer für ein Leben Kate für sich gefunden hatte.

Sie ging zum Tresen des Gasthofs, wartete auf die Aufmerksamkeit des Besitzers und nahm ein paar Münzen heraus.

“Ich hätte gern ein Zimmer für die Nacht”, sagte sie. Es fiel ihr schwer das zu sagen, ohne dabei in Schluchzen auszubrechen.

Der Besitzer schüttelte seinen Kopf. “Wir haben keine freien Zimmer.”

“Aber –“

“Wir haben keine Zimmer übrig”, wiederholte der Mann und dieses Mal erwischte Sophia ein Hinweis auf seine Gedanken dahinter.

Einfach von der Straße hier hereinkommen ohne Gepäck und sie hört sich an, als wenn sie aus den Slums kommt. Glaubt sie, ich erkenne keine Hure, wenn ich eine sehe? Wenn ich sie herauswerfen müsste, würde das nicht gut aussehen.

Die Gedanken von allen anderen sagten ihr, dass sie mehr oder weniger dasselbe dachten. Für sie war sie auf keinen Fall etwas anderes als der Abwurf eines reichen Mannes.

Vielleicht war sie das auch auf eine Art.

“Ich werde dann etwas anderes finden”, sagte Sophia und drehte sich um, mit dem was sie hoffte, was noch ein wenig Würde war. Sie schaffte es zur Tür, ehe die Tränen zurückkamen und sie auf die Straße lief, hoffend, dass sie in der wachsenden Dunkelheit vor der Welt verstecken könnte, wie aufgewühlt sie war.

Jeder Schritt tat jetzt weh, ein Gefühl von Sinnlosigkeit und Wertlosigkeit schnitt durch alles, was Sophia tat. Sie hatte keinen Platz im Palast gefunden. Sie hatte nicht die Einsicht gehabt, mit ihrer Schwester zu gehen. Sie konnte nicht einmal einen Gasthof finden, der sie aufnahm. Sie wusste nicht, was sie als Nächstes tun sollte.

Sophia ging in Richtung des Flusses, in die ärmeren Teile der Stadt. Sie war sich nicht sicher, warum sie das tat oder ob sie dort einen günstigeren Gasthof finden würde, wo es ihnen vielleicht egal war, was sie zu sein schien oder ob sie einfach weiterlaufen oder sich selbst in den Fluss stürzen wollte. Im Moment schien alles gleich und Sophia war sich nicht sicher, ob sie sich um den Unterschied scherte.

Sie ging weiter, die engen Straßen herunter, wo die Häuser zusammengepfercht waren und es keine Gebäude gab, die gut in Schuss waren. Sie ging an Personen in Alleen vorbei ohne sie anzuschauen und ignorierte ein unzügliches Angebot, das ihr jemand aus einer Tür zurief.

Sie war so verletzt in dem Moment, dass sie für alles taub war, die Stadt wurde zum Hintergrundgeräusch zu dem Gewicht, das sich um ihr Herz zog. Sophia nahm einen zittrigen Schritt nach dem anderen, sie kümmerte sich nicht um die Geräusche von Ashton während die nächtlichen Bewohner auf die Straßen kam.

Vielleicht war die Taubheit der Grund, warum sie die Fußschritte nicht hörte, die ihr folgten. Es war sicherlich der Grund, warum sie ihr Talent nicht nutzte, um die Gedanken derer um sie herum aufzunehmen. Sie hatte genug Probleme mit ihren eigenen Gedanken, ohne noch mehr Männer hinzuzufügen, die sich fragten, ob sie sie für den Abend kaufen konnten oder Schläger, die sich fragten, ob sie jemanden bekämpfen sollten.

Erst als sie weiterlief, bemerkte sie: Jemand folgte ihr.

KAPITEL FÜNFUNDZWANZIG

Kate ritt von dem einzigen Glück weg, dass sie je gefunden hatte, und zwang sich nicht zu weinen. Sie ritt schneller als sie den ganzen Tag geritten war, ignorierte den Teil, wo es dunkel wurde und ließ ihr Pferd einfach laufen.

Sie musste laufen, denn sie war jetzt eine Geächtete. Sie hatte jemanden umgebracht. Sie hatte ein Pferd gestohlen. Jeder der sie jagte würde versuchen, ihre Kehle durchzuschneiden oder sie gleich zum Galgen bringen, sie würden sie nicht zum Haus der Herrenlosen zurückbringen.

Es gab Schreie der Verfolgung irgendwo hinter Kate, als sie ging. Diese waren jetzt ruhig geworden und Kate musste einfach hoffen, dass das nicht war, weil sie ihre Wut an Will und seiner Familie ausließen. Indem sie ging, hoffte sie, dass sie es so aussehen ließ, als wenn sie sie genauso wie alle anderen betrogen hatte und dass der Ärger ihr folgen würde, nicht ihnen.

Sie ritt, bis es zu dunkel war um weiterzureiten und die Straße nur noch im Spiegeln des Mondlichts zu erkennen war. Sogar ihr Pferd scheute sich weiterzugehen, und zog in Richtung Straßenseite, während es langsamer wurde. Kate nahm den Hinweis an, ging fünfzig Schritte von der Straße weg, ehe sie ihr Pferd an den Ästen des niedrigen Busches band und den Sattel von seinem Rücken nahm.

Sie schlief auf dem harten Boden, kalt, weil sie kein Feuer riskieren wollte, mit dem Schwert, das Thomas ihr gegeben hatte, neben ihr auf dem Boden liegend, falls jemand kam. Sie wusste nicht, was sie damit tun würde, wenn jemand kam. Würde sie sie umbringen auf die Art, wie sie den Jungen getötet hatte, der versucht hatte, sie zurückzubringen? Wäre sie in der Lage sie abzuwehren, wenn sie sie nicht töten konnte?

Kate schlief unruhig und konnte ihre Augen nicht lange schließen. Angst kam zusammen mit Albträumen, bis sie kaum noch sagen konnte, was was war. Lief sie von Schatten in einem Haus davon oder gab es wirklich Menschen, die dort nach ihr suchten? Kate wachte ein Dutzend Mal auf, fuhr mit schnellendem Atem hoch, nur um zu erkennen, dass die Angreifer Fragmente von Träumen waren.

Erst als die Sonne aufging, sah sie, dass ihr Pferd sich von dem Busch losgemacht hatte, an den sie es gebunden hatten. Es war weg, Spuren führten in die Ferne. Kate ging einen großen Kreis und versuchte es zu finden, aber es war weg. Vielleicht war es mit den wilden Pferden mitgelaufen. Vielleicht war es zum Besitzer zurückgelaufen, von dem sie es gestohlen hatte.

Wie auch immer, es bedeutete, dass sie laufen musste. Kate nahm den Sattel, ihr Schwert und die wenigen anderen Besitztümer, die sie hatte und ging zu Fuß weiter. Sie wusste nicht, ob Jäger hinter ihr her waren, aber sie ging zuerst einen anderen Weg als die Hufabdrücke, hielt sich auf steinigem Grund, sodass sie keine Fußabdrücke hinterlassen würde, sie wollte einfach sichergehen, dass niemand nachvollziehen konnte, in welche Richtung sie gegangen war. Erst als sie weit außerhalb ihres Campplatzes war, ging Kate zurück in den Wald.

Sie hielt sich von der Straße fern, während sie ging, bewegte sich stattdessen an Feldrändern und den kleinen Pfaden, die sich entlang der Straßen wanden. Es bedeutete, dass die Chance kleiner war, dass jemand sie sah, der vielleicht wusste, was sie getan hatte, aber es bedeutete auch, dass die Sonne hoch stand, ehe Kate die Bäume dichter werden sah. Sie war müde und hungrig, sie hatte ihren Durst nur mit Regenwasser beruhigt, dass sie aus einer Mulde eines niedrigen Steines gesammelt hatte.

Kate war froh, dass die Dinge besser für ihre Schwester liefen, als für sie selbst. Vielleicht waren sie zwei Seiten einer Medaille, sodass die Dinge für Kate schlecht liefen und Sophias Leben besser wurde. Kurz dachte Kate daran, was passieren würde, wenn sie zum Palast ging und nach Sophias Hilfe fragte. Wenn sie so nah am Prinzen war, vielleicht würde sie dann eine Art Gnade für Kate erwirken können, für alles, was sie getan hatte.

Kate lachte bei dem Gedanken und ging weiter in den Wald hinein. Wenn sie am Palast auftauchte, würden sie sie bestenfalls wegschicken, im schlimmsten Fall hängen. Es gab nur eine Adresse, zu der sie jetzt gehen konnte und sie war bereits auf dem Weg.

Kate ging in den Wald, suchte nach dem Beginn der Steintreppen, die zum Brunnen führten. Sie hatte jede Möglichkeit in Betracht gezogen, aber die Wahrheit war, dass es keine wirklichen Optionen gab. Sie hatte alles zerstört, in dem Moment in dem sie ihr Essmesser unter Zacharias Rippen gerammt hatte. Vielleicht war sie auf diesen Moment zugegangen, seit sie und Sophia aus dem Waisenhaus geflohen waren, getragen vom Schicksal, genauso wie es mit der Leibeigenschaft gewesen wäre.

Kate wollte das nicht glauben, aber sie ging immer noch in Richtung der Stelle, wo der Brunnen und Siobhan auf sie warteten.

Zumindest nahm sie an, dass sie wartete. Hier im Wald war es schwer zu sagen, in welche Richtung sie ging. Die Bäume sammelten sich um sie herum, drückten Kate zurück und zwangen sie mit jedem Schritt weiter vom Pfad weg zugehen. Das war nicht der Weg, den sie das erste Mal genommen hatte, als sie hier war und jetzt steckte sie bis zu den Schuhen im Matsch, sie war festgefahren, während die Äste sie fast kratzten, als würden sie den Ort bewachen.

Kate spürte Amüsement von oben. Sie stellte sich gerade und lauschte. Es gab kein Geräusch, aber das Gefühl war unwiderruflich. Die Hexe. Sie war da. Beobachtete sie. Erfreute sich an ihrem Leid.

Sie kam näher.

Es begann zu regnen, der Regen fiel durch die Bäume und platschte auf Kates Kleidung und ihre Haut.

“Ich weiß, was Sie machen”, rief Kate. “Lassen Sie mich durch, verdammt!”

Es kam keine Antwort.

Dennoch schien der Weg einfacher zu werden.

Dornen pikten Kate immer noch, aber sie verhedderten sich nicht mehr und hielten sie nicht mehr auf. Der Matsch saugte sich immer noch an ihren Füßen fest, aber es drohte nicht mehr ihre Stiefel auszuziehen. Die Bäume blockierten den Weg nicht mehr, sondern schienen sie stattdessen zu drängen.

Endlich fand sie einen kleinen Pfad, der bekannt aussah. Sie war gestern hier gewesen; sie war sich sicher. Sie konnte die zerbrochene Stufe der ersten Treppe sehen.

Sie sah hoch und stützte sich ab.

Und dann einen Schritt nach dem anderen begann sie hochzusteigen.

KAPITEL SECHSUNDZWANZIG

Sophia schaute über ihre Schulter und versuchte einen Blick auf die Menschen zu werfen, die ihr folgten. Trotzdem sah sie nichts.

Innerlich trieb ihre aufkommende Angst sie weiter. Sie bog in eine Seitenstraße ab und die Fußschritte blieben gleich mit ihren und sie widmete ihnen mehr Aufmerksamkeit. Sie folgten dem Rhythmus ihrer eigenen Schritte, wurden schneller, wenn sie schneller wurde, wurden weicher, wenn sie nach Bedrohungen Ausschau hielt. Es gab zu viele Gedanken in der Stadt, um sicher zu sein, wer ihr folgte oder warum, aber sie war sich sicher, dass es mindestens drei Gedankensets in ihrer Nähe gab.

Sie ging schneller und die Fußschritte wurden ebenfalls schneller.

Sie begann zu laufen. Sie wählte eine zufällige Richtung, lief durch die Dunkelheit ohne sich darum zu kümmern, wohin sie lief. Sie bog in einen Hinterhof ab, duckte sich durch eine halb offene Tür und versuchte ihren Atem zu beruhigen, sodass er sie nicht verraten würde. Vorsichtig, so langsam das es kaum hörbar war, schloss Sophia den Rest des Weges die Tür. Sie wollte keine Spuren ihrer Anwesenheit hinterlassen.

Sie stand dort im Schatten, hoffte, dass wer immer ihr folgte, weitergehen würde, sie alleine lassen würde, weil es zu viel Mühe machte, sie zu suchen. So arbeiteten Prädatoren in der Stadt. Sie jagten nur das, was einfach war und alles, was schwierig war, ließen sie laufen. Wenn sie ruhig blieb und außer Sichtweite, würden sie an ihr vorbeigehen und nach einem anderen Opfer irgendwo anders suchen.

Dann erwischte sie ein kurzes Aufblitzen ihrer Gedanken und wusste, das das nicht funktionieren würde. Sie ging vom Eingang weg, schaute sich nach einer Waffe um, aber da war nichts und überhaupt war Sophia nicht ihre Schwester. Sie hatte nicht die Fähigkeit die Angreifer zu bekämpfen. Sie konnte mit ihnen reden, sie überreden, vor ihnen weglaufen, aber nicht mit ihnen kämpfen.

Sophia suchte nach einem Weg, sie sah einen Stapel Kisten auf der anderen Seite des Hofs und begann zu klettern. Sie reichten nicht bis zu den Dachziegeln des Dachs, aber sie kam nahe genug.

Sie war schon vorher auf die Dächer der Stadt geklettert; sie konnte es wieder tun.

Sie spürte die Rauheit der Holzkisten unter ihren Händen, als sie sich selbst von Kiste zu Kiste schob und versuchte, sich einen Weg zu dem Ziegeldach zu erarbeiten. Als sie hörte, wie die Tür des Gartens geöffnet wurde, versuchte Sophia schneller zu sein.

Sie fühlte die Kisten unter ihr nachgeben und dann in einer Sekunde fiel Sophia.

Sie spürte, wie der Aufprall der Pflastersteine durch sie hindurchschlug, als sie auf den Boden schlug und Sophia konnte nicht einmal schreien vor Schmerz, als die Macht davon ihren ganzen Atem aus ihr pustete. Hände griffen nach ihr und Sophia wurde herumgedreht, sie versuchte freizukommen. Sie schaffte es nicht.

Stoff kam auf Sophias Gesicht und verdeckte den Rest Licht, das dort war, sie konnte nur noch schwer atmen. Hände hielten sie fest und jetzt *konnte* Sophia *nicht* atmen. Sie kämpfte weiter, aber sie konnte fühlen, wie die Stärke aus ihr wich und Dunkelheit, die nichts mit dem Stoff zu tun hatte, begann in die Ecken ihres Augenlichts zu kriechen.

Eine Stimme sprach zu ihr, sie schien von weit weg zu kommen.

“Hast du wirklich geglaubt, du könntest der maskierten Göttin entkommen?”

KAPITEL SIEBENUNDZWANZIG

Kate kletterte und kletterte und dieses Mal schienen die Stufen endlos. Sie hatte das Gefühl, dass sie gedrückt wurde, getestet. Vielleicht wurde sie nur daran erinnert, dass sie anders als Siobhan war, sie war weniger.

Sie ging trotzdem weiter, zwang sich nach oben.

Als sie die Spitze erreichte, war sie kurz vor dem Zusammenbrechen. Sie näherte sich dem Brunnen und wünschte sich, dass er voll wäre, sodass sie das kühle Wasser daraus trinken könnte.

Siobhan stand daneben, sah elegant und unberührt vom Regen aus. Sie lächelte und es lag Grausamkeit darin.

Sie stand da und starrte Kate stumm an, ihre Augen brannten durch sie durch.

Offensichtlich wartete sie darauf, dass Kate zuerst sprach.

"Ich… Ich weiß nicht, wo ich hingehen sollte", sagte Kate endlich und beugte ihren Kopf voll mit Scham.

Trotzdem wartete Siobhan, sie wollte offenbar mehr hören.

Kate nahm einen tiefen Atemzug.

"Ich habe jemanden umgebracht", fügte sie hinzu. "Er wollte mich zurück zum Waisenhaus bringen und ich habe ihn umgebracht."

Sie sah die andere Frau verständnisvoll nicken.

"Lehren, die blutig sind, sind immer die schwersten", sagte sie endlich. "Aber sie sind auch die Stärksten."

Siobhan streckte eine Hand aus.

Die Berührung ihrer Haut war so weich wie Moos oder die Berührung von Seide.

"Du hast gelernt, was sie dir in der Welt antun werden. Du hast gelernt, warum du so stark sein musst."

Kate sah sich selbst nicken. Sie *musste* stark sein. Sie musste so stark sein, dass niemand ihr je wieder wehtun konnte und so, dass keiner von denen die sie jagten, sie anfassen konnte. Sodass sie ihre Schwester schützen konnte. Sodass sie ihre Rache auf eine Kindheit ausüben konnte, die aus ihr herausgeprügelt worden war.

Sie brauchte mehr als das. Sie brauchte einen Ort, wo sie sicher war.

Siobhan ging zur anderen Seite des Brunnens. Die Landschaft flimmerte und Kate sah Wasser fließen.

Der Brunnen war wieder zum Leben erweckt.

Kate war beeindruckt von der Kraft der Frau. Dennoch hatte sie Angst vor dem Wasser vor ihr, wissend um den Preis, den das beinhaltete.

Siobhan langte mit einer kleinen Schöpfkelle hinein und füllte sie mit ruhiger Hand.

Dann drehte sie sich zu Kate und hielt es ihr hin.

"Bist du bereit Kate?"

Kate griff mit zitternder Hand danach und nahm die Schöpfkelle. Sie fühlte sich unglaublich schwer in ihrer Hand an, uralt, ein Ding an sich von großer Macht. Sie sah nach unten auf das glitzernde Wasser darin und war überrascht, wie wenig Wasser darin war. Weniger als eine kleine Schüssel.

Dennoch genug, um ihr Leben für immer zu ändern.

Genug, um sie zum stärksten Krieger zu machen, der je gelebt hatte.

Und genug um für immer in der Schuld der Hexe zu stehen.

Es war kein Pakt, den sie machen wollte.

Dennoch war dies eine harte, grausame Welt und Kate erkannte, dass sie sich auf niemanden außer auf sich selbst verlassen konnte. Sie wollte die Kraft. Sie wollte die Stärke.

Sie wollte das Waisenhaus zerstören.

Und sie wollte der größte Krieger werden, der je gelebt hatte.

Mit einer zitternden Hand hob sie die Schöpfkelle an ihre Lippen, das Metall kühl, das Wasser noch kühler.

Und sie schloss ihre Augen.

Und trank.

EIN GERICHT FÜR DIEBE
(Ein Thron für Schwestern—Buch Zwei)

"Morgan Rice hat sich etwas einfallen lassen, was verspricht, eine weitere brillante Serie zu werden, die uns in eine Phantasie von Tapferkeit, Ehre, Mut, Magie und Glauben an dein Schicksal eintauchen lässt. Morgan hat es wieder geschafft, eine starke Gruppe von Charaktere hervorzubringen, die uns auf jeder Seite begeistert ... Empfohlen für die permanente Bibliothek aller Leser, die gut geschriebene Fantasie lieben."
--Bücher und Filmbewertungen, Roberto Mattos (hinsichtlich Aufstieg der Drachen)

Von # 1 Besteller Morgan Rice hat eine neue unvergessliche Fantasie Reihe geschrieben.

In ein GERICHT FÜR DIEBE (Ein Thron für Schwestern – Buch zwei), steht Sophias siebzehnjährige Welt Kopf, als sie von der romantischen Welt der Aristokraten wieder zurück zum Horror des Waisenhaus gebracht wird. Dieses Mal scheinen die Nonnen zu beabsichtigen, sie zu töten. Das schmerzt sie dennoch nicht so sehr, wie ihr gebrochenes Herz. Wird Sebastian seinen Fehler erkennen und zu ihr zurückkommen?

Ihre jüngere Schwester Kate, 15, beginnt ihre Ausbildung bei der Hexe, wird unter ihrer Schirmherrschaft erwachsen, beherrscht das Schwert, gewinnt mehr Macht, als sie je für möglich gehalten hätte - und entschließt sich, sich auf die Suche nach ihrer Schwester zu machen. Sie befindet sich in einer Welt der Gewalt und des Kampfes, einer Magie, nach der sie sich sehnt - und doch einer, die sie verzehren könnte.

Ein Geheimnis über Sophia und Kates verlorene Eltern wird enthüllt und nichts ist so wie es einmal war für die Geschwister. Ihr Schicksal wird erneut auf den Kopf gestellt.

EIN GERICHT FÜR DIEBE (ein Thron für Schwestern - Buch zwei) ist das zweite Buch in einer schillernden neuen Fantasy-Serie voller Liebe, Herzschmerz, Tragödie, Action, Abenteuer, Magie, Zauberei, Drachen, Schicksal und herzzerreißender Spannung. Ein fesselndes Buch, voll von Charakteren, die Sie dazu bringen werden, sich zu verlieben, und eine Welt eintauchen lassen, die Sie nie vergessen werden.

Buch #3 in der Reihe – EIN LIED FÜR WAISENKINDER – wird bald veröffentlicht.

"Ein aktionsgeladenes Fantasywerk, die die Fans von Morgan Rices früheren Romanen begeistern wird, zusammen mit Fans von Werken wie The Inheritance Cycle von Christopher Paolini .... Fans von Young Adult Fiction werden diese neueste Arbeit von Rice verschlingen und um mehr betteln. "
- The Wanderer, A Literary Journal (bezüglich des Aufstiegs der Drachen)

Weitere Morgan Rice Bücher

EIN THRON FÜR SCHWESTERN
EIN THRON FÜR SCHWESTERN (Buch 1)
EIN GERICHT FÜR DIEBE (Buch 2)

DER WEG DES STAHLS
EHRE WEM EHRE GEBÜHRT (Buch 1)

FÜR RUHM UND KRONE
SLAVIN, KRIEGERIN, KÖNIGIN (Buch 1)
SCHURKIN, GEFANGENE, PRINZESSIN (Buch 2)
RITTER, THRONFOLGER, PRINZ (Buch 3)
REBELL, SCHACHFIGUR, KÖNIG (Buch 4)
SOLDAT, BRUDER, ZAUBERER (Buch 5)
HELD, VERRÄTER, TOCHTER (Buch 6)
HERRSCHER, RIVALE, VERBANNTE (Buch 7)
SIEGER, BESIEGTER, SOHN (Buch 8)

VON KÖNIGEN UND ZAUBERERN
DER AUFSTAND DER DRACHEN (Buch 1)
DER AUFSTAND DER TAPFEREN (Buch 2)
DAS GEWICHT DER EHRE (Buch 3)
DIE SCHMIEDE DES MUTS (Buch 4)
EIN REICH DER SCHATTEN (Buch 5)
DIE NACHT DER VERWEGENEN (Buch 6)

DER RING DER ZAUBEREI
QUESTE DER HELDEN (Buch 1)
MARSCH DER KÖNIGE (Buch 2)
FESTMAHL DER DRACHEN (Buch 3)
KAMPF DER EHRE (Buch 4)
SCHWUR DES RUHMS (Buch 5)
ANGRIFF DER TAPFERKEIT (Buch 6)
RITUS DER SCHWERTER (Buch 7)
GEWÄHR DER WAFFEN (Buch 8)
HIMMEL DER ZAUBER (Buch 9)
MEER DER SCHILDE (Buch 10)
REGENTSCHAFT DES STAHLS (Buch 11)
LAND DES FEUERS (Buch 12)
DIE HERRSCHAFT DER KÖNIGINNEN (Buch 13)

DER EID DER BRÜDER (Buch 14)
DER TRAUM DER STERBLICHEN (Buch 15)
DAS TOURNIER DER RITTER (Buch 16)
DAS GESCHENK DER SCHLACHT (Buch 17)

DIE TRILOGIE DES ÜBERLEBENS
ARENA EINS: DIE SKLAVENTREIBER (Buch 1)
ARENA ZWEI (Buch 2)
ARENA DREI (Buch 3)

GEFALLENE VAMPIRE
VOR DEM MORGENGRAUEN (Buch 1)

DER WEG DER VAMPIRE
GEWANDELT (Buch 1)
VERGÖTTERT (Buch 2)
VERRATEN (Buch 3)
BESTIMMT (Buch 4)
BEGEHRT (Buch 5)
VERMÄHLT (Buch 6)
GELOBT (Buch 7)
GEFUNDEN (Buch 8)
ERWECKT (Buch 9)
ERSEHNT (Buch 10)
BERUFEN (Buch 11)
BESESSEN (Buch 12)

Über Morgan Rice

Als Autorin von Fantasy-Epen wie der siebzehn-bändigen Reihe DER RING DER ZAUBEREI; der zwölf-bändigen Bestseller Serie DER WEG DER VAMPIRE; der bisher zwei-bändigen post-apokalyptischen Bestseller Serie DIE TRILOGIE DES ÜBERLEBENS; der sechs-bändigen epischen Fantasy Serie VON KÖNIGEN UND ZAUBERERN und dem neuen Fantasy-Epos Serie FÜR RUHM UND KRONE gehört Morgan Rice zu den Bestsellern in ihrem Genre. Morgans Bücher sind als Hör- und Printbücher in mehr als 25 Sprachen erhältlich.

Morgan hört gerne von Ihnen, schauen Sie also gerne einmal bei www.morganricebooks.com vorbei und melden Sie sich für die Mailingliste an, erhalten Sie ein kostenloses Buch, erhalten Sie kostenlose Werbegeschenke, laden Sie sich eine kostenlose App herunter, erhalten Sie die neusten exklusiven Nachrichten, verbinden Sie sich bei Facebook und Twitter und bleiben Sie in Kontakt!

24381857R00103

Printed in Poland
by Amazon Fulfillment
Poland Sp. z o.o., Wrocław